A REDOMA VIOLETA

MAYANE LIMA MONTEIRO

A REDOMA VIOLETA

partners coerência

DIREÇÃO EDITORIAL
Lilian Vaccaro

COORDENAÇÃO EDITORIAL
Bianca Gulim

ASSISTÊNCIA EDITORIAL
Raquel Escobar

ANÁLISE CRÍTICA
Márcio Zanini

PRODUÇÃO GRÁFICA
Giovanna Vaccaro

CAPA
Henrique Morais

DIAGRAMAÇÃO
Michael Vasconcelos

Dados Internacionais de Catalogação na Publicação (CIP)

Monteiro, Mayane Lima
A redoma violeta / Mayane Lima Monteiro – 1ª edição – São Paulo: Coerência, 2023

ISBN: 978-65-89850-51-9

CDD: 869.3

Índices para catálogo sistemático:
1. Ficção brasileira 2. Distopia 3. Romance I. Título

Rua Coronel Leme, 43 | Centro
Bragança Paulista | SP | 12.900-340
www.editoracoerencia.com.br
Tele.: (11) 9.8020-0810

Para o meu querido Jhow.

O meu mundo já não é mais o mesmo sem ti.

Com amor, da sua Baiane.

“Podemos facilmente perdoar uma criança que
tem medo do escuro; a real tragédia da vida
é quando os homens têm medo da luz.”

Platão

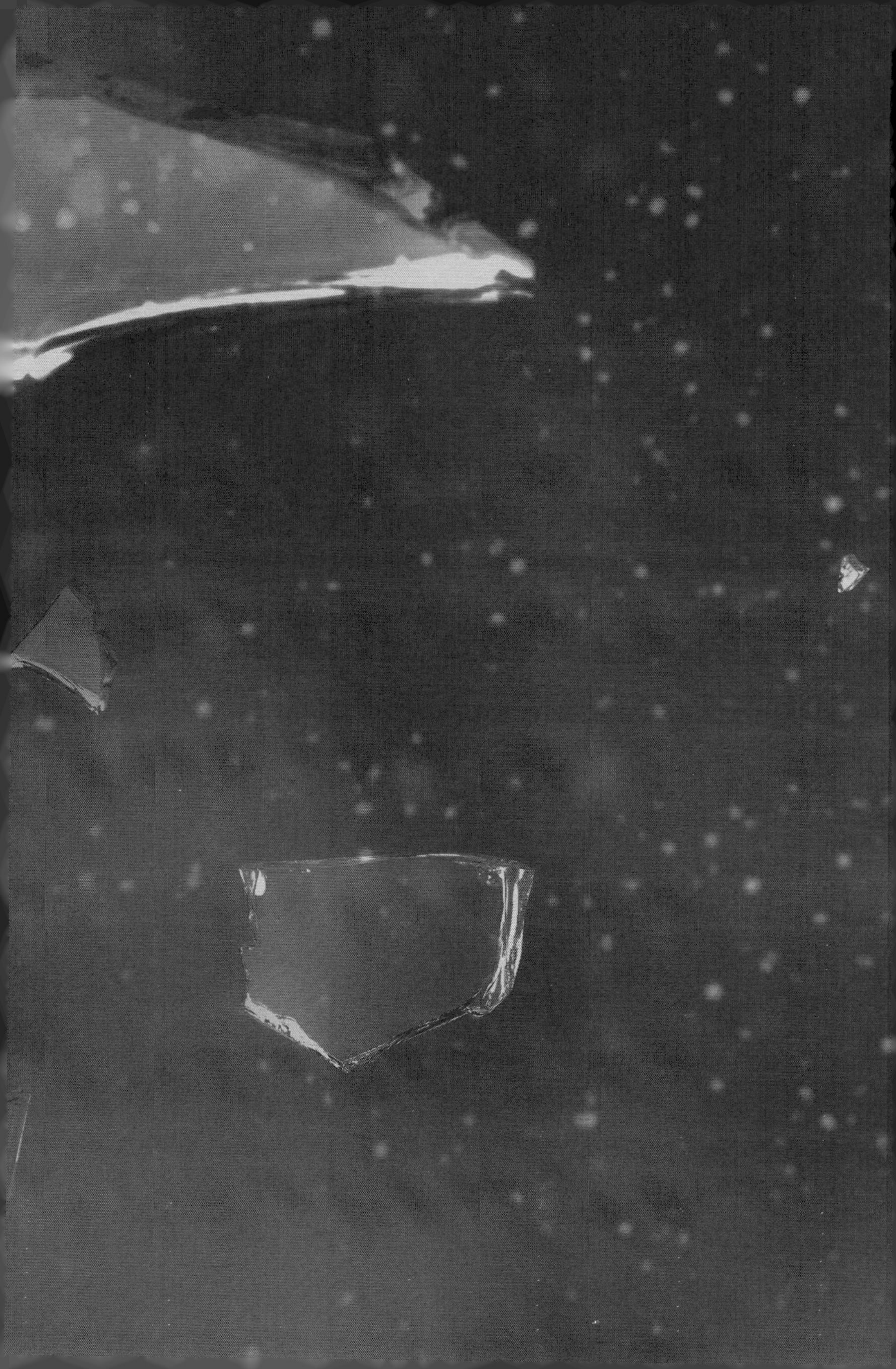

PRÓLOGO

O jovem rei de Aséna, Dom João Henrique Roriz Solimões Apolinário, anunciou a chegada de Nicolas ao mundo, o herdeiro direto ao trono, que foi festejada nos quatro cantos das doze províncias da micronação. Foram fogos durante pelo menos cinco horas, carreatas, homenagens e inúmeros presentes enviados de todo o país para comemorar a chegada do pequeno Nicolas.

Como se não bastasse ter nascido em um berço de ouro encrustado de diamantes, foi descoberto que, com apenas dez anos, o príncipe nascera superdotado de inteligência. Aos dois anos, percebia-se que ele só se comunicava muito bem em inglês, apesar da sua língua nativa ser o português. Aos quatro e meio, ele já sabia ler. Aos nove já fazia contas de matemática avançada.

E para aproveitar bem o talento do filho, os assessores do trono criaram uma estratégia que, juravam, aproximaria o trono ainda mais do povo: levar o príncipe para estudar um mês em cada uma das províncias. Ali, mostrariam como o sangue violeta era poderoso e usariam o menino para trazer informações de todas as castas e vilas, já que sua memória era excelente. Dessa forma, usariam o pequeno como um instrumento político também. O detalhe era que se esqueceram de que o príncipe era apenas uma criança.

A rainha foi a primeira a se opor a essa ideia de expor Nicolas. Afinal, qual seria a necessidade disso? Eles já eram queridos e amados pela nação, e Aséna acabara de estabelecer uma trégua com Cânado depois do recente embate. No entanto, como a palavra do rei era lei, ele não levou em consideração o que sua esposa falara, afinal era apenas uma mãe preocupada como todas as outras. Já um pai precisava ensinar desde cedo os seus filhos a enfrentar a vida. E sendo filho de um rei, deve-se enfrentar o mundo.

Ela dizia, preocupada, sentada na sua cadeira e batendo o pé:

— Ele é tímido demais.

Depois, seria descoberto que ele possuía um nível de introspecção que beirava o autismo.

— Mais um motivo. Ele precisa começar desde cedo a lidar com as pessoas. E não é o mantendo nas rédeas que isso irá acontecer.

O rei já havia decidido. Ou seja, nada do que a rainha Maria Glória falasse o faria mudar de ideia.

— Vamos fazer o teste, rainha — o tutor do garoto se pronunciou. — Caso não seja bom para ele, nós deteremos o plano, sem prejuízo a ninguém. Além de que a popularidade do rei aumentará de modo considerável.

Assim que a rainha saiu, sem se deixar se convencer, eles puderam abranger ainda mais o assunto:

— Pode até parecer que estamos estáveis com a aparente paz entre as nações. Entretanto, devo alertá-los sobre o fato de que muitas províncias, em especial as menos abastadas, começaram a se rebelar. O que demonstra que será fundamental segregar ainda mais as castas, isso se quisermos crescer como nação e aproveitar o fato de que somos a nação que possui os aviões mais rápidos do planeta. Pensamos em iniciar a hipnopedia, mas acredito que cartazes e a desinformação pincelada de "apenas informação necessária" será mais eficaz para conter as rebeliões e, como consequência disso, voltaremos a ter uma população tranquila, mantendo a ordem social — expôs o conselheiro real.

Então ele começou a ir para as escolas em diversas vilas das províncias, e, quando chegou em Janco, a província na qual ele estudaria em uma escola da casta Vermelha, um dos conselheiros do rei, amigo da rainha, tentou o convencer do contrário:

— Majestade, tem certeza de que quer deixar seu filho estudar esses meses junto com essas pessoas pobres de Janco? O senhor já o colocou em quase todas as castas. Será que o seu papel já não foi cumprido?

— Meu querido, o rei precisa mostrar a toda nação aseniana que não há distinção entre pobres e ricos, leigos ou bem castos. Está sendo ótimo colocá-lo um mês em cada casta, a popularidade do rei nunca esteve melhor! E neste caso é preferível, majestade, continuarmos a seguir o plano — o conselheiro real retrucou.

— Está decidido! Está sendo bom para Nicolas e para a nação de Asénа — o rei finalizou a discussão.

O pequeno Nicolas ouvia a todos os planos dos conselheiros do rei sem entender uma coisa sequer, apenas sabia que estava indo a cada mês daquele ano para uma escola diferente e achava que aquilo seria a coisa mais divertida do mundo, mesmo tendo consciência de seu acanhamento. Cada lugar era uma nova oportunidade para vencer a sua timidez.

No décimo quinto dia na escola nacional da vila Arroio Grande, na província de Janco, o menino já estava exausto daquele vai e vem — sua função como criança era brincar, e não ser um leva e traz. Ele já refletia sobre os primeiros sintomas de quem sabia que estava sendo usado, transformando o que de início era vergonha em desconfiança de todos ao seu redor. E, ao perceber que não importava o seu humor ou personalidade, as pessoas sempre o bajulariam, passou a nunca fazer nenhum esforço para isso. Na primeira palavra que saía de sua boca, todos faziam murmúrios jocosos, como:

— Oh!

— Que lindo.

— Que gracinha o príncipe.

— Ele é a coisa mais fofa que já vi.

Pouco a pouco, a timidez foi se transmutando em uma confiança imprevista. Assim, constatou que precisava dizer apenas poucas palavras para ser amado, o que era excelente, já que detestava ter de fazer esforço para falar. No entanto, aos poucos a sua vergonha de falar em público era interpretada como arrogância. Uma aspereza tolerável, já que estamos falando do herdeiro direto do trono de Aséna.

Ele estava hospedado na casa do duque de Janco, que era um grande amigo de infância do rei, então se sentiu minimamente em casa. Na escola, no momento em que ele só queria ficar em seu mundo de cálculos no recreio, as crianças costumavam o rodear e fechar o cerco. O garotinho já se sentia um pouco farto, em especial de uma garotinha loira de olhos grandes e castanhos que era quatro anos mais nova. Ela sempre andava com uma jaquetinha vermelha e lhe pedia para brincar de cancã nos intervalos. Dom João Nicolas não entendia como que ela era a única com quem ele conseguia trocar meia dúzia de palavras, pois se sentia mais à vontade.

No entanto, houve um dia que mudou todos os outros para sempre:

— Você é um pi... pincipe e não pode recusar — argumentou a garotinha, chamando-o mais uma vez para brincar.

— Quem foi que falou essa besteira para você? — Ele se irritou, dando de ombros.

— Meu pai. E não fala assim dele! Ele é mais *pincipe* do que você.

Ela cruzou os braços. Seu rostinho redondo estava corado de raiva do garotinho. Ele acabara de ofender o amor da vida dela.

— Não é *pincipe*, é príncipe! Você é burra? Já é muito grande para falar errado.

— Eu não sou burra!

E como uma resposta à altura, pisou no pé dele e saiu correndo.

Ele correu atrás dela o tanto que pôde e, quando viu que ela ia para a floresta, decidiu detê-la:

— Não vá por aí, sua tonta!

Ela corria, cada vez mais ofegante, achando que não passava de uma brincadeira. Quanto mais ele dizia para que ela parasse, mais a menina corria o máximo que podia. Era como se as tentativas do príncipe de pará-la lhe dessem um combustível. Eles correram sem parar, até por fim se perderem na mata e não saberem mais o caminho de volta.

— E agora, como fazemos para voltar? Você é mil vezes uma tonta!

— Você não é um príncipe! Eles só podem ter trocado quando você nasceu. — A menina fez uma birra, franzindo o cenho e cruzando os braços, como uma forma de protesto.

— Pare de falar asneiras, garota. — Ele já estava enfadado e confuso. — Agora estamos perdidos e eu nem sei para onde ir.

As lágrimas começaram a cutucar as pálpebras dela, e, com o modo abrupto com que ele falara, elas jorraram, fazendo cócegas rumo às suas bochechas. Ela deu um berro, desdobrando-se em choro.

— Não, não chore agora. — Ele andou de um lado para o outro. — Eu não sei consolar ninguém que chora. Por favor.

Ele colocou os dedinhos nos olhos da garotinha para enxugar as suas lágrimas, e por instinto já segurando o próprio choro também. Era assim que um príncipe deveria agir.

Meu pai não ia gostar de me ver chorando numa situação como esta. Quer dizer, em situação nenhuma. Violetas não choram. Desde pequeno ele já começara a contrariar seus instintos humanos, segurando-os dentro de si.

Assim, começou a incessante busca das duas crianças para encontrar a saída da mata. Já estava anoitecendo, e elas sentiam que andavam em círculos — ou pelo menos Nicolas sentia, já que era a criança mais consciente da situação.

1

Janco, 15 anos depois

Quando é que as coisas vão mudar? Por que não mudam?

Pela janela da área doméstica do pequeno chalé, Roma fixa o olhar no vento que bate nas árvores. Aquele cantinho lhe parece ser o lugar mais calmo e satisfatório. Além de ser longe do agitado centro da província de Janco, claro. Não é à toa que a arte é o instrumento de sua íntima devoção: ama fitar a natureza. Tudo que lhe causa tamanho encantamento como a natureza se torna um objeto de fascínio.

Tique-taque. Tique-taque.

De todos os vícios que ela poderia adestrar, a arte e a imaginação são os únicos que se posicionam longe da maldade, e perto da loucura. O que pode ser tanto remédio quanto veneno para ambos. E se a junção dos dois for desenhada em linhas de papel, temos a escrita, a sua maior paixão.

Tique-taque. Tique-taque.

Apenas quinze minutos são o suficiente, pensou. Apenas quinze minutos são o bastante para a vitamina D percorrer todo o seu corpo e para que encontre a força necessária para enfrentar o dia. Ela expõe o rosto ao sol mais uma vez antes de começar a realizar as tarefas.

— Eu estou tão cansada, mãe.

Ela observa a pia cheia de louças e tenta criar coragem para começar o serviço de lavar.

— Cansada de quê? Você não faz nada.

Eleanor está com várias roupas nos braços, ignorando a sua artrite e andando demasiadamente devagar até o varal para estendê-las. Ela jamais pararia de fazer os seus serviços por um problema nos ossos.

— Quê? Todos os dias eu me dedico a pelo menos duas tarefas. — Bufou, pressionando o rosto na janela perto da pia, comprimindo as sobrancelhas e revirando os olhos, de modo a espantar a fadiga.

Tão injusto ela dizer que eu não faço nada sendo que a minha vida só se resume a isso. O que só comprova o quão cheia de "nadas" a minha vida é. Roma respira fundo. Ela se sente enfadada.

— Na minha época, todas as tarefas que vocês dividem eu fazia sozinha. *Sozinha.* — Essa última palavra Eleanor precisa enfatizar. — Naquele tempo, seus tios eram pequenos demais. Eu ainda cuidava deles, já que era a única mulher de seis irmãos.

Toda vez que ela reclama de se sentir cansada, a sua mãe conta alguma história que lhe faz sentir vergonha de si mesma por ser tão preguiçosa. Isso faz Roma se ressentir por não acreditar que pode fazer parte de algo maior e mais brilhante, já que ela não consegue cumprir com o mínimo.

— Argh! — Roma bufa mais uma vez. — Eu me dedico tanto e ela nem nota. Quer dizer, não preciso de elogios. Só não queria ter de ouvir reclamações tão cedo — ela escancara a sua insatisfação, respondendo a mãe.

Eu só ouço reclamações, pondera, cansada. *Como que vou acreditar que tenho algo de bom se eu me esforço tanto e nunca ouço nada além dos meus mil defeitos?*

— Minha filha, não sei o motivo de tanto estresse. Não quer mais viver assim? A curto prazo: case-se. No entanto, arrume um marido pelo menos da casta quatro, assim você terá dinheiro suficiente para uma empregada, ao menos. A longo prazo: arrume um emprego na Violeta. — Se a sua filha se sente insatisfeita de viver assim que ela faça algo que mude a sua realidade. Algo mais produtivo do que apenas reclamar. — Agora, procure um serviço e deixe de falação — dona Eleanor conclui.

Assim, Roma realiza metodicamente os afamados afazeres com a mesma sequência e monotonia do dia anterior, da semana passada, de um mês antes e assim por diante, sem pestanejar ou reclamar, como que por instinto. Isso é tão habitual quanto o amanhecer e o pôr do sol. Contudo, para ela é muito mais do que um estilo de vida que não escolheu, é o único caminho que imagina a ser traçado e se sente farta de viver assim.

Essa monotonia está me matando. Ela se pergunta se isso algum dia vai mudar.

Acorda às 5h30, ela e suas irmãs auxiliam a sua mãe a fazer o pão, arrumar todos os sete cômodos da casa, lavar todas as roupas sujas, revezam quem fará a comida do dia, regam todas as plantas, tiram as folhas e a poeira que se instalam todas as noites no quintal, jogam o lixo fora, tecem alguns panos, para que enfim possam começar o dia de modo a dizer que são "seus".

O dia começa a ser meu a partir das 14 horas. Antes disso sou um robô que faz as mesmas tarefas todos os dias.

Para suas irmãs, depois que se casarem, esse é o destino a ser traçado, de geração em geração. Entretanto, Roma repugna a ideia. Não que ela não queira se casar e ter filhos, pois este é seu maior e mais brilhante sonho. No entanto, ela menospreza uma rotina tão invariável assim. Prefere a liberdade da imaginação e de um bom romance ilusório a uma vida sem muitas alternativas. Ela quer o casamento, só não o quer de qualquer maneira.

Ela quer mais que teorias aparentes, ela quer uma prova.

Prefiro o benefício da imaginação, embora me sinta tão presa a esse universo.

Não estou cem por cento confiante sobre as minhas ideologias. Sei que, apesar do ilusório não me causar dores — se bem que isso irá depender do quão flexível e profunda a minha imaginação consegue tocar o meu coração —, o que parte como fruto dos meus pensamentos não é real, portanto não constrói histórias nem risca o "vezinho" na minha lista de sonhos realizados e de verdades vividas, só os deixa ainda mais dentro da minha caverna de sonhos.

Assim, como uma típica jovem procrastinadora, ela varre ainda mais seus sonhos para de baixo do tapete, trancando as possibilidades de tentar abrir o mínimo que seja a gaveta que existe no "departamento de velharias" que há na sua mente. Conforme os dias se passam, ela vive entre a culpa por nem sequer ter tentado e a incredulidade de eles não caírem do céu.

Sabemos bem que não são coisas boas que costumam cair do céu.

Ao menor sinal de evolução, sente-se cercada de escassas alternativas e lá se vai ela de volta para o departamento chamado caverna dos sonhos.

Roma acredita ter nascido na casta errada. *Por que meus sonhos são da casta errada? Por que o amor e as relações são tão fugazes? Como posso entregar meu coração a um casamento arranjado? Por que minha única alternativa de felicidade se atém a um anel? Por que meus sonhos dependem disso? Por que não posso escolher o meu tempo para cada coisa?*

É injusto que eu tenha de escolher qual sonho sonhar. Mas um marrom não tem nem sonhos. Considera aquela intrigante realidade. *Tem* de agarrar as poucas oportunidades disponíveis.

Os marrons, que são os que estão à margem da sociedade, não têm mobilidade alguma. São os ex-presidiários, deficientes, os que realizam trabalhos braçais e os que burlaram as leis mais graves.

— Roma, a sua carta ainda não chegou?

Geórgia surge pela porta que dá acesso ao quintal.

Roma é desperta daquele sono, arregalando os olhos.

— Ainda não.

Ela corre até a caixa de correio, tensa, verificando pela milésima vez. A carta ainda não chegou, apenas o jornal diário de Aséna.

— Já pensou? Você toda linda ao lado da princesa.

Geórgia imagina a cena, toda empolgada. Se Roma dependesse da sua irmã caçula, ela moraria no palácio para sempre. Geórgia romantiza toda uma vida na realeza.

— Você sabe que essa nem é minha intenção — Roma sussurra. — E a vida no palácio não deve ser tão idealizada assim. Vamos separar ficção da realidade, por favor. — Ela suaviza o tom de voz.

— Eu sei. Agora, a mamãe vai matar você se souber. Você falou que se inscreveria para a dama só de um ano, não a de três. Sabe que é muito arriscado voltar para casa faltando um ano para o fim do seu debute... — diz Geórgia, colocando a mão entre o rosto e a boca, confidente.

— Eu sei, e você não é louca de contar. Eu preciso juntar o dinheiro que preciso para me tornar escritora, nem que seja correndo o risco de ficar solteira para sempre.

— Ai, Roma, eu admiro a sua força de vontade. Só que é tão arriscado — Geórgia adverte a irmã. — Ai, só não quero que você se arrependa depois.

— Eu preciso arriscar, Geo.

Roma está obstinada, portanto já não pondera nenhuma outra ideia que vá de encontro com o que está determinada a fazer.

— Isso é loucura. Você pode ficar sem os dois — Geórgia insiste.

— Sei que não vou me arrepender, Geo. Por favor, preciso do seu apoio. — Roma entende a preocupação da irmã. — Porque preciso arriscar. Posso me arrepender amargamente de não ter tentado. Essa é a *minha* chance. É a primeira vez que vou fazer algo para mim mesma. E não posso mais me ignorar.

— Tá, você sabe que meus braços estão disponíveis quando você quebrar a cara — Geórgia alerta.

Roma quer arriscar tudo pelo seu sonho. E um ano não é o suficiente para conseguir a alforria para mudar de casta.

— Amo suas palavras de incentivo... — Roma ironiza, dando uma piscadela para a irmã. Geórgia, apesar de mais idealista e romântica do que Roma, não pode deixar de alertar a irmã sobre os riscos do que ela pretende fazer. — E olha quem fala, a garota mais teimosa que existe no mundo — Roma não pode deixar de alfinetar a irmã.

Fita o rosto de Geórgia e entra no departamento de observação. Sim, a sua mente é dividida em vários departamentos.

Geórgia, minha irmã. Ela tem 1m70. Tem cabelos loiros grossos, olhos expressivos, tem um sorriso encantador. Todos os garotos da província caem duros por ela. Tem uma personalidade doce e provavelmente o mocinho de qualquer trama ficaria apaixonado por ela apenas pelo fato de respirar. Dou uma protagonista pra ela caso não seja uma Vermelha, claro. Coitada, é um desperdício para a humanidade ter caído em uma das castas mais desgraçadas possíveis.

— Pelo menos eu não sou uma burra de querer voltar para casa só com vinte e três anos.

— Lá vem você com esse papo de novo.

Roma bufa.

— Ok, amada. Vai sonhando que você vai ter tempo suficiente para encontrar um rapaz.

Por lei, nenhuma mulher pode se casar depois de completar vinte e quatro anos. O governo justifica isso com base no "Critério Valentino", criado pelo médico chamado Gregório Valentino, que era braço direito do primeiro rei instituído em Aséna. Baseou-se na crença de que o período de quinze a vinte e quatro anos é o tempo mais fértil da mulher, com óvulos novos de extraordinária qualidade e aparelho reprodutor no ápice. É uma teoria inventada como uma maneira de evitar que bebês nasçam com alguma deficiência e para controlar a natalidade. E só a partir do ano de Remate, o vigésimo quarto ano, são enviados contraceptivos gratuitos para a população feminina.

— Está bom. Está bem. Não tem nada mesmo que eu possa dizer para você deixar essa ideia maluca de lado — Geórgia desiste.

— Obrigada.

Roma dá um peteleco na testa da irmã.

— Ai, ai.

As duas entrelaçam os braços, andando pela área externa e sorrindo.

Elas são da casta cinco de seis, a vermelha, a casta dos mordomos, governantas, costureiras, babás, tutores e damas de companhia. Os serviçais em geral. Dessa forma, só podem escolher dentre as profissões da casta vermelha.

Desde que Roma soube por qual destino o seu coração pulsa, aprendeu a se comportar em sociedade. Sabe tudo sobre etiqueta, organização da casa, moda, estilo e design de roupas, costura e maquiagens. Uma verdadeira princesa da classe das gatas borralheiras, à espera de algo ou alguém que a liberte dessa constante. Como um coelho malhado em meio aos coelhos brancos e especiais, aprendendo a se comportar como uma princesa, ainda essa não sendo a sua realidade. É o que significa ser uma dama de companhia — estar em um abismo. Ela pode viver na casta violeta, mas nunca fará parte dela.

Todos esses ensinamentos devem compor o seu currículo, pois, no fim das contas, as moças mais bem-dotadas são as escolhidas para os trabalhos mais próximos à realeza, e, consequentemente, conquistam melhores remunerações e elevam a condição tanto da própria vida quanto de suas famílias, permitindo até que migrem uma ou duas castas acima, a depender do número de anos trabalhados.

Migrar de uma casta para outra não é impossível, apenas dificílimo.

Roma cresceu aprendendo as mais variadas habilidades. Aprendeu a cantar e a tocar piano e violino. Além do português, fala inglês e alemão. Aprendeu a costurar, tecer, pintar e a escrever com uma sensibilidade inexplicável. A mãe dela não suporta o fato de que seus filhos são pobres e também iletrados. Sem fortuna, sim; nunca sem talento. Por isso os inscreveu em todas as bolsas e concursos possíveis, a fim de explorar o máximo que pudesse dos filhos.

Há apenas duas maneiras de subir de casta: pagando por isso ou casando com alguém da verde, azul, branca ou violeta. Claro, há suas exceções. Um exemplo disso é o pintor Romano Visnaga, que, depois de fazer uma obra para algum duque, teve sua capacidade notada e ganhou muito dinheiro, tornando impossível uma pessoa da casta um e dois não terem uma obra dele em seus palácios ou chalés.

O sonho de Roma tem um precipício: apenas a partir da casta verde, duas acima da sua, podem haver escritores. Caso ela seja contratada por uma família violeta, casta da família real, duques e aliados do rei, ela automaticamente passará para a casta quatro, ficando duas castas de seu sonho. Entretanto, não há como prever, e, ainda assim, precisará de tempo para conseguir o dinheiro.

Ela, claro, não sabe antever em qual casta seu grande amor está. E não quer alimentar interesse por nenhum rapaz apenas por aquilo que sua *cor* proporciona. Para não mencionar que é raro um homem das castas azul ou violeta se casarem com uma mulher da vermelha, já que há tantas outras mais interessantes nas castas superiores.

A minha ambição só não é maior do que meus princípios.

Para damas de companhia, são escolhidas moças de dezesseis anos até vinte e oito anos; para governantas, mulheres de vinte e nove a sessenta; para estilistas, homens ou mulheres a partir dos vinte e três anos.

Roma tem dezenove anos e é a sexta de oito irmãos. Sicília tem vinte e cinco anos, é babá. Veneza tem vinte e quatro anos, é costureira. Orlando tem vinte e três e é o mordomo do duque de Janco – ao menos era isso o que se dizia. Já Bélgica tem vinte e dois e se casou com o pastor Elvis, morando em Petrópolis. Geórgia tem vinte; Atenas, dezessete, e Oslo, dezesseis.

Os filhos são divididos em dois grupos: os quatro maiores e os quatro menores. Roma é a segunda filha do segundo grupo. Geórgia, Roma, Atenas e Oslo fazem parte do grupo de filhos mais novos em busca dos melhores empregos proporcionados para sua casta. Ou, na melhor das hipóteses, à procura de casamentos bem-sucedidos.

Roma está na idade de ser uma dama de companhia. E o que para todas as suas amigas é uma oportunidade única, para Roma a princípio era um pesadelo, pois só cabe um único sonho em seu departamento de sonhos: o de ser escritora. E como toda garota ansiosa, só quer pular essa etapa e ir direto ao seu objetivo. Além disso, se for para viver à sombra de algo, que seja a escrita a lhe cobrir. Não suporta a ideia de ser um bobo da corte, entretanto, se esse é o único meio de ganhar dinheiro o suficiente para realizar seu sonho, é o que fará.

Roma e Geórgia repousam as mãos no parapeito e fixam os olhos no jornal.

— Nossa, olhem isso. — Geórgia eleva a voz. — Cânado está ameaçando atacar Aséna. — Em um gesto assustado, coloca uma das mãos entre a boca e a bochecha. — E agora, Roma? Você tem certeza de que vai sair de casa com os ataques iminentes?

— É o jeito — responde, decidida. — Os ataques podem ocorrer em qualquer parte do país. E o palácio com certeza será o lugar mais seguro.

— Hum...

— Pense um pouco: com ameaças, os reforços, que já são grandes, para proteger a realeza se multiplicam.

— Você está certa — fala Sicília, surgindo no varal. — Qualquer outro lugar do país será inseguro, exceto na capital.

— É uma loucura tudo isso.

Geórgia esfrega uma mão na outra, escorando-se no parapeito.

Elas são interrompidas pela mãe, aos berros lá na cozinha:

— Meninas, corram que o chuvisco vai molhar as roupas. — Ela se direciona para Roma antes de falar: — Eu falei que era para terem ido antes de chuviscar.

Elas abrem a portinha que dá acesso ao quintal e correm até o varal, começando a retirar as peças de roupas. É um chuvisco da manhã e o sol bate intenso, apesar das gotas miúdas de água.

— Mas Sicília acabou de estender — bufa Geórgia.

Ai dela se sua mãe vir uma gota de chuva nas roupas.

— Trate de gomar todas antes de eu vê-las encharcadas — berra mais uma vez a sua mãe.

É um daqueles dias do fim de verão em que chuvas imprevisíveis caem pela manhã, ainda que o sol continue imponente e espalhando sua luz. Logo o verão chuvoso de junho promete chegar.

O defeito crucial de dona Eleanor é seu temperamento fortíssimo e incontrolável. Ela detesta ser contrariada, sempre pensando no que considera melhor para os seus filhos. O combinado entre elas é que Roma se inscreva para ser dama de companhia por um ano e retorne para casa para que possa passar três anos buscando se casar.

Minha mãe: 1m65 de altura, nem magra nem gorda, personalidade cômica. Ela é uma daquelas personagens figurantes que acabam vez ou outra divertindo os telespectadores. É uma mulher de personalidade forte e experiente. Criar oito filhos lhe proporcionou alguns pés de galinha no canto dos olhos e seios grandes. Sua postura é de madame e sempre é muito desenrolada, apesar das condições. Criou algumas cascas, marcas de uma mulher vivida. Ela sabe usar as armas que tem, com objetivos claros: formar mulheres firmes e com personalidades equivalentes à dela, não importando o caminho que tracem.

E ela conseguiu. Nós somos um exército de Eleanores. Dou um coadjuvante para ela.

2

Roma não sabe por que está correndo. Sabe que está sendo seguida e, quanto mais avança em direção à casa na floresta, mais sente que se aproxima do seu maior medo: os trovões.

Chove sem parar. Cada relâmpago ressoa como um tiro em sua alma. Não demora muito para que os trovões fiquem cada vez mais altos. Ela grita, mas sua voz some, como um ruído abafado. Cada ruído dilacerante vocifera: "Não há como fugir de mim. Você é minha escrava. Você é minha. Eu ganho tanta potência quando você me deixa penetrar cada membrana do seu corpo". Os trovões parecem ter vida e personalidades próprios. E Roma não sabe como fazer a tempestade parar.

Basta um barulho na cozinha para que Roma desperte do seu pesadelo. Ela busca o ar que lhe faltou no sono. O suor frio está espalhado não apenas por todo o seu corpo, como também pelas cobertas e pela cama.

— Filha!

Eleanor surge no quarto que Roma divide com Atenas e Geórgia ao mesmo tempo que elas, apoiadas na cabeceira da cama, tentam acalmar a irmã mais velha.

— Mãe — Roma tenta voltar a respirar normalmente —, a senhora tem certeza de que eu nunca me perdi em uma floresta ou algo semelhante? Sempre tenho o mesmo pesadelo...

Por alguns segundos, Eleanor fita Bélgica, que surge do corredor para o quarto, antes de dizer:

— Não, você nunca ficou longe de casa — mente.

Não quer que a filha descubra o episódio que aconteceu quinze anos antes. E também não acredita que os sonhos tenham relação com isso.

— Então por que eu tenho tanto medo de trovões e sonho com eles toda hora? Isso não tem sentido — Roma questiona.

— Já chega, Roma — a mãe a interrompe. — Não fique fazendo vãs especulações. Tente se acalmar e amanhã será um dia melhor.

O dia seguinte amanhece como todos os outros, com a famigerada rotina veloz. As filhas já realizam os seus afazeres.

— Mãe, eu me comuniquei com o chaveiro e expliquei sobre o celeiro maior — Roma anuncia à dona Eleanor.

— O que ele disse, minha filha?

— Ele virá na segunda-feira pela tarde e vai consertar a portinha. Negociei algumas ferraduras com ele...

Essa conversa corriqueira é encerrada com Sicília e Atenas surgindo na cozinha, a primeira correndo da segunda. Isso só pode significar uma coisa: Atenas pegou algum objeto da sua irmã.

— Que ódio! Que menina ridícula — Sicília grita, esfumaçando. Parece que vai se desfazer em raiva, a julgar pelo rosto vermelho. — Eu já disse que ia bater em você se pegasse mais uma vez qualquer coisa minha sem a minha permissão. Que saco de vida. Compre as suas próprias coisas se quiser usar, caramba! Eu trabalho pra ter as coisas, e nunca tenho nada, porque tudo que é meu é destruído.

— Pare de drama — responde Atenas. — Só foi uma blusa. Não é para tanto.

— Não é para tanto se acontecer uma só vez. Você não tem um pingo de vergonha na cara, porque isso já se repetiu pelo menos quinhentas vezes — defende Sicília.

— E você pare de se meter — Atenas contra-ataca. — Ou eu vou contar o que você pegou dela também — ameaça.

— Conte, não tenho o que temer, não — retruca Sicília.

Seu Orlando, como sempre pronto a ouvir, tardio para falar e tardio para se irritar, já não encontra outra maneira de se expressar, a não ser dizer:

— Vocês parecem um monte de cachorras latindo.

Ao sentir a ofensa do pai como um golpe certeiro, elas imediatamente se calam.

Veneza surge da porta do quintal, já cochichando com Roma e rindo sobre mais uma desventura de Orlando Filho, o irmão mais velho:

— Você acredita que Stéfani quebrou os óculos dele assim que ele confessou que já não a amava mais? Ele saiu correndo de lá dizendo que nunca mais quer vê-la.

— Bem feito para ela! Onde já se viu sufocar uma pessoa até o amor sucumbir?

Atenas está sempre pronta a defender o seu irmão favorito.

— Bem que eu sabia que ele já estava há muito tempo cortejando a filha do duque de Janco. — Roma faz uma careta, maliciosa.

— Ele já está amando outra, de novo? — fala Sicília, sarcástica.

Eleanor dá uma tapinha na mão dela e resmunga algo. Roma se junta às irmãs e ao irmão Oslo, e começam a fofocar e especular sobre a vida amorosa agitada de Orlando:

— "Que seja eterno enquanto dure", esse é o lema dele, que ama na maior intensidade até onde dura, mas desapega assim que acaba. — Roma é cirúrgica, arrancando gargalhadas das irmãs.

Elas não se aguentam de rir. Orlando aparece com uma das lentes grossas dos óculos quebrada, enxergando apenas com um olho — o que parece ser um desafio e tanto, considerando o alto grau de miopia. No mesmo instante, elas engolem suas risadas, afinal têm um respeito enorme pelo irmão mais velho e verbalizar suas opiniões sobre ele pelas costas é um grande prazer.

A provocação mútua entre irmãos é uma diversão e tanto para todos. No entanto, se o irmão mais velho é o assunto, elas tratam com respeito e até ficam constrangidas na presença dele.

— Ah, meu filho, tome um pouco de café e coma um pedaço de torta. Se sente aqui.

Eleanor aponta para a cadeira ao seu lado, pronta para cobrir de mimos o filho mais velho.

— Bom dia, minha mãe. Cadê o papai?

Orlando boceja, sentando-se como se nada estivesse acontecendo. O pai já tinha sumido daquele alvoroço matinal.

— Foi comprar algumas coisas para o jantar, filho. Não desconverse, me conte o que aconteceu...

Orlando começa a contar todos os fatos da noite anterior: ele não quer continuar cortejando Stéfani, pois, àquela altura, já está no ápice da paixão ardente por Isabel. Lembrando que o "cortejo" de seu irmão, um homem feito, é bem diferente do que as irmãs entendem sobre o assunto. Por isso, ele resume bastante a ocorrência dos fatos.

De todos os filhos, Orlando é de longe o mais respeitado pelos pais. Apesar de ter uma vida amorosa por vezes conturbada, agitada e diferente do normal, ele é o filho mais inteligente, trabalhador, calmo, ouvinte e paciente de todos. O que são passos muito à frente dos outros irmãos. Ao mesmo tempo que todas as irmãs são saltitantes e barulhentas à mesa, ele sempre permanece calmo e ponderado, nunca se sobressaltando ou enrijecendo, por vezes dificultando para que as pessoas percebam se tudo vai bem ou mal, sendo os seus sentimentos mais íntimos um completo mistério difícil de desvendar.

Além de ser o filho mais velho, é o braço direito do seu pai e grande amigo da sua mãe.

Orlando. Ele tem 1m75. É gordinho, tem um sorriso de tirar o chapéu, está começando a ficar calvo. Não tenho certeza do porquê de eu não ter coragem de lhe dar um papel de figurante, já que ele roubou a cena e fez com que ninguém menos que a futura duquesa de Janco se apaixonasse por ele. Diria que ele é, até agora, um personagem em aberto. Seguirei com os próximos capítulos deste livro antes de tirar minha conclusão. A pergunta é: até que ponto um personagem pode ir? Parece loucura? Parece. Não sei mesmo o que Isabel enxergou nele de diferente do que o resto da província enxerga...

— Eu finalmente encontrei alguém que me ama de verdade, minha mãe... — Orlando se volta para a mãe. Eles são melhores amigos. Depois de tantas desventuras e de quebrar a cara com o amor, ele parece dar um relato sincero para sua mãe. *Parece que esse eterno irá durar um pouco mais do que as outras pequenas eternidades,* Roma conclui. — Eu quero passar o resto da minha vida com ela.

— Não quero saber de nenhuma dessas malucas encostando um dedo em você. Está ouvindo? Como é que eu não vi os sintomas de raiva naquela menina? Ela não presta.

Eleanor, com uma intuição protetora, logo trata de ignorar o fato de que o filho fez uma troca de garotas.

— Duas facas afiadas não se bicam — Roma tenta fazer graça.

Sua mãe já jogou objetos uma ou duas vezes no marido.

— O que você disse, sua pestinha? — diz a sua mãe, furiosa pelo deboche da filha, voltando-se a ela para lhe dar uma mãozada.

E como ela nunca erra o alvo, o braço de Roma logo trata de ficar vermelho.

— Eu estava brincando. — Roma sorri e corre em direção ao pai. Ama provocar a mãe. — Pai, o senhor está vendo isso?

Roma se agarra a ele ao mesmo tempo que sua mãe corre até ela, dando um tapa no seu bumbum.

— Meu velho, diga alguma coisa. Essa menina não tem nem um pingo de simpatia com meus tendões. — Eleanor bufa. — Hoje quem vai fazer a comida é você!

— Uhuuu! Obrigada, Roma, sua pateta. — Geórgia faz uma dancinha, amando o fato de que Roma fará a comida em seu lugar.

— Eu fiz ontem — Roma retruca, choramingando. — Por favor, mãe. Mil perdões — ela começa a dissimular, ajoelhando-se aos pés de sua mãe.

— Perda de tempo se ajoelhar, eu já decidi: as linguarudas terão mais trabalho, para ver se assim elas não têm tempo de serem respondonas. Fique com esse conselho para sua vida.

— Mas, mãe! Eu não sou mais criança!

— É, eu também achava isso — dona Eleanor a coloca em seu lugar.

— Mãe...

— Como é que eu vou deixá-la ir para um palácio com essa sua língua e mau gênio? Mas que menina sonsa.

— Agora a senhora me ofende... — dissimula.

— Não fale assim da minha filha. Ela é um amor — defende o pai, abraçando a filha.

— Faça alguma coisa, pai...

Roma abre o biquinho para o seu pai.

— Filha, você sabe que foi insolente. Obedeça à sua mãe — ele fala, voltando-se para Roma. — Querida, vamos relevar, acalme seus nervos.

Fita Eleanor, tranquilizando-a.

— Você não cansa de mimar essa menina! Por isso ela é tão atrevida! — Eleanor já disse isso de todas as filhas. — Todas as suas filhas mexem com meus nervos.

Roma abre o portão de casa e corre para a casa de sua vizinha. Elas se juntam para fazer roupinhas para a irmã grávida de Ana Clara. A família Sousa, família de Ana Clara, tem um ateliê de costura. Roma trabalha nele em meio período.

— Roma, que loucura foi aquela?

Ana Clara já está esperando a amiga para abordar o assunto.

— Boa tarde para você também, Ana — fala, irônica e com a voz carregada de humor, como se guardasse o babado do ano e quisesse que a amiga lutasse o bastante para conseguir saber.

Afinal, a deliciosa fofoca preencheria os dias vazios por pelo menos uma semana inteira. Por uma semaninha inteira!

— Ai, Roma, não se faça de difícil e desembucha logo. As Oliveira me contaram que Orlando trocou Stéfani por alguma desconhecida, que ele até a humilhou.

— Que doidice é essa? Isso não aconteceu — Roma se indigna com tamanha desinformação repassada boca a boca. — O pecado desse povo da vila é colocar mais e mais informações do que existiram numa história.

— Eu sei. É que eu fiquei pasma com tudo o que as pessoas estão dizendo. Toda a vila de Arroio está sabendo.

— Não exagere. Aqui é a menor vila de Janco e tudo se transforma numa bola de neve. É um telefone sem fio. — Ela torce os lábios com indignação. *Só esperam o radar estar fora de área para fofocarem.* — O que aconteceu foi que Orlando estava cortejando Stéfani, e se apaixonou por uma outra pessoa e não despachou a coitada antes que ela soubesse e deu no que deu — resume. — O problema — sussurra, chegando perto do ouvido de Ana Clara, segredando, evidenciando que está prestes a confidenciar algo muito importante — é que ele está apaixonado por Isabel.

— Quê?! — grita Ana. A amiga de Roma não acredita no que ouviu. — A filha do duque daqui, de Janco? A filha do patrão? Isabel Lima Bocalho de Assis? Tem certeza?

Ela leva a mão à boca, tampando-a. Essa é uma informação sigilosa demais, podendo levar o seu vizinho à cadeia.

— Sim — ela sussurra, tampando a boca da amiga com as duas mãos, tentando conter a risada pelo que sabe ser a fofoca mais envolvente do ano para as duas.

Elas sempre competem por quem entrega a fofoca mais quente. É o maior dos divertimentos.

— Acho que não tem como você me trazer uma fofoca mais quente do que essa.

Elas caem na gargalhada.

Ana Clara Lessa Sousa, minha melhor amiga. Ela é aquela amiga carismática. Guarda pelo menos um segredinho de cada pessoa da vila, sabendo sempre o que se passa na trama, até mesmo prevendo os acontecimentos, tudo isso sem se envolver. Eu dou a narradora para ela. Isso! Também daria uma figurante, pois ela acaba fazendo parte do cenário. Narradora personagem.

— Sinto muito. É que eu estou em choque a ponto de não considerar nada além disso.

— Saiba de uma coisa — Roma cobre a mão da amiga com a própria —, minha mãe contou apenas ao meu pai, e eu escutei pela porta. Ou seja, ninguém da minha casa ainda sabe dessa história.

— Logo, logo irão saber. Na sua casa, não importa o que aconteça, vocês nunca sabem guardar um segredo por muito tempo.

— Pois é.

Roma dá de ombros.

— Nossa, ainda bem que somos só nós duas aqui no ateliê — fala Ana Clara, checando mais uma vez ao redor do pequeno espaço. — E não se preocupe, você sabe que aqui retiramos todas as escutas do governo.

— Ufa. Aqui é o único ponto desta rua sem escutas. — Roma bufa. — Da próxima vez, vamos conversar por meio de nossos meios tradicionais: escrevendo os bilhetinhos uma para outra e depois ateando fogo.

— Verdade. As paredes têm ouvidos. Vai que tem uma escuta dentro da parede e...

— Ah, não me diga isso! Ai, meu coração...

Roma leva um susto, com o coração comprimido de tensão.

Ana Clara começa a rir, quebrando o estresse.

— Relaxa, você sabe que aqui é seguro para fofocarmos à vontade. — Ana Clara abre um sorriso de canto. — E por falar em privacidade, hoje à noite, depois do toque de recolher, eu preciso de você...

— Hoje? Ah, não... — Roma choraminga. — Pelo amor de Deus. Eu odeio isso.

— Por favor, Rô — Ana Clara implora. — Faz uma semana que não vejo Augusto. Preciso tanto de você hoje!

— Aff, você sabe, eu não suporto segurar vela, é horrível. Tomara que eu seja convocada pra uma província bem longe. Não quero segurar vela pra ninguém tão cedo...

— Ai, o que vou fazer sem você aqui, Rô? Minha única confidente e amiga.

Ana Clara coloca a mão no peito em um gesto dramático.

— E você também vai ter que se acostumar a ficar bem longe de Augusto; ou é isso ou é se casando com ele...

— E o que eu posso fazer a respeito? O papai jamais dará minha mão a ele.

Os olhos de Ana Clara se enchem de lágrimas. Não é uma tarefa fácil ter de superar um amor impossível.

— Calma, minha amiga. Você pode ser sorteada para a família de um azul e, caso ele consiga se alistar, pode mudar de casta e vocês poderão viver o amor de vocês...

— Você fala como se já tivesse se apaixonado, como se fosse assim tão fácil. Tão simples. — Ana Clara está aos prantos. — Se eu for para uma verde, e mesmo que ele consiga se alistar, nossas chances de nos encontrarmos de novo diminuem, já que não se sabe a que lugar do país ele vai. E eu não sei o que fazer quanto a isso.

De fato, pouco Roma sabe sobre o amor.

— Tudo bem, amiga. Você sabe que eu estou aqui para o que der e vier. — Ela seca os olhos de Ana Clara. — Agora tire essa cara e curta o dia de hoje. Aproveite o hoje! Que horas vocês marcaram de se encontrar? — Roma sabe ser compreensível nos momentos certos. Sabe que não precisa entender para ajudar uma amiga. *É tudo culpa dos nossos antepassados maltrapilhos. Como eu os odeio com todas as forças!* — Está bem. Pare de chorar. Eu vou para o seu encontro segurar vela para o tal Augusto. — Ela não resiste às súplicas da amiga e desiste.

3

Como se tudo o que estava acontecendo naquele dia não fosse o bastante, a chuva começou, e eles foram obrigados a correr para um lugar mais seguro. Durante a caminhada, a garotinha acabou torcendo o tornozelo.

— Eu não falei? Eu disse que você é uma tonta mesmo.

— Ai... ai...

Ela só conseguia choramingar.

— Venha. — Nicolas a pegou e a colocou nas suas costas, levando-a para a árvore mais próxima. — Me dê a sua jaqueta — ordenou.

Ela tirou a jaqueta e ele a pegou, erguendo o tecido com os dois braços, cobrindo-os como um guarda-chuva.

— Eu serei o seu guarda-chuvas — ele declarou. — Portanto, não chore. Porque eu não quero ter que chorar também.

Começou o retumbar dos trovões e relâmpagos, descendo e caindo em lugares aleatórios da floresta. Eles sentiam que a qualquer momento um trovão os pegariam, e ela começou a gritar. Além disso, estava frio e eles não tinham nada além das suas mochilas com livros e a jaqueta vermelha dela.

— Acalme-se. — Ele enfiou a mão na bolsa e pegou o seu celular, colocando uma música para tocar. — Escute.

O instrumental de piano começou a tocar, depois o cantor com o timbre rouco e calmo iniciou seu canto, e ela foi pouco a pouco se acalmando.

As tardes de domingo são especiais para Roma. É seu dia de pintar e ela escolhe qualquer campo desconhecido para realizar o feito. Naquela tarde, ela irá depois de muito tempo até o chalé real, que tem um campo e jardins imensos, ideais para se conectar com a natureza e pintar.

Antes de sair de casa, está uma confusão generalizada. O motivo: seu irmão mais novo, Oslo, foi pego em mais uma mentira.

— Esse menino não muda mesmo! É tudo culpa da Eleanor — fala o senhor Orlando, furioso.

— Culpa minha? Quem é que o ensinou a ser levado? Eu tenho ensinado às nossas seis mulheres seu papel direitinho. E você? O que tem ensinado aos nossos dois rapazes?

A confusão, que antes girava em torno de Oslo, agora se concentra numa disputa entre Eleanor e o senhor Orlando por quem tem razão e quem é o culpado pelos atropelos do filho caçula.

— Que disparate! — O senhor Orlando sente que pode explodir de raiva pelo ritmo em que as veias se retorcem no seu rosto rijo. Em seguida, volta a encarar o filho: — Eu perguntei, Oslinho, se você teria pego dez coulom da minha carteira e você disse que não. Agora sua mãe encontrou no seu bolso ao lavar as roupas. Como você explica isso? Eu não quero filho ladrão. Já imaginou o que acontece se você rouba alguém fora de casa? Você vai parar na cadeia e vai ser mandado para a casta marrom. E lá eu já não vou mais poder salvá-lo. Da próxima vez, vou deixar a sua mãe lhe dar uma surra, já que conversar com você não adianta.

Oslo contorce o rosto, lembrando-se das vezes que isso aconteceu. E foram muitas.

— Eu queria comprar alguns caramelos. Isso não é nada de mais. — Oslo tenta sempre amenizar a gravidade dos seus atos.

— Bastava me pedir. Isso não se faz! Eu daria a você se me pedisse. — *Não, ele não daria*, pensa. — Não tem desculpa. Faltam dois anos para você atingir a maioridade. Em quem você se tornará até lá?

— Me desculpe, papai. Me perdoe, mamãe. Eu amo vocês.

Ele abre os braços e os entrelaça ao redor do pai e depois repete o gesto com a mãe.

Eles sabem que essa não foi a primeira vez que algo assim acontecia. Oslo tem a mania de pegar objetos e dinheiro em casa, sem nenhum motivo aparente. Como de veneta, vez ou outra as coisas somem. E os seus pais já concluíram que esconder as coisas só amenizará os episódios, contudo não eliminará a falha do filho caçula.

Desta vez, Roma não quer fazer parte de mais uma briga dentro de casa. Passou a semana toda planejando aquele dia e já arrumava as coisas para sair no instante em que a confusão começou.

Ela ama ter um tempo sozinha para sair da rotina cansativa e por vezes sufocantes. No entanto, assim como para suas irmãs, é muito divertido não ser o centro de qualquer discussão em casa. É divertidíssimo. Ainda mais por essa agitação ser com seu irmão caçula, já que, normalmente, os filhos derradeiros costumam ser os mais mimados.

Oslo. Meu irmão caçula. Furta objetos de valor em casa, um tanto mais mimado do que os outros, chorão, birrento. Entretanto, é carinhoso e sempre que erra pede desculpas, tornando impossível não cedermos aos seus abraços. Até que ele volte a fazer o que jurou que jamais faria de novo. Dou um anti-herói para ele. Ele sabe colocar todos no centro do que ele quer. Não por maldade, tenho certeza. As situações estressantes pelas quais passamos com ele se tornam verdadeiras histórias engraçadíssimas. Um protagonista irreverente cujo coração é bom.

O fato de um de seus irmãos virar o alvo da vez é um entretenimento, em especial quando todos os dias parecem ser iguais.

— Aonde você está indo, Roma? — Sua mãe a vê andar de fininho até a porta principal.

— Pintar. Esqueceu? — responde, sucinta.

— Ah. É tanta coisa na cabeça que eu tinha esquecido.

— Certo. Sendo assim, vou indo...

— Cuidado, minha filha. A guerra pode começar a qualquer minuto, e Janco não tem uma redoma para se proteger contra os atentados. Hoje não é um dia como os outros. O jornal alertou para ficarmos mais que atentas.

Outra vez a mesma conversa. Desde que eu nasci escuto essa mesma história de ataques que nunca aconteceram, Roma pensa.

— Eu sei disso, mamãe. — Ela bufa. — É só que essa iminência de guerra já acontece desde que eu me entendo por gente. Ou seja, ela nunca vai acontecer.

Dá de ombros.

Mas esse definitivamente não é um dia como os outros.

Já no caminho, um percurso de quatro quilômetros feito de bicicleta, ela captura todas as imagens lindas na memória. *Sem linguagem, sem fala, eu ouço vozes, as suas vozes. E na percepção desses ruídos, eu sei: faço parte de um desígnio grandioso, mesmo que seja como figurante*, ela pondera. Apesar de nunca ter tido mazelas significativas, aquela é a sensação de ser parte da casta vermelha misturada ao êxtase de flutuar na grama e no cheiro doce de mato verde.

Carros só são vistos na capital. Cada vez que um carro aparece na vila de arroio, é ovacionado, como se fosse uma nave espacial alienígena sobrevoando a Terra. Assim também são com os celulares e quaisquer acessórios um pouco mais tecnológicos.

Sou uma figurante muito importante, afinal quem consegue viver bem sendo o centro das atenções? É chatíssimo viver como manda o script. Mais chato até do que ser da casta vermelha. Espera-se sempre as mesmas ações de um protagonista. E de um figurante? Ah, um figurante pode se desdobrar em vários papéis, errar e se desmantelar sem sequer ser notado. Um figurante vive melhor do que qualquer um sem nem entrar para a história. Porque ninguém nutre expectativas sobre nós.

Entretanto, preciso lutar para me desdobrar em algum papel, embora eu saiba que só quando eu mudar é que as coisas ao meu redor ganharão uma nova forma.

Roma ama o fato de sua mente pensar com tanta doçura, já que julga seu temperamento e personalidade chulos demais, poéticos de menos. Basta ficar sozinha para que flutue em pura poesia. Ela sabe separar o seu eu interno e exclusivo do eu externo que é mostrado às pessoas.

Imaginar é a coisa mais divertida do mundo. Tudo acontece do jeitinho que eu crio. E no mundo que crio, eu sou a principal. Falo o que quiser, coloco drama, ação, romance, paixão, reviravoltas. Tudo o que eu não tenho. Tudo sem ir a lugar algum. Ela arregala o olhos. *E tudo isso sem ir a lugar algum.* Franze as sobrancelhas, desapontada.

Que triste... Que diabos de vida triste a minha. Alguns estão vivendo tudo isso. E eu? Só estou sonhando.

O que eu quero para mim eu não faço, porque sou preguiçosa ou qualquer adjetivo que soe como uma desculpa. Além disso, só pratico o que não quero e me é danoso. É como se uma luta estivesse dentro de mim, e eu já estivesse fadada ao fracasso e à escravidão, porque não consigo ver qualquer faceta que seja bela em mim. Apenas uma mancha. Uma mancha vermelha.

Entre cada paisagem, a cada um quilômetro um letreiro diz:

COMPORTE-SE. O GRANDE SER SUPERIOR ESTÁ VENDO VOCÊ.

FAÇA MENOS BARULHO. O GRANDE SER SUPERIOR ESTÁ VENDO VOCÊ.

TRABALHE BASTANTE. O GRANDE SER SUPERIOR ESTÁ VENDO VOCÊ.

SOMOS TODOS IGUAIS. O SER SUPERIOR ESTÁ CUIDANDO DE TUDO.

Roma passa por esses famigerados letreiros desde que nasceu. Foi educada por eles, aprendeu a não os questionar, porque também foi induzida a isso... Exceto pelas histórias que leu na literatura contrabandeada – um local que disponibiliza livros importados de forma ilegal de outros países – sobre a formação de Aséna, que é diferente de tudo o que ela ouviu na escola. Mais um de seus segredos junto a Ana Clara.

Para esta tarde, escolheu uma roupa que lhe traz conforto e frescor, além de leveza: um vestido liso branco de tecido crepe curto, com alças de tiras e uma costura que realça a cintura fina e os quadris um pouco largos, com detalhes dourados em toda a barra, e a sua afamada jaqueta vermelha. Para os acessórios, uma tiara dourada e larga. Seus cabelos longos e ondulados estão soltos, chegando até a cintura.

Roma passa pela casa de Ana Clara, cumprimentando-a pelo portão. Passa pela casa dos Oliveira, cumprimentando as suas filhas – que julga serem antipáticas – com uma pequena reverência, afinal o pai delas é o chefe da rua Cornalina, o que por si só aumenta o ranço de Roma por cada uma delas.

Por que raios Orlando foi se envolver com Stéfani Oliveira? Se ela descobre por quem ele está apaixonado, já era para ele. Essa menina é perigosa e de sonsa não tem nada.

Se bem que, diante de tantas mulheres, por que se apaixonar pela filha de um duque? Que incoerente, ainda mais se ele sabe que é impossível isso dar certo. No que depender de mim, nunca me apaixonarei por alguém de uma casta tão elevada. Sei o meu lugar. E posso controlar minhas emoções e paixões. Por favor!, pondera Roma, certa de que amar é simples assim.

Passa pela família Mota e os cumprimenta. São os pequenos comerciantes da vila. Vendem desde produtos de higiene – que são precários – até materiais de construção.

— Já está indo pintar, Roma? Não se esqueça da pintura que você me prometeu — a esposa do comerciante pede com alegria.

— Claro, não se preocupe. Um dia essa pintura sai.

Roma acena com alegria.

Ela já se esqueceu por completo das confusões que acontecem em casa.

— Ai, que maravilha. Hoje eu não sou o centro das discussões em casa e agora só escuto o barulho dos pássaros. — Ela respira fundo, sentindo o aroma das rosas. — *Este dia não pode ficar mais perfeito.*

Ela conclui que não é um dia de chuva.

Ao chegar no chalé real da província de Janco, Roma está certa de que ninguém da família real estará lá, pois, desde que começou a visitar o espaço naquele semestre, nunca encontrou nenhum deles. Sabe que é porque, nesta temporada, os principais entretenimentos da realeza estão na fazenda de montaria da família, um lugar no qual se resguardam de todos os afazeres por pelo menos alguns fins de semana do mês e convivem com seus parentes mais próximos, em torno de quarenta pessoas.

Dentre as doze províncias, Janco é uma das sete escolhidas para abrigar um chalé real, como uma espécie de museu aberto às visitações, acoplado a uma área doméstica reservada à realeza. Apesar de Roma morar ali desde que nasceu, nunca encontrou a família real reunida; encontrou apenas a rainha em um sorteio que escolheu trinta jovens mulheres para um chá especial de fim de ano, dois anos antes. A rainha é uma mulher doce e tratou todas as moças muitíssimo bem. Na ocasião, não foi possível que Sofia, a princesa, participasse, pois estava muito gripada.

E, ainda que a família esteja ali, será difícil encontrar algum deles, já que a ala doméstica e a de visitação são bem demarcadas, preservando a privacidade deles.

Antes de passar pelos portões do jardim, ela passa o QRCODE tatuado no seu antebraço esquerdo pelo painel, destravando o portão. Qualquer pessoa de Janco tem acesso a essa área; assim como em qualquer local da província, sempre é necessário marcar a presença.

Hoje eu só quero entrar no departamento Cavernas dos Sonhos. Pelo menos aqui eu sou livre.

Já no jardim, ela posiciona a tela de pintura em seu cavalete e abre a pequena bolsa em que guarda os materiais de aquarela. Retira-os da carteira, colocando-os em cima da pequena toalha no chão. O tempo está ensolarado e um pouco quente. O sol das 16h começa a realizar seu lento trabalho de se pôr.

Ela começa a pingar um pouco de água com uma pequena pipeta no godê e mescla o pincel na tinta aquarela, tentando encontrar o melhor tom de azul-pastel para copiar a natureza rica de céu, sol, rosas, gérberas e a imensidão do campo. Ou ao menos imprimir a subjetividade que satisfaz a expectativa da flora que vislumbra.

A tarde está agradabilíssima. Roma pensa ter encontrado o êxtase da paz estendida no varal deste ambiente: as nuvens brancas como algodão, o capim aparado e sólido em todo o campo, o que torna impossível não se maravilhar com o sopro de vida fluindo em seus pulmões ao mesmo tempo que se sente grata por momentos tão autênticos como este. Até, claro, começar a chover.

O clima é umas das riquezas inegáveis de Aséna, visto que um dia de sol pode se transformar também em um dia chuva; da mesma forma, um dia de chuva pode facilmente dar lugar a um sol e tanto.

Estava bom demais para ser verdade! Argh!

Roma tenta salvar a sua pintura na medida em que recolhe todos os seus materiais para poder correr uns cem metros até a entrada do chalé para se proteger da chuva.

Lá se vão minhas ternas lembranças desta tarde ensolarada.

Ela pintava um rosa que agora parece murcha.

Roma corre o mais rápido que pode até a entrada do chalé real, ofegante e ligeira, molhando os sapatos e usando a toalha como guarda-chuva.

Ao chegar ao portão principal, pode enfim respirar e ver o que restou de sua pintura. Por mais estranho que pareça, não sofreu grandes estragos, um grande benefício de pintar em aquarela. Um objeto borrado pode apenas se transformar em algo inovador. A arte desastrosa pode ser poderosamente rica.

4

A noite naquela floresta passava a ser mais terrível e tenebrosa. No momento em que a menina começava a chorar com saudades de casa, Nicolas colocou a mão dentro da bolsa e mostrou o livro para ela. *O pequeno príncipe*. Mostrou a imagem do livro e começou a lhe contar a história e dar significados às ilustrações.

— Você entendeu a história?

— Não.

— Como você é burra! O senhorzinho já era velho e só fazia desenhos que ninguém entendia. Depois encontrou um boneco que sabia o que eles significavam.

— Eu e você somos como o boneco e o senhorzinho?

— Acho que sim, porque parece que só você entende do que eu falo, assim como só o bonequinho sabe interpretar os desenhos do velho.

A menina piscou os olhinhos castanhos antes de dizer:

— Eu vou ser escritora. E só vou contar histórias que todo mundo goste.

— Não se preocupe em escrever para que todos aprovem. Se preocupe em fazer uma história que pelo menos você entenda. Porque, se ninguém entender, ao menos as pessoas não se tornam o motivo de você desistir de tentar, como o velhinho fez.

No escritório, enquanto olha para os documentos, Nicolas se pergunta o real motivo de estar ali, do outro lado do país, longe de inúmeros afazeres principescos que deixou em Balla.

Bufa, pensando se títulos de propriedades são de fato importantes o bastante para fazer com que um príncipe cheio de ocupações consideradas mais urgentes, como os ataques iminentes, esteja ali, na vila de Arroio, e não delegando a tarefa aos empregados de Jeferson, o seu fiel amigo e presidente do setor de inteligência.

Pega-se se lembrando do seu extenso trabalho para convencer a si mesmo cada vez que pensou estar fazendo uma bobice. Questionado por seu amigo mais cedo, enumerou dezenas de desculpas ao mesmo tempo que Jeferson, vencido por um nó na cabeça, decidiu apenas obedecer e não mais questioná-lo. Nicolas sabe o que está fazendo. Ao menos é isso que se espera de um príncipe.

Na verdade, ele pensa por fim, quis agarrar a primeira oportunidade que teve para ir àquela pequena província e visitar o seu passado, ou ao menos *alguém* desse passado. Sabe que o quanto antes investigar, mais cedo abrirá caminho para destrancar o que quer que seja que o aprisiona, ainda que não saiba muito bem o que está procurando. Compreende que *necessita* encontrar a menina da infância, que agora é uma jovem de dezenove anos que acaba de sair da adolescência. E ele torce para que os próximos longos quatro dias não sejam frutos do acaso. Há algo lá, que ele acredita estar para descobrir.

Só quero descobrir se ela está vivendo bem.

— Preciso desabafar com alguém. Por favor, me diga se isso não é uma loucura.

Nicolas passa a mão em seus cabelos grossos.

— Diga, meu caro amigo.

Jeferson ergue a sobrancelha, atento. Tem a mesma altura que Nicolas e o porte e a beleza refinada nos olhos escuros e puxados, assim como em sua pele bronzeada.

— Estou procurando a garota que se perdeu na mata comigo na infância...

— Isso é loucura — Jeferson intervém sem cerimônias, interrompendo o príncipe. — Ela pode ter migrado para outra casta, já ter se casado, ou até mesmo estar morta — alerta. — Tem certeza disso?

Jeferson reitera as possibilidades mais reais e menos românticas possíveis. Nicolas também não é romântico nato ou fantasioso, entretanto é como se algumas ondas específicas o levassem a crer que nada do que acontece é em vão ou fabricado por acidente. Dentro de si, ele tem um fio de certeza. *A intuição.*

— Não há como saber... — pondera Nicolas. — Além de buscarmos meios de descobrir — pensa em voz alta. — Preciso saber como essa mulher está vivendo. E não sei se posso sossegar até saber, mesmo que seja para ver o que não quero.

— E o que você não quer ver?

— Eu também não sei.

Nicolas coça o queixo.

— Como seu braço direito e chefe de inteligência, ainda acrescentaria que é perca de tempo. — Jeferson dobra as mangas desabotoadas. — Contudo, como seu amigo, acho que você deve ir em frente. Descubra o que for e siga em paz.

— Então, só aceito a sua opinião como amigo — retruca Nicolas, organizando os documentos na escrivaninha. — Investigue tudo que precisamos saber — murmura, levantando-se.

— Vai que ela está banguela. — Jeferson abre a boca, sorrindo.

— Tomara que não.

Nicolas abre um sorriso.

— A propósito: qual o nome da sua gata borralheira?

Nicolas puxa na memória o último dia na floresta:

— Assim que a gente sair daqui, você vai se casar comigo?

— Você está doida? Somos crianças.

— Só adultos é que se casam?

— É claro. Nunca vi uma criança sequer casada.

— Você disse que agora será o meu guarda-chuva...

Ela fez um bico.

— Aff. Você é muito fantasiosa para uma criança

— Meu pai me falou que eu só podia me casar antes dos quarenta anos com um príncipe. E não quero esperar tanto tempo assim pra me casar. Não sou esperta?

— A regra é clara: meninas se casam só até os vinte e quatro — Nicolas deixou claro. — Agora eu sei para quem você puxou, sua tonta.

— Pois me prometa que, assim que crescermos, você vai se casar comigo — disse a menina, insistente.

— "Você"não! Me chame de "majestade". Eu sou um príncipe.

— Um píncipe desses de verdade? Pensei que o papai só estava blincando.

— Aham.

— Agora você parece com um príncipe. Está me protegendo aqui. Só me promete, por favor, que vai se casar comigo. Aí eu vou poder ser uma princesa também.

— Aff. Tá bom.

Ela colocou o dedo mindinho empinado e abaixou os outros dedos.

— Agora vamos fazer um juramento.

— Eu nem sei o seu nome.

— Meu nome é Roma. E o seu, meu príncipe?

— Nicolas. Meu nome é príncipe Nicolas.

— Agora faz o juramento.

— Tá bom. — Ele imitou o gesto da menina.

Ele sorri antes de dizer:

— Roma. Ela é da casta vermelha, é tudo que sei.

Isso dificulta e muito a jornada para descobrir tudo sobre a amiga de infância do príncipe.

— Vou fazer as minhas investigações. Logo voltarei com a ficha dela completa.

Ele deixa o amigo na sala.

— Certo. É isso que quero ouvir de você hoje, meu amigo.

Nicolas sorri, pretensioso.

Aproveita para olhar ao redor do escritório que não visita desde a infância. Passa a mão sobre a mobília impecável e gira ao redor de si mesmo, olhando os quadros. Lembra-se mais uma vez de seus dias na floresta com a menina ao ver o quadro do pequeno príncipe. E ao se abaixar para analisar uma passagem secreta embaixo da mesa, a porta se abre e ele nem sequer percebe.

Ao se levantar, toma um susto ao ver quem está em seu escritório, analisando um dos quadros. Com um movimento rápido, puxa a espada que decora a parede e aponta para ela.

Uma jaqueta... vermelha?

O chalé fica aberto para os visitantes durante toda a semana, exceto aos domingos a partir do meio-dia, e já são 17h03. Ainda assim, os portões continuam abertos para pequenas emergências.

Roma verifica se não tem algum guarda ou porteiro e deixa seus materiais de aquarela no canto próximo à escada do imenso e majestoso palácio.

Por que não fazer uma visita até que a chuva passe?, pensa Roma. Há anos que vai até o jardim gigantesco do palácio e não visita a construção.

Ah, não. Domingo não é dia para visitas. Mas como posso esperar a chuva passar sem ser notada ou inconveniente?

Roma decide que pensar muito não resolverá nada, e anda em direção a um dos salões de artes e decide ficar quieta até que consiga ir embora antes de escurecer.

Tira a bota encharcada de água e começa a andar a passos rápidos e silenciosos em busca do lugar mais discreto do palácio. Percorre o corredor com algumas salas já conhecidas, nas quais estão variadas artes, de diferentes épocas e de diversos artistas; contudo não quer entrar em nenhuma com medo do sistema de segurança.

Não demora a encontrar uma escadinha estreita que leva até o subsolo. Começa a ficar um pouco apavorada, por isso pensa em pequenos encorajamentos. *Só preciso encontrar um lugar para me esconder das pessoas e do frio, meu*

Deus. Por que tem que ser assim? Por que as coisas não mudam? Roma se lembra dos lamentos do dia anterior. *Por que me questionar tanto? Algum dia vou aprender que sair um pouco que seja da minha zona de conforto me causa medo ou destempero?*

A forma como as coisas estão acontecendo neste domingo fazem Roma acreditar que enfim recebe as respostas para seu questionamento do dia anterior. Sente um frio na espinha, como se seu destino estivesse atrelado aos seus pensamentos.

Ela continua andando em silêncio pela escadinha. A cada degrau, maior é a sensação de calafrio e de ser uma fora da lei.

Não tem como isso dar em coisa boa.

— Eu sou uma doida. Como que a solução é ir cada vez mais fundo? Qual é — diz para si mesma

Então cobre a própria boca, impedindo-se de continuar a despejar as palavras.

Dá de cara com duas portas grandes. *Por qual delas eu vou? Esquerda, direita. Esquerda, direita. Ai!* Ela abre a porta à direita e se vê em uma das salas da área doméstica do chalé. Um piano de cauda preto está no meio da sala, cercado pelas muitas artes expostas nas paredes, em cima do tapete de tecido belga com estampas vermelhas. Mais ao lado, a escrivaninha carrega alguns livros embaixo das prateleiras abarrotadas por mais livros. Ali perto, a poltrona estofada para leitura fica quase em frente à lareira, próximo a qual há outra porta de acesso. Tudo em tons de violeta e de preto.

Uau, é como nos sonhos. Com um cantinho desses, eu não sairia daqui até Jesus voltar, pensa, com as mãos no peito e com um arregalar dramático dos olhos, como se tivesse encontrado o paraíso na Terra, o que a faz se esquecer por dois segundos do lugar em que está e do perigo que corre. O único fato que lhe causa angústia é a ausência de janelas, já que o cômodo é no subsolo. Ela passa os olhos em todo o ambiente.

Parece mais com um espaço secreto e íntimo... doméstico. Como num estalo, ela volta à realidade.

Ai, meu Deus! Estou na área doméstica do chalé real. Os seus olhos se arregalam.

Decide sair dali o mais rápido possível. Dá alguns passos miúdos em direção à saída. Entretanto, logo se vê fascinada por uma arte intrigante.

Desacelera os passos para observá-la. É uma obra tão feia e infantil que é impossível não olhar.

Ela é tomada pela a sensação de já ter visto essa arte em algum lugar. *Mas onde?*

— Você consegue decifrar essa imagem? — pergunta uma voz masculina e assombrosa atrás de Roma.

Ela fica paralisada, como se fosse uma ladra pega no ato do furto, sem armas nem defesas. Uma ladra muito desengonçada e malandra. Pega no pulo.

Seu coração bate descompassado, e sua única reação é erguer as mãos. Sente a ponta afiada da espada do rapaz. A adrenalina a deixa tonta.

— É... me perdoe, me perdoe... hã... Eu nunca entraria aqui para roubar algo... É, eu só queria me prot... — Roma não consegue concluir a frase.

— Responda: consegue desvendar essa imagem? — o rapaz insiste, como se apenas o que importasse fosse a imagem, e não o fato de alguém estranho estar ali.

— É... um elefante sendo engolido por uma tartaruga — diz Roma com a voz embargada e trêmula, engolindo uma quantidade significativa de saliva.

— Me explique a sua lógica.

Como esse sujeito quer falar de pintura num momento como este, me apontando uma espada?

Além disso, ela apenas se lembra de já ter ouvido isso de alguma outra criança na sua infância. *Ou foi de algum livro proibido que li?* Ela não sabe.

— Você sabe quem sou eu, sua ladra?

— É, eu sei. Não me mate, senhor segurança. Eu juro, não, prometo sair daqui rapidinho assim que a chuva passar. Vamos superar esse mal-entendido?

Roma ainda está virada de costas para o desconhecido.

— O quê?

Ele começa a sorrir de canto. Isso será muito divertido.

— Por sua voz, você parece ser jovem, assim como eu. Deixe-me explicar... Eu só estava tentando me proteger da chuva, e não queria ser um completo inconveniente. — Ela tenta não deixar o nervosismo tomar conta de si, sabendo que uma situação atípica como esta nunca poderia, sob hipótese alguma, acontecer. Ele começa a rir, a dar gargalhadas. – Por favor, não conte nada a ninguém da realeza, eu peço até pelo amor de Deus. – Roma faz um sinal de reverência e coloca as mãos no rosto. – Minha mãe, coitada, me mataria se algum deles me vissem deste jeito! Eu só queria me proteger da chuva. – Ela começa a soluçar, desatando em choro. Ela sabe que aqueles das castas vermelha e marrom não têm voz, portanto a tendência é sempre que se deem mal. – Vamos fingir que nada disso aconteceu... é... – Ele aumenta as gargalhadas, interrompendo Roma. Ela se empertiga. Ele está se divertindo às custas do desespero dela? – Por que você está rindo? – Seu rosto está ardendo de raiva. – Eu lhe peço que se compadeça para comigo...

– Vire-se – ele ordena, sobressaltando-se e retornando à seriedade de sempre.

– É... Não me mate, por favor.

Ela já começa a suar frio. Tem como piorar?

– Vire-se – Nicolas ordena, já sem paciência.

– Juro que sou uma boa pessoa... Quer dizer, boa pessoa já é demais. Enfim, vou me virar agora. Tá bom, camarada?

Roma se vira devagar e se depara com a figura masculina mais bela que já presenciou de perto

– A senhorita não lê os jornais, não é mesmo? – Ele fica em choque, pois ela não o reconhece. – Pensei que todos de Aséna me conhecessem só pela minha voz. Prazer, senhorita, príncipe Nicolas.

Ele faz uma longa reverência.

5

— Que arrogante — ela debocha.

Droga. Arrepende-se no mesmo instante por pensar alto.

— Quê?

Ele estreita os olhos.

Estou ferrada mesmo. Desgracei com tudo agora.

Roma quase tropeça em seu próprio pé ao ver Nicolas pela primeira vez. Ele tem uma altura imponente, sempre uma cabeça mais alto do que qualquer homem do reino. Seus cabelos são ondulados e castanho-claros, e Roma tem certeza de que o tom do cabelo dele pode variar para mechas ruivas no sol. Sua pele é branca como uma avelã, seu corpo não é nem musculoso, nem magro.

Misericórdia, meu coração foi arrebatado e está tentando voltar ao lugar.

— Me... me... perdoe, majestade — ela começa a gaguejar e faz uma longa reverência. — Eu estava pintando no campo e de repente começou a chover muito. Eu precisava me proteger, não queria que a minha pintura ficasse manchada. Se eu soubesse que vossa senhoria estaria aqui, juro que nunca viria aqui... Quer dizer, claro, se eu fosse convidada ou para uma visitação...

Roma continua com a cabeça baixa, quase como uma metralhadora falante — ela sempre desembesta a falar quando fica nervosa, ainda mais por nunca ter tido uma espada apontada na sua direção. Ela só pararia de falar se fosse interrompida.

Nicolas, o filho do rei de Aséna. Nascido em berço de cristal, não deve sabe o que é comer salsicha na vida. É o cara mais alto que já vi. Com certeza tem uma mente sem traumas, tem todas as garotas loucas para serem escolhidas por ele. É o mais rico, casto, elegante de Aséna. Tem a vida dos sonhos. Ele com certeza é o protagonista, pensa Roma. O departamento de observação parece já ter vida própria, dada a involuntariedade com que julga as pessoas por sua aparência e casta.

A beleza do rapaz não pode lhe tirar o foco do perigo que está correndo. Além do mais, prometeu a si mesma não se apaixonar por qualquer rapaz de casta tão elevada. E por um príncipe? *Jamais.*

Se bem que ele é muito engomado, não é? O cabelo está arrumado à perfeição. Isso é de dar nos nervos. A roupa cabe certinho no corpo. Isso me dá arrepios, pensa Roma, voltando à realidade a medida que se desfaz de um súbito encantamento.

Ele é o tipo de qualquer mulher do reino. Mas não faz o tipo *dela,* que prefere homens comuns.

— E você decidiu se esconder no subsolo do castelo, na sala da área doméstica? — ele a questiona com firmeza.

— Eu sei, alteza, que não faz o menor sentido... — Nicolas aproxima mais um pouco a espada de Roma, fazendo-a recuar, esbarrando numa cadeira. — Eu juro! Juro pela minha vida que não sou uma espiã ou algo do tipo. Que espiã seria pega assim tão facilmente e sem nenhuma arma?

Ela continua chorando.

Não precisa de muito para perceber que, ao contrário de uma espiã, é muito estabanada.

Isso será divertido, pensa Nicolas.

— Não há como saber, senhorita. E o fato de entrar em um palácio com tanta segurança sem ser percebida me faz cogitar se é tão inocente quanto diz ser — fala Nicolas, alfinetando-a. A maneira como ele fala, culto e com palavras rebuscadas, faz Roma rir por dentro, soltando o leve suspiro de uma risada contida. Risada em meio ao choro. Parece que ele saltou de um dos livros de romance que leu. — A senhora é bipolar? — questiona, abismado pelo fato de ela soltar um pequeno sorriso em meio ao choro.

Ele também deve ser o mais idiota de Aséna. Nicolas aponta mais um pouco a espada.

Eu sempre soube que protagonistas são previsíveis. Mas uma espada? Só não sabia que na vida real era assim também. Quem é que usa espada nos dias de hoje? Pontos mentais para a figurante aqui.

Roma ignora a pergunta que ele fez.

— Eu sei que não faz o menor sentido. Ainda assim, eu imploro que tenha misericórdia e não me leve para a masmorra, por favor. Eu ainda não me casei, nem dei uma condição melhor para a minha família. Ainda sou jovem demais. Eu... não posso ficar trancada aqui. Preciso voltar para casa antes do anoitecer — fala, soluçando —, pois no caminho não tem postes iluminados e eu tenho medo do escuro e de trovões.

Roma continua chorando. Nicolas segura a risada. *Essa moça é uma figura. Ela não é sã, tenho certeza. É alguma doida.*

Ele a estuda de cima a baixo. O vestido molhado e manchado pela lama, os cabelos úmidos despenteados, os pés descalços. Ainda assim, com os olhos mais lindos que já viu.

— Qual é o seu nome, senhorita?

— Não posso dizer, meu senhor, ou estaria com o nome manchado para todo o sempre.

— Prometo que se a senhorita não me falar o seu nome agora, você irá neste instante para a prisão.

— Ah, não. — Agora ela está apavorada de verdade. — Eu me chamo... — ela olha para o nome em um cartaz — Fernanda... — para não ficar tão óbvio, ela olha o sobrenome de um artista aleatório na parede — Lima. Meu nome é Fernanda Lima. Prazer, vossa majestade.

— A senhorita é de qual casta?

— Da verde — mente.

Nicolas dá dois passos em direção a Roma, fazendo-a se retrair cada vez mais.

— Sente-se — fala ele, apontando para a cadeira em que ela há pouco tinha esbarrado. Ela obedece sem dar um pio. — Me responda... senhorita Lima, já viu essa imagem antes? — Aponta para a pintura que ela desvendou assim que se viram.

— Bom, eu sou muito boa com charadas e interpretação de imagens — mente, atrevida.

A verdade é que ela não se lembra. Aquela imagem sempre lhe aparecia em formas distorcidas em déjà-vu.

— Eu acredito ser impossível, dada a rapidez da sua resposta. Agora me diga a verdade: onde você encontrou literatura europeia no nosso país? *O pequeno príncipe* é restrito ao palácio.

Mesmo com a espada afiada em suas mãos, ele faz gestos corporais gentis.

— *Pequeno príncipe*? Nunca ouvi falar.

Ela não pode contar ao príncipe sobre o mercado ilegal de literatura. Em parte, porque é secreto; mas também porque não consegue lembrar como já viu a imagem.

Os livros são vendidos no subúrbio da vila. Lá, contrabandeiam variedades importadas de diversos países do exterior. E Roma, claro, quer ler todos os livros possíveis — um ponto na lista de leis que Roma burla junto com a sua amiga Ana Clara. E elas sabem guardar muito bem seus segredos. A não ser por essa pequena deslizada.

— Diga agora ou você vai para a prisão, sua rebelde!

Ele bufa, correndo a mão no cabelo grosso, empertigando-se.

— É... é... só uma vez. Eu encontrei numa lata de lixo e fiquei curiosa e li. Isso é tudo que tenho a dizer sobre esse assunto, majestade — mente mais uma vez.

Neste momento, Jeferson entra no cômodo. Amigo íntimo de Nicolas e chefe de inteligência real, não disfarça o espanto com a cena que o recebe.

— Majestade?

O seu assombro é duplo. O primeiro é o fato de que a moça que acaba de ver é a mesma da foto que está na ficha que montou para mostrar ao príncipe. O segundo é o fato de Nicolas estar com uma espada em mãos, sendo que espadas são apenas para diversão e sua arma de ponta está na sua cintura.

É impossível Jeferson não rir com o canto da boca enquanto encara Nicolas.

— Ah, ela invadiu o palácio e precisamos dar um jeito nela.

— Senhorita — Jeferson faz uma pequena reverência, voltando a ser sério, sem questionar o seu amigo, que logo mais lhe explicará.

Roma apenas faz uma longa reverência.

— Majestade, eu preciso falar com você em particular por pelo menos dez segundos.

— Depois, Jeferson. — Nicolas continua fitando a invasora. — Coisa nenhuma pode ser mais urgente que isto *agora*.

— Majestade, você não está me entendendo — diz Jeferson, impaciente. — Precisamos falar em particular agora.

— Ok. Fique parada aí ou será decapitada.

O príncipe a fuzila com o olhar. Eles saem do cômodo e trancam a porta antes de iniciarem o diálogo.

— Diga. Espero realmente que isso seja importante... — Nicolas não consegue terminar o que tem a dizer antes de ser interrompido por seu amigo:

— É ela.

— Quê? — Se ele estivesse com alguma bebida na boca, teria se engasgado.

— É ela, a senhorita Roma Gomez. — Jeferson entrega a ficha para Nicolas. — Ela é da casta vermelha. Tem dezenove anos, estudou na escola de Janco, trabalha num ateliê de costura durante o dia e toda às terças pinta numa galeria em sua vila.

— Não é possível...

— Acabei de vê-la pelas câmeras de segurança e estou tão espantado quanto você.

Nicolas não consegue acreditar que a pessoa que ele sempre quis encontrar está ali, diante dos seus olhos. E ainda é uma... *uma descarada e mentirosa*.

— Presumo que ela entrou no palácio para se proteger da chuva, que, pelo que parece, já passou. Antes que os seguranças começassem a correr atrás dela, eu intervim.

— Fez bem, Jeferson.

— Ah, mais uma coisa: ela está no processo para se tornar dama de companhia das castas azul e violeta.

— Pois bem. Ela trabalhará no palácio violeta.

— O quê? Majestade, ela parece ser muito inteligente para alguém da casta vermelha, afinal conseguiu chegar à final do concurso. Contudo, há cinco candidatas de castas maiores à sua frente. Ela ficou em sexto e último lugar.

— Quero que ela trabalhe no palácio violeta. Dê um jeito nisso.

Se Nicolas coloca algo na cabeça, ou melhor, decreta, não há outra saída a não ser acatar.

Nicolas volta para a sala e fala para Roma:

— Desta vez vou deixar passar. Contudo, se eu voltar a vê-la neste cômodo ou em qualquer outro cômodo fora dos horários de visitação, a senhorita será decapitada.

Ele enruga a testa, ao mesmo tempo emocionado. Finalmente encontrou a garota que o faz perder o sono há anos... Mesmo que hoje ela seja uma atrevida e charlatã.

Além disso, assustar aquela donzela com a espada foi divertido. Agora que sabe que ela é a garota que mais procurava, seus olhos brilham, passando a observá-la por um longo tempo.

— Suma da minha frente.

Coitadas das pessoas que convivem com um desse. Coitada da mulher que se casar com ele.

Os narcisistas são os da pior espécie. Os defeitos dos protagonistas ninguém conta. Ah, assim que eu for escritora, vou contar tudo sobre esses farsantes.

No momento em que Roma chega em casa, ela espera que a mãe a receba com uma chuva de questionamentos e se prepara mentalmente. Já bolou diversas desculpas que parecem fazer sentido.

— Mãe... Desculpe o atraso. É que aconteceu d...

— Filha! — Sua mãe chega abraçando-a, empolgada.

— O que é isso, mãe? Eu só cheguei trinta minutos atrasada, não precisava se preocupar.

— Chegou a sua carta — a mulher conta, em êxtase. — Eu não aguentei e tive que abrir — continua, vibrante.

— E aí? O que está escrito? — Roma inspira fundo, preparando-se para mais uma emoção.

É muita emoção para um dia só...

Pelas minhas habilidades, devo ser chamada para a casta azul.

— Você foi chamada para a violeta! Parabéns, filha! Sempre soube que você é a joia rara da família.

Sua mãe a abraça mais uma vez e entrega a carta em suas mãos, com delicadeza.

Ela olha para aquele envelope grosso que possui o símbolo e a rubrica da realeza e o abre. Seu coração congela. As bordas são violetas.

Nossa, é melhor do que eu esperava. Com certeza será no palácio de um duque, ou melhor, de alguém do clero...

A carta diz:

Prezada Roma Arai Gomez,

É com satisfação que informamos o resultado do trâmite a respeito da seleção para dama de companhia.

Meus parabéns! A senhora foi escolhida na Província de Balla para o cargo, na capital do reino de Aséna, na casta violeta.

Todos os documentos apresentados no ato da inscrição, assim como a sua fotografia devem ser levados ao centro trabalhista de Janco, onde sua pasta deverá ser rubricada.

A senhorita deve se apresentar às 07h do dia 21 de abril no Aeroporto Nacional usando as vestimentas que lhes forem enviadas. Seu portão é o B10, privativo. Pedimos que mantenha a discrição.

Para mantermos o sigilo e garantirmos a sua segurança, o palácio e o proprietário serão mantidos em segredo até a sua chegada. Assim que a senhora chegar, será informado à sua família.

Atenciosamente,

Secretaria trabalhista do reino de Aséna.

Roma termina de ler e se contorce em puro êxtase.

6

Quatro meses antes da Redoma Violeta

— Que diabos é isso? — Roma pergunta, com os olhos arregalados e a voz abafada pelo pão com mortadela e queijo que comia.

Orlando entra pela porta da cozinha, abraçando Isabel por trás.

— Isabel, Roma. Roma, Isabel.

Roma franze o cenho.

— Prazer.

Os olhos dela estão maiores do que o normal.

— Oi, Roma. Orlando me falou tanto sobre você.

Isabel abre um sorriso tímido, porém largo.

— Depois vocês conversam.

Orlando parece apressado, arrastando Isabel da cozinha em direção ao quarto dele, que fica numa porta que antes era a dispensa.

— Tchau.

Isabel é só sorrisinhos.

— Guarde segredo, Roma. — Orlando coloca o dedo indicador na boca. — Shh.

— Claro que sim, eu e minhas outras seis companheiras vamos guardar o seu segredo.

Ela abre um sorriso travesso de ponta a ponta.

Guardar segredos de toda uma vila é fácil, o impossível é manter qualquer segredo na casa Gomez. O fardo é ter de guardar tantos segredos. Ainda mais se tratando de ninguém menos que Isabel Lima Bocalho de Assis, filha do duque de Janco.

Nada novo sob o sol. A ricaça apaixonada pelo pobre. Isabel é com toda certeza uma protagonista diferenciada. Um amor estilo Romeu e Julieta: impossível. Com famílias muito diferentes. Inimigas diante da lei. Portanto, o que me pergunto é qual fim eles terão. É eles que têm de se preocupar com isso, não eu. Além do mais, o "eterno enquanto dura" de Orlando sempre é intenso, mas dura pouco.

Ao pensar isso, Roma sente o mesmo frio na espinha que sentirá ao adentrar a área doméstica do chalé real. Sente de novo que não apenas palavras, como os pensamentos também são detentores de poder e de determinar destinos.

Já se passaram duas semanas desde que Roma recebeu a carta e, com a chegada de maio, ela está em êxtase no festival que acontece todo ano. É um evento oferecido pelo governo e organizado por cada marquês de suas províncias, com música, cultura, feiras com preços baixos, parque de diversões e entretenimento. E esse será o derradeiro festival de que ela participará antes de passar três anos trabalhando na casa de alguém da nobreza. O último antes de correr em direção aos seus sonhos. Sente-se melancólica ao mesmo tempo que sente um aperto estranho no peito.

Apreensiva, fala para a amiga:

— Ana, não é melhor irmos para casa?

— Por quê? Acabamos de chegar — rebate. — Você continua preocupada com o documento que ainda não encontrou? A gente precisa se divertir hoje. — Ela faz um bico, sem entender o motivo dos receios de Roma. — Desencana disso!

— Verdade, vamos desencanar disso...

Roma franze o cenho, rebatendo a chuva de seus próprios sentimentos ruins.

— A cambada de idosos da província estão temendo uma guerra iminente. Até você está caindo nessa conversa?

— Claro que não. — Roma torce o nariz. — Você está certa, vamos curtir este dia especial.

Ela parece despertar de algum sono. Contudo, enquanto se diverte, a dor persistente em seu peito parece carregar o prelúdio do que está por vir.

— Você disse que encontrou o príncipe Nicolas no chalé... — Ana Clara está sedenta por mais uma fofoca, por um relato que sacie a sua fome pela vida alheia por meses. — Eu estou surtando! Me conte tudo. — Ana Clara mal consegue se segurar em pé de curiosidade

— Ah, eu ainda estou chocada! — Roma se empolga.

Por mais arrogante que seja, Nicolas ainda é um príncipe. Ana já não se aguenta de curiosidade, quer saber mais:

— Conte! Divirta um pouco esta mera mortal que provavelmente nunca terá a chance de ficar cara a cara com o homem mais disputado da nação. — Ela adota um tom de voz dramático, como se fosse uma princesa da Disney dentro de uma peça de Shakespeare.

Ela ganharia um Oscar por sua atuação.

— Por isso seu sonho é ser atriz. — Roma abre um sorriso. — Você até que é uma ótima atriz.

— Disso eu sei. — Ana Clara sorri de nervoso, impaciente. — Conte logo! Eu já até estou passando mal.

— Ah. — Roma aperta os lábios um contra o outro, como se guardasse o mundo em suas mãos. — Ele é com toda certeza o cara mais arrogante que já vi na vida. O que já é de se esperar, já que príncipes da vida real são diferentes dos da ficção. Estou desapontada. Você acredita que ele me confundiu com uma espiã e depois com uma fã? Até me apontou uma espada! — Ela franze um canto da boca, levantando uma sobrancelha com deboche. — Idiota.

Ana Clara abre um sorriso com a fala e gestos da amiga.

— E você acha isso pouco? Você invadiu a área doméstica do palácio real. Você tem noção disso? Poderia ir presa, sua sem-noção.

— Você está certa. Isso não é mentira. Eu poderia mesmo ter sido presa. O que não sei é o porquê de ele não ter feito isso.

— Ele deve ser bonzinho.

— Conversa... — Roma descarta de imediato a possibilidade. — Ele é qualquer coisa, menos "bonzinho". Vai por mim, não fui com a cara dele.

— Mas lindo ele é, pelo menos?

— Demais! — Roma se abana com as mãos, revirando os olhos. — Tenho que confessar, isso ele é. Tão perfeito que não parece de verdade. Como se saísse das histórias que eu crio e dos livros que leio.

— Nossa! Ai... — Ela coloca a mão no peito. — Conte mais.

— Eu detesto o perfeito, sabe disso. Sou mais os rapazes comuns.

— Nesse caso, dispenso a arrogância. Fico com a beleza mesmo.

Ela ergue as sobrancelhas e os olhos enquanto sinaliza "positivo" com o dedo fura-bolo.

— Você e mais noventa e nove por cento das garotas de Aséna, querida — provoca Roma, dando de ombros. Ela tem de considerar a possibilidade de encontrar alguma outra garota que, assim como ela, não o suporte. — Aposto como em Balla não é toda essa *babação*.

— Ai, queria eu ter ido me aventurar com você. — Dá de ombros.

— Desencana desses príncipes encantados, AC. — Roma sacode os ombros da amiga com as mãos. — Garanto, por experiência própria, que eles não existem — fala, colocando uma mão no peito, como se isso conferisse total sinceridade à sua fala.

— Ah, eu não. Eu quero mais é sonhar, minha filha. — AC pisca. — Eu sou pobre e sem casta; sendo assim, imaginar é tudo que posso fazer.

O pior é que Roma também pensa assim, contudo ela sabe bem a diferença entre pensar e expressar o que se pensa. Então, no fim das contas, ela critica exatamente aquilo que faz: sonhar.

— Ana, você é uma romântica incurável; tão incurável que se esquece de descer da nuvem dos sonhos e pôr o pé no chão.

— E você com toda certeza é ainda mais romântica do que eu. Afinal, de que outra forma escreveria tantos contos românticos?

— De fato, sim. — Abre um sorriso. — É como se eu dissecasse toda a minha energia romântica nos livros, não sobrando quase nada para acreditar no real. Eu apenas não espero que o romance da realidade será tão bom quanto são os que eu mesma crio na minha imaginação.

— Você precisa saber dosar.

— Saber dosar, Ana Clara? Eu também sonho. Você sabe que sou a pessoa mais sonhadora que você conhece, e você é a mais sonhadora que eu conheço.

— Senso assim, por que raios... me perdoe, eu sei que você tem fobia de raios e trovões... você o critica?

— Ora, porque na ficção tudo faz sentido. Na realidade, as chances de rolar um romance entre um príncipe e uma dama aspirante a escritora são ínfimas. Na ficção, a droga da escritora faz tudo parecer bonito. É por isso que quero ser uma. Na imaginação, faz todo sentido falar de uma forma erudita, já na realidade fiquei com vergonha alheia. Ele fala tão bonito que me dá arrepios.

— De qualquer forma, essas coisas que acontecem são reais. Não importa se parece bonito. É a arte que imita a vida, enfeitando-a, não o contrário.

— O que estou tentando dizer é que... o lugar do personagem secundário não é com o protagonista.

— Então você tem um acervo romântico extremamente limitado. — Ana Clara dá um peteleco em Roma.

Elas são interrompidas por Geórgia, com a voz cortada pelos passos rápidos e ofegantes:

— Vocês ficaram sabendo?

— Do quê? — As duas falam juntas, em igual curiosidade.

— Que o seu namorado, AC, é um jovem rico e amigo íntimo do príncipe?

— Quê? — As duas quase gritam, em profunda surpresa.

— Stéfani dos Oliveiras está espalhando esse boato em todo o festival — fala Geórgia.

— Com certeza isso não passa de uma mentira — Roma conta. — Eu mesma vi com os meus próprios olhos ele sair do muquifo em que mora sozinho. Isso é impossível. Você deveria parar de dar ouvidos para Stéfani.

Ana Clara está paralisada, como se analisasse algo muito importante, com um olhar triste e distante.

— Sempre achei o nome de Augusto familiar... — Geórgia pondera. — Ah! Augusto Bocalho, filho do duque de Janco! Ele mora na capital e veio para a vila passar algumas semanas, assim como o príncipe. — Ela se censura, pois acaba de constatar um fato, sendo que a própria Stéfani já se aproxima do trio.

Elas até tentam sumir na multidão, só que Stéfani já está tão próximo que o feito se torna impossível.

— Vocês, preciso que me ajudem a descobrir.

— Descobrir o que, Stéfani? É melhor você dar meia-volta. Já estamos por aqui de suas loucuras.

Geórgia quase avança em cima de Stéfani, gesticulando com a mão.

— O Augusto é um homem muito rico, isso todos já estão sabendo. — Ela ignora Geórgia. — Só que tem algo que vocês não sabem: ele manteve um romance secreto com alguma moça da casta vermelha.

— Quem? — Geórgia tenta fingir surpresa.

Roma e Ana Clara estão com o coração aflito, pois sabem que se trata da própria Ana.

— Bem, é isso que quero descobrir... O melhor é que o príncipe já fez questão de tirá-lo dessa roubada. — Ela solta uma risada diabólica.

— Co-como assim? — pergunta Ana Clara, com os olhos lagrimejantes.

— Eu soube por uma arrumadeira da mansão do duque de Janco. O príncipe alertou o amigo. O senhor Augusto já estava decidido a contar tudo à sua amada e levá-la para se casar com ele em Bala. Porém, relataram que o conselho de Nicolas foi o suficiente para que ele desistisse dessa ideia maluca — conclui. — Que pena, né? Quem quer que ela seja, estou com pena dela. Já pensou ser enganada a tal ponto e no fim ele ir embora e ela nem sequer saber que foi deixada por um futuro duque?

— Por que você está nos contando isso? — pergunta Roma, tentando conter a raiva por Augusto, que enganou a sua melhor amiga, e raiva ainda maior por Nicolas, que estragou o primeiro amor de verdade que Roma presenciou na vida.

Quanto a Stéfani, Roma a considera apenas uma ignorante.

— Ora, por quê? Porque vocês são as mais fofoqueiras de toda a vila, e pensei que vocês saberiam de algo a mais do que eu nessa história.

— É... — Ana Clara a interrompe. — Eu preciso ir ao banheiro, Roma. Quase não estou me aguentando de vontade de fazer xixi.

Ana Clara mal se aguenta em pé, não conseguindo falar mais nada sem que se derrame em lágrimas ali mesmo.

— Vocês vão me deixar aqui falando sozinha? — a garota questiona quando Roma e Ana Clara começam a sumir de suas vistas. — Ei! Vocês com certeza devem saber de alguma coisa — Stéfani murmura. — Voltem aqui!

E elas somem na multidão.

Com uma expressão desconcertante, Nicolas fita seu amigo Augusto, que olha para a prateleira de livros, sentado no sofá, com um olhar distante. Augusto engole todo o conteúdo de conhaque de uma só vez.

— Acho que você está certo, meu amigo. Por mim, enfrentaria toda a sociedade por ela. Entretanto, na prática isso mais parece um absurdo.

— Por que você não contou a ela quem você é?

— Por isso mesmo. — Ele move o copo, gesticulado com as mãos. — Eu tive medo de perdê-la.

— No fim, isso aconteceria de qualquer maneira — Nicolas fala. — Eu o alertei sobre isso.

— Eu queria mais tempo, sabe? Mais dela...

— Entendo.

— Não é o que você está pensando. — Augusto arruma o cabelo e franze a testa.

— Não estou pensando nada. — Nicolas ergue uma sobrancelha.

— É um absurdo o tanto que eu a quero.

— Hum...

Nicolas não consegue mensurar o que o amigo fala. Ele nunca se apaixonou. Certamente sabe que, se um dia vir a se apaixonar, jamais será por uma moça de casta inferior à violeta. E se apaixonar nunca esteve nos seus frios planos de apenas se casar para ter um herdeiro, o que está a quilômetros de acontecer. Pois assim foi criado.

Ele não tem pretensão de amar alguém, uma vez que é impossível amar sem sofrer. *O amor é sofredor*, pensa. Não conhece ninguém que ame e que seja feliz por completo. E acredita ser mais feliz do que qualquer um que se coloque nessa posição padecedora.

A sua mãe ama o seu pai. E, embora ele seja um bom marido para ela, sempre coloca as pessoas em posições estratégicas, a fim de conseguir algo. E agora Augusto, escolhendo amar uma pobre moça, sofrendo e a fazendo sofrer. Além disso, Orlando sofre pelo inverso do que Augusto sofre.

Sou muito mais feliz sem amar ninguém. O amor, no fim das contas, não compensa o sofrimento que causa.

— No fim das contas, o que eu faço? — Augusto pergunta.

— Faça o que tem que fazer: vá embora da vila. Vá para Balla e encontre uma esposa para que tenha um herdeiro. Você bem sabe, precisamos seguir o fluxo de nossas vidas sem muitas escolhas, sabendo que temos os nossos privilégios, como também os sacrifícios — responde Nicolas.

— Seria muito difícil expô-la ao escrutínio da sociedade violeta. Ela nunca seria feliz, nem em nome do amor. E não posso pensar que o amor é um motivo forte para enfrentar tudo. O amor por si só não aguentaria. E eu jamais poderia colocar um anel em seu dedo, a minha família nunca permitiria.

— Orlando é da casta vermelha e conseguiu a aprovação de seu pai com Isabel — Nicolas rebate.

— Só que ninguém em Balla sabe a que casta ele...

— O amor é muito bem-vindo, desde que seja entre os membros da casta violeta, o que é uma raridade. Nós já estamos acostumados a isso. A nossa única felicidade sempre será o nosso título e tudo que vem com ele.

— Não sei até que ponto isso é bom. Queria que não fosse assim, mas... você está certo. Talvez a única saída seja esquecê-la. Não posso permitir que ela sofra por minha causa.

— Você é o herdeiro de um duque, já tem tudo. E talvez esteja tentado pela sensação de ela ser a única mulher que você não pode desposar. — Nicolas comprime os lábios. – Nós sempre seremos atraídos por aquilo que não podemos ter.

– Acho que você está certo – conclui Augusto.

Nicolas olha para o relógio antes de dizer:

– Agora vamos. Estão nos esperando na missão de hoje.

Às 15h, depois de Roma passar o resto do festival consolando Ana Clara e prometendo acabar com o príncipe – afinal, para Roma ele é o único culpado por interromper um grande amor, e Augusto não teria coragem de deixar a sua amiga por vontade própria, portanto o erro dele foi se deixar levar pela opinião de um amigo importante, ainda que péssimo. Por isso ela não o culpa. Agora tem a certeza de um ranço pelo príncipe, prometendo que o odiará enquanto viver.

Resolvem descer a ladeira para as suas ruas. Notam um certo burburinho por toda a vila. E isso não faz parte da pequena província antes do toque de recolher. No momento em que Roma chega em casa, tudo está num silêncio estarrecedor. Não há ninguém na sala ou na cozinha. Todos estão em seus quartos. Quanto mais ela anda pela casa, mais aquela dor fina, curta e apertada lateja em suas entranhas.

Às 15h nunca mais serão as mesmas.

A questão é que uma mera circunstância nos comprova que poucos acontecimentos tangenciam a razão e a probabilidade. Afinal, qual é a probabilidade de alguém morrer jovem?

Ao chegar no quarto da irmã mais velha, encontra Sicília abraçada a Oslo, que tenta conter os prantos. E por fim dá a notícia a Roma:

– Orlando não resistiu.

Ana Clara não consegue se conter em pé, pulando por não conseguir aguentar o peso da notícia, e Geórgia está em choque, desatando a chorar.

– Como? – Sente falta de ar. – O que aconteceu?

– Não sei. Não sei dizer. Foi como um tiro.

— O que quer dizer com isso?

— O corpo dele ainda não foi encontrado.

— Como? Como podem ter certeza de que foi ele?

— Algumas testemunhas viram um corpo cair pelo riacho... — Roma sabe que ele sumiu, só que isso já tinha acontecido muitas vezes. Ele costuma ser independente e não é dado a explicações, pois é responsável. — Disseram que ele acabou caindo e infelizmente não tem a possibilidade de ter sobrevivido.

O fato é que elas precisam permanecer em silêncio até que uma de suas tias chegue com o medidor de pressão e com o remédio para dopar a senhora Eleanor quando ela receber a notícia.

As quatro irmãs se abraçam à medida que o impacto da morte de Orlando faz efeito em seus corpos. No primeiro momento, elas sentem como se o chão se abrisse sob seus pés de surpresa. De supetão. E não existe nada em que pensem mais do que no fato do irmão não estar mais ali e na certeza de que nunca mais estará. A dor dilacera e, como uma avalanche, corrói os seus corpos e suas almas.

O que resta quando alguém que se ama fica no meio do caminho? Quanto do caminho ainda iremos percorrer? O resto da vida ou uma vida inteira?, Roma não pode deixar de se perguntar.

O nunca mais do sentar à mesa com seu olhar silencioso. O nunca mais do seu sorriso que derruba até os mais fortes. O nunca mais da pessoa que todos se sentem sortudos por existir. Agora, sentem-se as pessoas menos afortunadas e mais infelizes do mundo.

Só nos resta mais um pouco de tempo ou ainda temos uma vida inteira? Devemos continuar a nadar, mesmo não sabendo se haverá outro lado do rio?, Roma reflete. *Por que tentamos ser tão fortes se não temos controle de nada?*

Enquanto cada uma chora, transtornadas, em seus quartos, a irmã mais velha está no quarto da mãe.

— Minha filha, vamos orar. Vamos pedir a Deus para que Ele traga o meu filho para casa. Já faz três dias que ele desapareceu sem avisar. Estou sentindo um sentimento tão ruim dentro de mim.

E ela começa a clamar, embora a sua filha mais velha já saiba que precisa lhe dar a notícia devastadora.

O pai deles está no andar de baixo, calado e cabisbaixo; ele não consegue expressar nenhuma emoção pelo choque, com o coração destroçado. Na verdade, não há ninguém na casa mais triste do que ele.

As pessoas que não conseguem expressar as suas emoções diante de dores devastadoras são as que mais sofrem. Porque a dor fará uma pressão tão intensa a ponto de ser insuportável caso se entreguem a ela. E o senhor Orlando não quer desfrutar da pior face dela, não com plateia. A dor é apenas sua e colocá-la em um palco não o livrará do peso da culpa de um filho ter de partir antes dele. O curso das coisas não deveria ser o oposto, digo: não são os filhos que enterram os seus pais?

A tia deles chega e é a hora de dar a notícia à mãe.

— Mãe, alguém caiu do riacho e algumas testemunhas viram que era o Orlando. Ele se foi, mamãe.

Os olhos de Sicília se enchem de lágrimas.

— Não! — ela grita por muito tempo. — Meu filho! Por que, Deus? O senhor me abandonou?

Por que culparíamos a Deus se a própria fragilidade humana foi feita com um intuito? Ele seria o último em quem eu colocaria a culpa, Roma reflete.

Eleanor começa a disparar várias ofensas ao pai dele:

— Você não soube ser pai. Por que é que você foi dizer a ele que o relacionamento dele com Isabel jamais daria certo? As palavras têm poder! — Ela tem sangue em seus olhos. — E agora? Traga meu filho de volta! A culpa é toda sua!

O senhor Orlando não aguenta o peso das palavras de sua esposa. A dor, a culpa, o arrependimento, o remorso e a perda se embaralharam em seu peito. O seu filho amado e braço direito partiu.

Ah, se soubesse que ele partiria!

7

Um mês antes da Redoma Violeta

— Vocês têm certeza disso? — questiona Geórgia.

— Nós já reunimos coragem o suficiente até aqui, então nós não vamos amarelar agora.

Roma, como sempre, é a mais desinibida. Às vezes nem parece a mesma que sente medo de trovões.

— Acho melhor irmos embora — fala Geórgia, com receio.

— Eu também acho. — Sicília mordisca o lábio inferior.

— Eu também — as outras concordam com a sua irmã mais velha.

— Suas barangas, vamos com isso logo.

Roma aperta a campainha com os dedos trêmulos de nervosismo, contrariando as suas irmãs. Já é tarde demais para desistirem.

Uma senhora alta, com a expressão fria logo surge:

— Quem são vocês?

— É... Nós queremos falar com o duque... Agora. — A irmã mais velha bate o pé, revestida de coragem.

— Não sei quem são vocês, mas o que quer que queiram falar, ele não está em casa — a senhora fala, preparando-se para fechar as portas.

— Chame-o agora — Sicília bufa. — Sabemos que ele está aí.

— É, o vimos chegar.

Georgia tenta disfarçar a timidez e nervosismo.

A governanta as olha de cima a baixo. Estão usando sapatos desbotados, com os cabelos por fazer e roupas velhas. A mulher mais velha não precisa saber que elas precisaram de três ônibus e duas horas para ir do subúrbio até o centro da cidade.

— Somos as irmãs de Orlando — elas revelam, em um uníssono desajeitado.

Os olhos da senhora Sara, a governanta, logo se iluminam.

— Irmãs de Orlando?

A julgar pelo embargo em sua voz, é claro que a governanta não consegue esconder a súbita emoção.

— Sim. E não vamos sair daqui até falarmos com o duque.

Elas ainda estão na defensiva, sem notarem a expressão emotiva da senhora Sara.

— Deixe que eu assumo por aqui, senhora Medeiros. — O velho Bocalho de Assis, o duque, surge atrás da governanta. — Pois bem, o que querem?

— Saber de tudo? — a irmã mais velha se pronuncia.

— Não há nada para saber. Ele estava na floresta, alguns caçadores estavam atirando e ele foi atingido, caindo no riacho — responde, indiferente.

— E por que com tão pequeno esforço o senhor nos conta isso? O senhor não se ressente por ter perdido um importante empregado, que, aliás, era o grande amor da sua filha? — questiona Veneza, a segunda mais velha.

— Não — responde de imediato, rosnando. — Eu dei um teto, um emprego e uma boa gama de opções de mulheres para ele. E ele fez o quê? Quis a única que não poderia ter: a minha filha. Que bom que esse verme se foi. E quanto a vocês, bem, vocês se certifiquem de jamais caírem nas graças do meu filho ou de qualquer homem da casta violeta. Porque cada vez que um deles cede ao mero encanto de uma sem casta é uma perda grande, de dinheiro ou de dignidade. Agora saiam da minha propriedade, garotas imundas! Parem de pousar que nem urubus no meu palácio. Saiam! — esbraveja.

Como pessoas indecentes e sem honra, os seguranças começam a arrastá-las para fora da propriedade.

— Um dia o senhor vai se arrepender de cada uma dessas palavras. O senhor vai pagar com a língua! — Roma exclama baixinho, dizendo mais para si mesma do que para ele.

— Será mesmo que vou fazer a coisa certa ao ir?

Roma repousa as mãos no colo.

— Se você continuar a ter medo, Roma, não chegará a lugar algum — Ana Clara é direta.

— Sinto muito medo. Na minha mente tem um sobrado, e nele eu montei um palco com as minhas dores.

Roma se deita na cama, fitando o teto.

— Eu sei como é...

Ana Clara respira fundo, endireitando a coluna.

— Ai. — Roma volta a se sentar, desatando os nós do seu encorpado cabelo, e assopra o ar dos pulmões. Sente-se exausta. — E você?

Ana Cara pega a sua mão com delicadeza e fala:

— Eu o quê? — pergunta Ana Clara. — Eu estou bem, Rô, já nem penso mais nele. Se eu o encontrar hoje em dia, pode acreditar: será como um desconhecido. Um homem comum. — Roma sabe que a amiga está mentindo. Sabe que é um daqueles amores que nunca mais se encontram ou, ao se encontrarem uma única vez, não há outro jeito a não ser agarrá-lo. Por isso, espera que Ana Clara e Augusto nunca mais se vejam. — Não vamos falar de mim — muda de assunto. — Sei que você acha que tudo para você não dá certo. Agora, olhe para essa oportunidade, minha amiga.

Roma fixa o olhar nas mãos da amiga.

— É que parece que estou dentro do que ocorre numa probabilidade de um por cento. Se existir uma ínfima chance de dar errado, não tem nada que me tire da cabeça de que o pior vai acontecer da maneira mais assombrosa justo comigo.

Depois de ter vivido seu maior medo — perder alguém que ama —, deixou de acreditar no caráter inabalável da sua convicção de que certas coisas são destinadas a acontecer. Então, assim como uma areia fina em seus dedos, cada uma dessas certezas foram se dissipando. O coração dela se tornou apático à esperança, pois passou a esperar pelo pior.

Meu sonho maior é morrer aos cem anos. Com a partida precoce do irmão, que se foi aos vinte e cinco, ela passou a conhecer significados de palavras e pontos abstratos da tristeza que jamais experimentou antes. Ela nunca teve tantas perguntas sem respostas como agora.

Por que ele se foi? Por que, se ele não foi feliz a maior parte do tempo? Por que é que não nos foi avisado para que o amássemos mais? Por que tão cedo? Com quem ele falou por último? Por que sob essas circunstâncias indignas? Foram mesmo caçadores? E se não, quem faria isso com ele? Há algo que eu não sei?

E junto aos questionamentos, vem a preocupação excessiva. Ela não encontra respostas para nenhuma de suas perguntas.

Por que ele teve de saltar da vida para a morte assim, sob essas circunstâncias?

Junto aos questionamentos, sente medo – medo de morrer, de viver errado. Tem medo até das coisas darem certo e, no último instante, uma reviravolta mudar o curso de qualquer faísca de alegria que volte a ter.

Sente revolta.

Nas poucas vezes que conseguiu sorrir, não demorou a ser invadida por sentimentos de autocomiseração. *E se der errado logo assim que eu conseguir voltar a sorrir? E se o fim chegar logo que decidir recomeçar?* E então um espiral de dores a empurrou para um poço cada vez mais fundo, colocando-a cara a cara com as profundezas terríveis e assustadoras da sua tristeza.

A vida é frágil.

E por ser frágil, não devo desperdiçá-la sendo medrosa. Devo viver intensamente. Mas como eu arranco este sentimento? Se é frágil, também não devo pôr tudo à prova.

Lutar ou fugir. Esse é o meu principal dilema.

– Mesmo assim, você precisa escolher entre não ir por causa do medo ou ir apesar dele. Não pode mudar o passado, Roma. – Ana Clara tenta se expressar sem cair no choro. – Precisa, sim, aprender a reconstruir alguns tijolos quando o que ainda nos resta é um pouco de esperança com o futuro.

– É que – as lágrimas quentes escorrem de seus olhos – cada vez que me empenho e fracasso, sinto como se perdesse um pouco mais de esperança. É como se eu já estivesse derrotada sem antes lutar. Porque já não tenho forças.

— Essa é a sua chance de aprender com as suas fraquezas.

Ana leva o dedo aos olhos de Roma, secando as lágrimas.

— Eu sabia de todas essas coisas que você fala na teoria. Conhecia o sofrimento apenas de ouvir falar. — Esboça um sorriso amarelo. — Agora o conheço intimamente, em toda sua intensidade, cor e cheiro. E na prática dói, Ana. Dói de uma maneira inimaginável. É como se todos os ventos fortes batessem em mim. E eu não posso fazer nada para mudar o curso deles. Tampouco o curso do passado.

— Roma, não podemos mudar o passado, muito menos a dor que estamos sentindo. A única coisa em que podemos nos agarrar é a esperança. Não temos mais nada, perdemos tudo...

O medo de Roma começa a se esgueirar para a realidade, aproveitando-se de cada momento tranquilo ou dos segundos antes de dormir para sussurrar lembranças dos gritos de sua mãe ao descobrir a morte de Orlando. A sua cabeça dói e ela se sente sufocada pelo temor. Vaga pela casa à noite, desesperada, vendo se todos estão bem.

Em uma das primeiras noites sem o seu irmão, ela acordou atordoada, chorando e suada com as batidas fortes do seu coração. Era como se ele fosse saltar para fora a qualquer instante. Ela desatou a chorar, ao mesmo tempo que uma de suas irmãs falava:

— *Calma, Rô. É o seu corpo absorvendo a dor.*

E choraram juntas, até adormecerem.

Não é a única a se sentir dessa forma. Geórgia tem crises de choro, Veneza sente falta de ar e Sicília sente vontade de sair de casa cada vez mais, fugindo do clima e da dor.

Roma sempre sentiu medo, e isso é fato. A sua maior fobia são os trovões. Certa vez, quando seu irmão ainda estava vivo, ela tremia por conta de uma noite cheia de trovões e apagões — frequentes em Janco — e correu para o banheiro.

Todos os seus amigos riram dela, já Orlando a acalmou:

— *Vai dar tudo certo. Você vai superar.* — Ele olhou para ela. — *Calma, calma.*

Ele dava umas batidas com uma mão nas suas costas e, com a outra, alisava os seus cabelos, ouvindo-a chorar, apavorada.

Roma sente cada vez mais medo, uma espiral de preocupações o desencadeia enquanto os ruídos continuam fluindo, até que ela se sinta sufocada pela ansiedade. Sente-se desesperada e sem controle sobre as próprias emoções e sua consciência, sendo consumida por pensamentos distorcidos e fora de proporção. Eles são tão abruptos que ela não consegue discernir o que é real e o que é fruto da sua imaginação. Quase nunca consegue se ater a apenas um contexto, embaraçando uma ideia à outra, em um estado de ansiedade.

E ela não precisa mais de um fato significativo como um gatilho que quebre o seu estado de tranquilidade, como acontece com os trovões. Seu emocional está fragilizado. O ponto de ruptura é rápido e dilacerante. Num instante se pega apanhada pela angústia e apreensão.

Retornando para a conversa com Ana Clara, ela revela:

— Antes, eu só era uma garota ansiosa. Hoje eu lido com medos reais. E se for arriscado demais? E se eu morrer na beira da praia, lutando?

— E se essa for a melhor decisão da sua vida? Você só saberá se correr riscos. A vida exige riscos, Roma.

— Agora, o meu medo está num estado de "lute ou fuja". E meu corpo está me preparando para dois resultados possíveis: o de enfrentar essa situação e lutar contra ela ou o de sair correndo e fugir.

— E aí, o que você vai decidir quanto a isso? Roma, coloque o medo na mala e vá mesmo assim.

— Eu vou.

— Quê?

Ana Clara arregala os olhos, surpresa. Não achou que Roma aceitaria de abrupto. Afinal, Ana Clara ainda está procurando as palavras para convencê-la.

— Eu vou para a província de Balla e enfrentarei cada um dos meus medos. Cansei de fugir. Independentemente do resultado das minhas ações, eu vou tentar.

Elas se abraçam.

Já em casa, Roma abre uma famigerada portinha e dá dois passos antes de entrar no quarto do irmão. Está tudo milimetricamente organizado, do jeito que Orlando sempre deixava. Ela passa o dedo indicador pela mobília robusta. Faz um tempo desde a última vez que esteve ali, pois sente medo de fuçar nas coisas do irmão, como se estivesse invadindo a privacidade dele, ainda que ele já não exista mais.

É que a morte a furta das pessoas.

Roma se senta na cadeira dele. A lupa antiga, que ele usava para realizar as suas pesquisas, os óculos quebrados da briga com Stéfani, as camisetas de desenhos em quadrinhos... Ela sorri, pois ele saía de casa com terno e gravata; já ali costumava colecionar camisetas de personagens.

Ela sente a cadeira mais fofa que o normal e fica curiosa. Inclinando-se, passa a mão por baixo do assento. Há um pedaço de madeira solta. Ela mete a mão e retira a madeira: encontra um bilhete.

Ela o abre e visualiza um código estranho, com letras em um idioma que lhe é desconhecido, e, no fim, há um anagrama em letras maiúsculas:

OASMVTEDEDAIDELARO

O que é isto?

Roma pega o papel esquisito e o coloca no bolso. Pode ser mais uma das fórmulas que ele estudava e quis guardar. *Por que esconder? Enfim, isso já não importa mais. Ao menos vou levar para mim como uma lembrança. A letra dele está tão bonita. Vai ser nosso segredinho agora.*

E, ao observar todo o quarto do irmão, resolve que dará um prazo à sua dor. Sofrerá a dor que lhe foi traçada, jamais se esquecendo do seu irmão, lutando para decidir continuar a viver, carregando na bagagem as suas marcas, bem como as suas esperanças, misturadas e exprimidas, todas juntas. Verá como essa coexistência a reinventará.

8

Balla foi projetada para ser a cidade mais memorável de todo o reino de Aséna.

Desde que pousou no aeroporto, Roma não desgruda os olhos de todo o espetáculo da província. O fato de ter tantos carros reunidos e um trânsito intenso, os chalés da nobreza — as pessoas andando por todos os lados com celulares na mão, as roupas —, tudo isso a faz acreditar que está em outro país ou planeta, ou, ao menos, descobrindo um outro mundo.

Além disso, também pintam uma grande massa humana, adestrada à vida normal e sem propósito. No fim das contas, acredita que a monotonia é um ponto de intercessão entre os dois mundos: o abismo entre viver na casta vermelha ou na violeta. O de se ter privações e o de se ter distrações, ambos podem ser prisões.

A cada meio quilômetro há letreiros em LED com as seguintes frases escritas:

SOMOS ELEITOS, SOMOS VIOLETAS.

O GRANDE SENHOR ESTÁ ORGULHOSO DE NÓS.

VIVA A LIBERDADE DE SER UM VIOLETA.

Todas as castas têm acesso ao rádio, mas a TV é restrita às castas principais, pois elas têm mais acesso à literatura e à informação por conseguirem pagar por isso. Roma só conhece as descrições da capital pelo que ouve ou lê em jornais, que ficam disponíveis para toda a população. Já ouviu descrições distorcidas e até exageradas, como carros voadores ou estradas flutuantes, porém na verdade são drones e pontes altas. E como é um bocado esperta e não é dada a telefones sem fio, tratou de se informar o máximo que pôde com os recursos limitados.

Ela já leu sobre como são os prédios modernos, mas nunca tinha visto um de perto. Aquele choque com o novo é o suficiente para que ela entenda como a vida em sua casta é precária — e pensar que meia hora atrás não tinha ideia. Ela se maravilha e se assusta com cada centímetro da cidade.

— Parece um sonho.

Enquanto ela tem a certeza de que trabalhará no palácio de um duque, ela chega no lugar em que jamais achou que pisaria e cuja charada nunca achou que resolveria.

O *palácio Violeta.*

O palácio Violeta é um misto de gótico — com vitrais e rosáceas espalhados por toda entrada, herança de antes da formação da nação — com moderno — com um sistema de segurança de ponta, muitas paredes de vidro, três torres, duas nas laterais do palácio e uma atrás. Muros na cor violeta, que possuem espelhos de cima a baixo. Paredes em tom violeta, com jardins imensos ligados a um lago artificial de águas cristalinas.

— Nossa — diz em êxtase.

Violeta, pensou. *Por que este local é violeta no tom mais forte?* Ela tem a certeza de que será dama de companhia da filha de um duque. Suas habilidades, ela acredita, não são para a filha de um rei.

A grama do jardim está aparada em formato de v, de violeta. O complexo possui parterres, fontes, bosques e canais, como o Parterre da Bebida, o Vitral Violeta, a Fonte da Criatividade, o Grande Canal e o Bosque das Três Torres. Além disso, o palácio possui a Casa de Vidros, um patrimônio cultural da Nação, aberto para visitações ao longo de todo o ano.

Não acredito que estou aqui.

O palácio tem um espelho d'água que reflete o conceito de perfeição, criando um espaço ilusório infinito, com um rio no entorno, em formato de uma estrela de seis pontas. O palácio real é o grande símbolo do poder de todos os monarcas, além de ser o ícone do luxo da realeza e da casta mais superior.

Não pode ser, pensa Roma, em choque, à medida que o carro adentra o palácio mais vasto e autêntico de toda a cidade.

Ao chegar ao portão, uma senhorita de trinta e cinco anos – que mais tarde descobrirá se chamar Helen –, alta e elegante vai em sua direção, encaminhando-a para os fundos. O fato de entrar pela passagem dos fundos do palácio faz com que Roma fique intrigada.

A esta altura, é impossível não saber onde está.

Estou no...

– Presumo que a senhorita seja a dama Roma Arai Gomez. – Helen faz uma pequena reverência. – Bem-vinda ao Palácio Violeta da família real.

É como um soco no estômago.

Ai, não.

É improvável. Roma não se considera boa o bastante para ser uma dama da realeza. Ela só sabe dois dos quatro idiomas falados no país, tem domínio de alguns instrumentos, de algumas regras de etiqueta, os considerando rústicos demais, vê-se como uma beleza mediana; sendo assim, não esperava que suas qualificações fossem suficientes para aquele trabalho.

Afinal, algumas amigas de sua casta juntaram dinheiro por anos para fazerem cursos especializados, ao passo que ela nem cogitara essa possibilidade. O sonho de algumas é um pesadelo para ela. O lema de qualquer dama de companhia que entrasse para o palácio Violeta era: "Uma vez dama violeta, para sempre dama violeta".

Será que nos forçam a ficar aqui para sempre?

O momento vem como um baque, trazendo uma onda de nervosismo e pensamentos de autossabotagem. Seu coração se sente deslocado.

Roma não consegue formular uma palavra sequer, está em choque.

Como foi que não me preparei para essa possibilidade? Que ódio! Se ela ao menos tivesse cogitado essa ideia, talvez o choque seria menor, ou ela teria algum plano de conduta mental premeditado. Mas não, ela foi pega de surpresa e agora não sabe bem como agir.

Ela detesta se ver em situações para as quais não se preparou mentalmente e não gosta de surpresas. Certa vez, ainda na escola, um rapaz quis fazer uma surpresa para ela numa cabana no meio da mata, enchendo o local com enfeites esquisitos e espalhafatosos, e ali decidiu declarar o seu mais alto apreço por ela. Resultado: ela não pôde fazer nada além ficar retraída e sem resposta, em vez de negar na lata o pobre menino. Ela não gosta de ser a última a saber das coisas nem de não ter chances de premeditar atitudes. Ela gosta de inventar situações em sua mente para já contar com escapes para situações constrangedoras.

Então, este pode ser o momento em que Roma aprenderá que as maiores felicidades da vida não acontecem conforme o planejado.

Sem neura e autossabotagem, pensa.

Ela só precisa fazer um enorme esforço para sincronizar o que seu cérebro pensa e o que sua boca diz.

Eu não sou a personagem principal, disso bem sei. Significa que não serei notada. Que delícia, perambular pelo palácio sem alguém se interessar por quem eu sou. Prefiro bem mais ser a Elizabeth Bennet a ser a Jane Bennet; Hermione ao Harry Potter; e Sam ao Frodo. Meu propósito é jamais, em hipótese alguma, roubar a cena. Seria até ousadia de minha parte pensar na possibilidade. Devo segurar a minha língua. Ao menos tentar.

— Si-sim. Sim, senhora. — É a única resposta que consegue dar. O ar lhe falta e as suas mãos começam a ficar suadas. — Eu me chamo Roma Gomez. — E faz uma reverência.

— Em nome da família real, agradecemos por sua discrição e por ter aceitado vir sem saber ao certo onde trabalharia. — Helen faz uma pausa. — Bom, a sua família será comunicada, pois o importante, antes de tudo, era que a senhorita chegasse bem e sem prejuízos, sem que fosse perseguida por qualquer inimigo da nação. Agora que a senhorita chegou, sem mais mistérios. Me acompanhe — diz Helen em tom solene.

Nada parece afetá-la, nem mesmo o nervosismo da nova dama de companhia.

E se eu não chegasse bem? Não causaria escândalo algum, pois não haveria possibilidade de sair na mídia e minha família provavelmente nem saberia para qual palácio eu estava indo ou o que iria me acontecer. Abafar um caso seria mais fácil.

De repente, surge a pior das preocupações.

O príncipe, é tudo no que consegue pensar ao mesmo tempo que Helen a arrasta para "abater" tudo aquilo que lembra alguém da casta vermelha. Os sapatos desbotados, as roupas de pano desgastado e uma pele que ela não sabia ser sem brilho até que percebesse o seu contraste com o de uma violeta.

A peça principal do quebra-cabeças montado por Roma são os acontecimentos de quatro meses atrás. Ela mentiu sobre o seu nome, sua casta, foi pega entrando sozinha na área doméstica do chalé, e agora está ali, no palácio real.

Mais um percalço para minha mente, que adora trabalhar sob pressão. Ela ri por dentro.

Com que cara olharei para o príncipe? Essa preocupação invade seu íntimo por completo. *Como é que vou me safar dessa? É impossível. Não há nada que eu possa fazer.*

Foi a primeira vez que menti e também será a última. Prometo isso a mim mesma aqui e agora. Ela tenta subornar a si com juramentos, como se isso fosse o bastante para apagar o que já está feito.

E desde quando fazer promessas vai mudar o percurso que já fiz? Não mudará. Ao menos terei paz na mente e minha consciência me acusará inocente, pois saberei que tudo que me acontecer é fruto de uma vida pautada exclusivamente na verdade. Terei orgulho de mim. Ou ao menos conquistarei o meu respeito próprio. No entanto, agora a minha cabeça não tem o menor decoro em me criticar.

— Primeiro, eu me chamo Helen, sou eu quem cuida da organização do palácio, das programações de bailes, congressos e eventos no geral. Bem, a senhorita deve assinar o contrato de trabalho e regras de sigilo e fidelidade total à realeza. Depois, lhe mostrarei a área doméstica feminina projetada com a rainha e a princesa Sofia em mente. Lá, pode-se encontrar sala do chá e café, biblioteca, cinema, salão, closet, quartos, dispensa, sala íntima, esconderijos, salão de jogos e sala de aula. Também lhe mostrarei seu quarto e, em seguida, os treinamentos e todas as explicações que você precisa saber para que não cometa erros.

Figurante. Helen com certeza é uma figurante. Como uma boa prestadora de serviços, ela é competente, mas não desenvolve nada além do automático, sempre dando base e massificando todos ao redor dos membros da casta violetas. É ela quem os faz acontecer, sem ser vista. Ela é o próprio palco.

— Certo.

Ela tenta focar no que Helen está dizendo.

— Você colocou aqui na sua ficha que só retomou com as vitaminas e a dieta exigidas pelo governo no mês passado. Por quê?

— Usei o dinheiro para o funeral do meu irmão.

Roma abre um sorriso, chegando a fingir uma gargalhada. Não quer que a assessora sinta pena dela.

— Ah, sim. — Helen parece afetada pela fala de Roma. — Bem, nos próximos quatro meses, a senhorita deve focar na saúde do seu corpo, bem como seguir à risca todos os procedimentos exigidos. Para estar na redoma, é necessário se manter saudável.

— Claro, claro, preciso ficar "a cara" de uma dama da casta violeta. E como pode ver, sou mais bonita que o normal para alguém da vermelha.

Roma abre um sorriso. Ela sempre fala demais quando está nervosa.

— E deve se ater apenas ao que é dito e perguntado, sem comentários adicionais e desnecessários.

— Certo. — Roma se cala.

Como explicará para o príncipe que tudo não passou de um mal-entendido, que ela não é uma ladra, muito menos espiã? Roma se volta para o departamento de pendências que há em sua mente.

Ela mentiu. Uma espiã não seria desajeitada a tal ponto. Agora como, caro leitor, ela conseguirá se safar dessa? A sua maior preocupação é o que fazer para não ser presa.

Além disso, ela o odeia. Ele é o responsável por acabar com a felicidade de sua melhor amiga. Sabia que Augusto amava Ana mais do que tudo, muito embora fosse influenciado pela opinião do príncipe.

Helen lhe mostra todos os cômodos. Um andar inteiro é de Sofia, com todas as regalias de uma princesa, e as partes mais interessantes de que Roma gostou são a biblioteca, a sala de café e o cinema. Roma nunca tinha visto tantos livros juntos e acha isso um espetáculo, assim como também nunca tinha ido ao cinema. O fato de poder passar alguns anos ali deixa seu coração saltitante e ao mesmo tempo nervoso, temendo o seu fim bem antes do início. Com certeza todas as donzelas do reino inteiro ficariam extasiadas com o tamanho do closet, repleto de mais roupas do que se pode contar, todas belíssimas, além das joias feitas para a princesa, como o broche especial dela e que ninguém mais podia copiar.

— Vou acompanhá-la ao salão real. Você precisa dar uma rápida repaginada, mudar suas roupas e adequá-las ao reino. Apenas protocolos a que todas as damas de companhia são submetidas assim que colocam os pés no palácio — Helen explica, sucinta, sussurrando coisas ao telefone para resolver vários detalhes.

Helen a conduz até ao salão de beleza. O conceito de espelhos em todas as paredes de alguns ambientes já começa a dar frissons em Roma. Pouco tempo depois, já estão reunidas ali a cabeleireira oficial da realeza e suas ajudantes.

— Sei que estou apenas pincelando algumas coisas importantes até o momento. Ainda vou lhe passar todos os horários e todas as programações da princesa para este mês. Você precisa estar pronta amanhã para o dentista real e para todos os *check-ups* médicos. Já é meio-dia. Vamos começar. Sabemos que tempo é dinheiro, e dinheiro é tecnologia, e tecnologia é progresso.

Roma é encaminhada para o salão de beleza. As criadas começam todo o processo de embelezamento. Primeiro dão um banho nela da cabeça aos pés, como se a estivessem dedetizando, passando loções de óleo de pétalas em todo o corpo, deixando-a muito constrangida, sentindo que, enquanto elas a desnudam, sua alma é exposta. Isso é muito íntimo para Roma, e para elas, a coisa mais natural do mundo.

Elas continuam o show de dedetização. Sente como se houvesse algo a ser removido de sua pele.

O cheiro da casta vermelha, talvez.

A esteticista começa um tratamento de pele, diminuindo os poros do rosto e deixando sua pele com cheiro e textura de bebê. Passa um laser em suas axilas, cera em suas pernas, creme no seu abdômen e algumas outras parafernálias. Participar de uma esfera tão íntima da realeza exige todo o requinte de uma dama real.

A esteticista, figurante.

Pensar assim nas pessoas me torna alguém má?, pensa.

Em seguida, é a vez dos cabelos. Secam os fios rebeldes com o secador, depois usam a chapinha. Passam cremes delicados para deixar um cheiro irresistível de erva-doce. Por fim recebe um corte liso, reto e discreto, batendo na cintura.

Helen escolhe para Roma um vestido cinza drapeado e discreto, justo na cintura, com mangas retas e coladas até abaixo do cotovelo, com cortes retos e triangulares, com o comprimento até abaixo dos joelhos. Os sapatos escolhidos é um scarpin preto básico.

— Ok, melhorou bastante.

Helen exibe um rosto inexpressivo.

9

Enquanto Helen olha de cima a baixo para Roma, um senhor esguio, vestindo um terno sob medida, com sapatos que brilham mais do que a luz e com um topete perfeito e alinhado surge no salão.

— Antoine, querido, ainda bem que você chegou.

Helen troca a fisionomia séria por uma um pouco mais intimista, o que faz com que, por um milésimo de segundo, Roma possa respirar um pouco mais fundo, e pela primeira vez ver alguma humanidade em Helen. É como conseguir descascar um pouco a roupagem dura da celebrante.

— Ah, claro. — Eles deixam as formalidades de lado e se falam como bons amigos. — E como está o "probleminha"?

Ele ergue uma sobrancelha para Helen, em seguida fita Roma. É como se estivessem diante de um grande desafio. Eles já estiveram nessa posição antes.

Helen franze um dos olhos antes de dizer:

— Ah, essa é Roma Arai Gomez. É a nova dama de companhia da princesa Sofia e precisamos que você dê uma aula a ela de como funcionam as coisas por aqui. Você sabe como é. — Ela diminui o tom de voz, cochichando: — Ela é aquela da vermelha que eu lhe falei.

— Com certeza, querida. Isso é um problema dos grandes. Contudo, disso nós entendemos muito bem, já que foi desse buraco que saímos — diz o professor de etiqueta.

Por um momento, Roma se sente constrangida por estarem falando dela como se não estivesse ali e por muito pouco não esbraveja com eles, já que também são da casta vermelha e evidentemente não queriam ofendê-la.

— Ah, sério? Vocês dois são de lá? Uau! — Ela esboça um sorriso, um pouco nervosa, um pouco mais confortável.

— Somos. Podemos deixar as formalidades de lado? Afinal saímos do mesmo lugar, não é mesmo? — Antoine oferece um sorriso nada discreto.

Roma tem certeza de que, se um sapo sorrisse, seria assim.

— Sim, mil vezes sim, por favor! Aproveitando a sinceridade: por um momento eu antipatizei com você, confesso.

Roma se levanta, deixando cair um dos grampos presos ao seu cabelo.

— Eu sei, eu faria o mesmo no seu lugar. Ah! — Ele respira fundo. — Lembro-me dos meus tempos de juventude. Eu era um jovem indisciplinado. Afinal, só nós podemos falar mal do nosso povo.

— Vamos começar, Antoine — Helen interrompe o melodrama do professor de etiqueta com impaciência.

— Ah, pobrezinha, Helen. Sua cara de assustada já diz tudo, minha querida. — Ele se volta para Roma. — Sair da casta vermelha sem saber para onde vai e se deparar com a realeza não é nada fácil, hein? Helen foi muito malvada em não a situar de modo adequado. Portanto, não se preocupe, ela tem essa cara de ranzinza, mas é um amor, você verá. Logo você irá se adaptar e verá que no fim todo seu esforço pela coroa tem lá seus privilégios. Eu vim para cá para ganhar dinheiro para conseguir ser médico e, olhe só, já estou preso neste castelo há vinte anos. Bom, eu sou o professor de etiqueta real, vou lhe mostrar todas as regras reais, todos...

Credo. Preciso me certificar de que isso nunca aconteça comigo.

— É um prazer, senhor Antoine Malfira. — Roma já sabe o nome do professor. Todos da casta vermelha sabem quem ele é. — Lá o senhor é considerado uma lenda.

— Não admito que pessoas da minha província me tratem com tanta formalidade, hein? Perto da nobreza até que vai, mas, quando estivermos sozinhos, para você eu me chamo apenas Antoine ou Tonho.

— Claro. — Roma faz uma pequena reverência. — Mil perdões. É que estou mesmo surpresa de estar aqui. É algo que nunca pensei na vida.

— Bem, às vezes somos chamados para destinos inimagináveis. No fim, não seria chato se fosse previsível?

— Talvez sim, talvez não. — Roma sorri antes de dizer: — É que, na nossa mente, nossos sonhos parecem ser tão perfeitos e...

— Houve uma quebra de expectativas?

— Um pouco. Quero me sentir capaz para este trabalho — admite.

— E vai. — Ele abre um sorriso. — Você é da vermelha. — Antoine dá um gritinho satisfeito. — Ai, que nostalgia! Tive um déjà-vu de vinte anos atrás.

— Ok, ok. Sem muitos sentimentalismos, por favor. Vamos iniciar o treinamento. — Helen aponta para o relógio, cortante mais uma vez.

Antoine é uma metralhadora de palavras, um tagarela nato. Ainda assim, de alguma forma, Roma se identifica com ele, com a sua história e com a vontade de ir à capital na esperança de realizar seus sonhos, só que não, não se vê passando mais do que três anos ali.

Antoine, figurante assim, como Helen.

— Este é o calendário de compromissos mensais da princesa Sofia.

Antoine lhe entrega um papel com as intermináveis tarefas diárias da princesa, desde aprendizado de línguas, artes, costura, pintura, aulas escolares, música, empreendedorismo, arquitetura básica, política aplicada, tecnologia e saúde, até compromissos que ela passará a ter a partir dos seus dezesseis anos, dali uma semana.

— Uau! — Roma está em choque com a quantidade de compromissos e matérias para estudar. — Ser princesa é bem mais difícil do que ser pobre. Meus compromissos se atinham às tarefas da casa e costurar na malharia de uma amiga.

E ir à biblioteca e a concertos clandestinos — e disso ninguém precisa saber.

— Você dedicará o seu tempo integral à princesa, pelo menos nos primeiros meses. Após esse tempo, a senhorita terá um apartamento próprio e participará apenas dos eventos relacionados à casta violeta dos quais a princesa participar.

Helen passa as mãos pela papelada.

— Que demais!

Os olhos de Roma se abrem. *Eu vou ter privacidade.*

— Não se empolgue tanto — fala Helen, com o semblante duro. — Todos nós temos apartamentos próprios, porém não os visitamos há anos. É um benefício que quase não usufruímos, já que nos ocupamos integralmente no palácio.

— Claro. — Roma assente.

Por dentro, começa a se animar com as vantagens.

Helen aperta um botão que há na mesa, e no mesmo instante um visor surge no teto. Roma jamais tinha se deparado com a tecnologia. *Uau.*

Ela parece uma menina do interior ao ir para a cidade grande. Helen ordena:

— Pode começar, Antoine.

Antoine dá duas tossidas — ele faz isso com uma sequência periódica —, pega a sua caneta *smart* e começa com as instruções:

— Antes de enumerar as regras, é imprescindível lhe dizer quais serão as funções que a senhorita irá exercer ao longo desses três anos. Você fará companhia diária para a princesa, bem como em eventos e compromissos, servindo de auxílio, e, quem sabe, sendo uma amiga. A princesa é a sua principal prioridade. Mas nunca se esqueça de qual é seu lugar, pois existem muitos limites. É valido realçar essa última frase, já que é fácil se deslumbrar com a vida na realeza a ponto de se sentir uma princesa. Contudo, não esqueça que você anda com a princesa, pode se tornar amiga dela, mas nunca será uma.

— Claro. — Roma assente.

Depois que ela e suas irmãs foram expulsas do palácio do duque de Janco, jamais esqueceria qual é seu lugar.

— Existem regras a serem seguidas dentro do palácio e outras usadas em eventos públicos. São adotadas algumas regras de conduta para uma dama da realeza. As condutas no palácio são:

Não é permitido sair do palácio sem permissão.

Não é permitido transitar por áreas do palácio que não são destinadas aos empregados depois do toque de recolher.

Usar a linguagem formal é indispensável quando se trata da realeza, não importando o seu grau de hierarquia, até mesmo se tratando da princesa, que será o membro da realeza de quem você se tornará mais próxima.

A privacidade dos membros da realeza é imprescindível. Como você é dama de companhia, não é necessário que se esconda sempre que avistar as majestades. Eles irão pedir licença sempre que precisarem ter um momento a sós. Além disso, use sempre do bom senso. Por isso, não estranhe sempre que vir uma empregada ou outra se esconder para sair do campo de visão da realeza.

Para eventos públicos, são adotadas as regras básicas:

Vista-se apropriadamente, com recato e para a ocasião. Com a ressalva de jamais usar vestidos no mesmo tom que a princesa, suas primas ou a rainha usarem no dia. O ateliê de costura real preparará as vestimentas adequadas e com o tempo ficará fácil se adequar aos gostos e à rotina da princesa.

Entre em salas e eventos em ordem de procedência. Isso significa dizer que primeiro o rei entra, depois a rainha, depois o príncipe, depois a princesa, depois o membro da família real que estiver no evento segundo a ordem de linhagem etc. Caso os membros da família real entrem também na ordem de hierarquia, depois vêm os políticos etc. Isso serve para bailes também. Você entra por uma das portas laterais e fica na vista da princesa. Entretanto, você pode acompanhá-la no mesmo carro caso ela a chame.

Não falar com membros reais em público sem que a palavra seja direcionada a você.

Sente-se de pernas cruzadas e joelhos juntos, isso evita fotos inconvenientes que premeditam escândalos à imagem incorruptível da realeza. Nunca dê a chance de a mídia tirar fotos comprometedoras.

É proibido o uso de tiaras durante o dia, e proibido o uso de chapéus durante a noite. A única exceção a essa regra é na ocasião das bodas da princesa ou do príncipe, durante a qual a noiva deverá necessariamente usar tiara.

Roma franze a testa em estranhamento. Quer sorrir, no entanto Helen intervém:

— As regras podem parecer bobas. Entretanto, nunca zombe delas ou diminua a sua importância. Ao colocarmos os pés na Redoma, deixamos para trás tudo no que acreditamos e pensamos e entramos em outro universo. A realeza é nossa prioridade e não deve ser questionada. Tudo foi criado por uma razão, mesmo que ela não faça sentido para você. Nós não estamos aqui para julgá-la, muito menos mudá-la. Ponha-se no seu lugar! — Ela precisa ser dura. Os protocolos precisam ser seguidos sempre.

Roma engole um seco.

Antoine coloca seus óculos de novo antes de continuar:

> Nunca se deve usar maquiagens fortes. Deve-se sempre combinar com a imagem *clean* da realeza.
>
> Não se pode virar as costas para o rei ou a rainha.
>
> Existe um código que a princesa aderiu dos seus pais que é usado em público: ao mexer a carteira que leva na mão e a mudar para o braço direito, você deverá ajudá-la a cortar a conversa. Isso pode se aplicar a você; nesse caso, ela define a melhor maneira.
>
> Se um membro da família real se levanta, mas ainda não terminou a refeição, cruzam os talheres para que os empregados saibam que ainda não podem tirar o prato.
>
> Caso você ganhe a intimidade da princesa e passe a chamá-la por algum diminutivo, nunca deve falá-lo em público.
>
> No momento em que o rei colocar a carteira ou a bolsa em cima da mesa, qualquer assunto ou evento pode ser dado como terminado.

— Essas são as regras básicas de conduta para as damas de companhia — Antoine conclui.

10

Nicolas está com a cabeça recostada no carro, pensando em tudo o que aconteceu nos últimos meses. Ele conseguiu reencontrar, depois de quase quinze anos, a garota que sempre imaginara como seria. Os olhos dela continuam grandes, e o castanho-claro se iluminou ainda mais; os cabelos ondulados agora são grandes e fartos. Uma beleza comum. Ela cresceu e não mudou muito, afinal. E agora que cresceu, ele sente que poderá fazer algo em retribuição aos dias perdidos na floresta.

Apesar disso, não consegue acreditar que aquela criança que passara por sua infância se tornou uma burladora de regras e um tanto inconsequente. Uma moça sem casta e sem educação alguma, só que muito, muito engraçada e com um humor muito peculiar. Percebeu isso duas vezes: uma no chalé, e em outra ocasião, quando precisou se esconder durante um dos encontros entre Ana Clara e Augusto.

Sente-se estranho, decidindo que nunca contará para ela dessas memórias, pois não quer que tal fato os ligue mais do que já aconteceu. Pois ele não a conhece. Não quer vê-la emotiva por algo que, para ele, e apenas ele, foi importante, mas acabou. Agora que sabe que ela está bem e trabalhando, isso já é mais do que suficiente. Apenas a observará de longe e nada mais. Não é um segredo, como também não há necessidade de contar.

— Que loucura! — murmura.

— É uma loucura mesmo, majestade, esse trânsito hoje não está cooperando — diz o motorista.

Nicolas limpa a garganta.

— Ah, claro...

— Já são 16h00. — Helen olha para o relógio — Venham todos até a entrada do palácio para receber a realeza, que acaba de chegar de viagem.

Helen sempre carrega um tom imperativo na voz.

Os batimentos cardíacos de Roma se elevam a quase mil por hora. Será que ele a reconhecerá? Será que eles terão de se ver com frequência? A ideia de passar três anos no palácio começa a parecer absurda.

Com certeza eu vou ser mandada embora. Certeza absoluta. O príncipe deixou passar daquela vez. Mas desta vez ele realmente vai achar que eu sou algum tipo de espiã ou inimiga da nação. Mesmo eu produzida assim, ele irá me reconhecer.

Ela tenta se esconder o máximo que pode com a maquiagem, roupas e sapatos, no entanto o figurino da realeza não permite muitos malabarismos ou transformações exageradas na aparência, já que seu físico também contou pontos para a sua aprovação.

Roma é conduzida por alguns cômodos no palácio, até a porta de saída, onde um carrinho já espera por ela e Helen. Elas embarcam e são levadas numa corrida de quatro minutos até o portão de entrada do palácio.

Todos se posicionam lado a lado no portão principal, respeitando os diferentes níveis de hierarquia — em torno de trinta pessoas, desde secretário e seguranças, até a governanta e mordomo. Faltam cinco minutos para a família real chegar segundo o GPS do sistema secundário de segurança.

Roma não tira da cabeça o fato que ocorreu quatro meses antes.

Como não pensei que isso poderia acontecer? Droga, droga, droga. Se ele me reconhecer, lá se vai minha carreira de escritora.

Aquilo parece ser coincidência demais, não que ela acredite em obras do acaso. E mais uma vez a sua vida e as suas escolhas recaem nas mãos de alguém, e isso é sufocante. Ela deveria medir cada passo para que não tropece e destrua todos os seus sonhos, por menores que pareçam ser.

Os cinco minutos são o suficiente para que ela volte à realidade e diga a si mesma para que viva o que precisar viver, seja o que for. Nada que ela fizer mudará a rota que já lhe foi traçada. E está pronta para ser mandada embora. Sente que experimentou aquela cidade nova e, se esse for o seu único destino, chegar até aqui e voltar para casa, ela o aceitará de cabeça erguida.

Está com a cabeça imersa nesses pensamentos quando ouve o som dos carros.

Agora é a hora da verdade.

Cinco carros grandes param em frente ao imenso portão. Do primeiro saem cinco seguranças, assim como do carro de trás. Do quarto carro, sai aquele rosto familiar, Jeferson, o chefe de inteligência, mais três homens vestidos de um jeito semelhante a ele, e, por fim, Jeferson abre a porta do carro para que o rei saia.

Em seguida, o chefe de inteligência abre a porta do carro em que a rainha está e, então, o de Nicolas. Por último, o carro em que Sofia está. Não é permitido que dois membros da família real ou da mesma linha de sucessão usem o mesmo carro, pois, caso haja um acidente, ao menos não perderiam mais de uma pessoa da realeza. Eis a realidade dura de ter de se pensar.

Todos os olham de cima a baixo – da sola do sapato até o topo da cabeça, eles inspiram a áurea da realeza. *Esses são os reais protagonistas*, pensa Roma, parando de respirar. Nicolas é firme e elegante como o rei, puxando os olhos e os cabelos castanhos do pai, e Sofia puxando o cabelo liso e olhos levemente puxados da mãe, que tem descendência indígena.

Nicolas esbanja toda a sua beleza perfeita e ajustada no terno preto sob medida, com sapatos marrom-escuros engraxados e uma gravata violeta.

– Vossas majestades reais – todos falam em uníssono à medida que fazem uma longa reverência.

Esse ato por si só já parece uma cerimônia importante.

O rei os cumprimenta. Seus súditos continuam com as cabeças curvadas.

Roma permanece com a cabeça baixa, pois não reúne nenhuma coragem para olhar no rosto de Nicolas. Em vez disso, assim que consegue erguer a cabeça, pousa o olhar em Sofia, que tem a beleza esperada de uma princesa.

– Helen.

O rei faz um gesto para que ela tome a palavra.

— Vossa majestade. — Helen faz uma reverência. — Tudo já está quase pronto para a reunião, majestade. O ministro de relações internacionais irá reportar à imprensa — diz Helen, pontual e com uma dicção ponderada e perfeita.

— Certo, senhora Helen. — O rei se volta agora para o primeiro-ministro. — Antes disso, o ministro e eu precisamos acertar algumas pendências no escritório. — Ele é sucinto. — Nicolas...

Faz um sinal para que o filho o acompanhe.

Roma enfim fita Nicolas. Ele está ao telefone e olha para todos sem real atenção — focado apenas em um cisco que caiu em seu terno e na ligação.

Por um milésimo de segundo, Roma se sente observada por Nicolas e seus olhos se encontram. Ela desvia o olhar ao mesmo tempo que ele e o pai começam a andar em direção ao escritório.

Ufa! Ou ele não me reconheceu ou ele não reconhece ninguém mesmo. Talvez ele nem reparou. Afinal de contas, está no telefone. Ou ele só é um arrogante. Mas ele é um príncipe, é assim que as coisas funcionam, pensa Roma, conseguindo finalmente respirar. A rainha cumprimenta um por um dos empregados e pousa seu olhar no novo rosto que enfeitará o palácio, o de Roma.

— Majestade, tenho a honra de lhe apresentar a senhorita Roma Gomez, a nova dama de companhia da princesa Sofia — Helen as apresenta.

— Vossa majestade real. — Roma faz uma mesura para a rainha, em seguida para Sofia. — Vossa alteza real.

Seu coração se enche de esperança. *Agora é real. Eu estou no palácio Violeta,* pensa.

Sofia se sobressalta, entusiasmada, e pula para perto de Roma.

— Que nome interessante. É europeu, o nome da capital da Itália. Lá é um lugar magnífico de se visitar.

A rainha a fita com a doçura de uma mulher bem casta.

— Se me permite dizer, majestade, minha mãe lia tantas histórias que resolveu colocar o nome de cidades ou países em cada um dos oito filhos — conta Roma, perspicaz.

— Oito? Minha nossa!

— Isso é muito comum na nossa casta.

Roma abre um sorrisinho de canto; já ouviu falar que existe um controle maior de natalidade na casta violeta.

— Ah, sim. A sua mãe é uma guerreira inteligente. Quero ter a oportunidade de conhecê-la um dia — comenta a rainha Maria, como sempre simpática.

— Se minha mãe ouve o que a majestade disse, ficará muito empolgada a ponto de soltar foguetes, eu lhe garanto.

Roma por um minuto se esquece totalmente do príncipe que ela considera arrogante.

A rainha e Sofia sorriem.

— Ai, eu esperei tanto por você! Espero que sejamos muito amigas em breve.

Sofia é detentora de um rosto delicado e uma alegria contagiante. Cada vez que abre a boca para sorrir, as covinhas marcam o seu semblante, assim como em Nicolas. Isso só realça como eles estão fora de qualquer contexto ordinário.

Eu não sei qual é a probabilidade dessas duas coisas acontecerem, o de ser da família real e o de se ter covinha, entretanto como toda a certeza deve ser raríssimo acontecerem ao mesmo tempo. Eles são sortudos.

— E que moça linda você é! Acho que fizeram a escolha certa.

A rainha lança um olhar cordial a Roma. Ela sempre elogia quem quer que seja a pessoa, embora sempre seja sincera nas palavras.

— Seu elogio me alegra muito, minha rainha. Espero ser útil de alguma forma, queridas majestades. — Roma faz uma reverência, pousando o olhar em Sofia. — A propósito, precisa de alguma coisa para agora, princesa?

— No momento só preciso de uma companhia enquanto me visto para o jantar.

Sofia entrelaça seu antebraço no de Roma, levando-a para dentro do palácio. Esse contato caloroso de uma mulher da casta violeta é uma novidade inesperada para Roma.

— Com certeza, vossa altera real.

Roma abre um sorriso largo para Sofia. Sente uma ponta de ansiedade por aqueles três anos. Isso, claro, caso ela consiga permanecer no palácio.

— Vamos começar pelo ponto em que você me trata com informalidade — a princesa retruca, contradizendo todas as regras de etiqueta descritas por Antoine.

— Certo, Sofia — concorda Roma, acenando com a cabeça.

Por dentro, o palácio é a coisa mais graciosa que Roma já viu. O teto com pinturas violetas conta a história de Aséna por meio de imagens. Conta com espelhos grudados para todos os lados nas paredes e mesas de vidro. O piso é de um mármore branco.

Elas entram no elevador privativo, junto com outras três criadas pessoais de Sofia. Uma delas aperta o botão do andar que vai direto à área feminina, onde Roma há pouco foi depenada.

Roma tenta se mostrar útil e confiável para Sofia, que escolhe um vestido branco perolado mídi para a ocasião, com corte reto que deixa sua silhueta demarcada, junto com uma tiara também branca. Ela fica perfeita vestindo qualquer roupa.

É irritante o fato de que é linda, além de ser princesa, Roma ri consigo mesma. *Umas com tão pouco e outras com muito. Além disso é amável, o que faz com que ninguém se atreva a odiá-la. A típica garota que faz parte da redoma dos protagonistas, diferente do seu irmão, a se julgar pelas primeiras impressões. Ou será que ele é uma espécie de anti-herói? O protagonista misterioso e cheio de defeitos. Talvez as autoras nunca mostrem os defeitos do herói, podendo, assim, gerar uma falsa sensação de que o perfeito existe. No entanto, ele pode ser a medida exata desse protagonista, só que a vida real mostra o seu lado humano. Eu também não preciso pegar leve com ele, não dentro da minha cabeça.*

Ele não ter se dado ao trabalho de ao menos olhar para os funcionários de uma forma tão natural a incomoda, porque parece que é assim que ele trata a todos.

Também pode ser apenas uma mera especulação. Ela precisa se lembrar de que não pode odiar o príncipe gratuitamente. Afinal, príncipes costumam ser voltados para si mesmos.

11

A aula de história de Sofia já está na metade, e Roma se impressiona com a forma como a história é contada, como colocam o primeiro rei de Aséna em um pedestal, como ele era um revolucionário e como salvou as pessoas de uma sociedade que, mais tarde, esteve em uma ditadura militar que transformou Aséna, cem anos depois, na sociedade ideal, com os aviões mais velozes do mundo. Entretanto, ela já lera uma versão bem diferente do que a professora contou.

A tutora de Sofia, a senhorita Geraldina, leva-as até a área mais histórica do palácio, lugar que parece ser mais fácil de se educar as pessoas através de imagens.

— As imagens têm o poder de educar. Foi o que aconteceu no mito da caverna de Platão, em que as imagens escritas nas paredes faziam com que os homens acorrentados nas paredes as vissem como divindades. Aconteceu na Idade Média, com as pinturas nas igrejas bizantinas. E esse enlace se perpetua e sempre se sobressai — a professora discursa.

— Além de mostrar apenas o que queremos mostrar, a nossa versão de qualquer história — Roma acrescenta, atenta aos detalhes.

— Bem pontuado. A senhorita parece entender de história, diferente do esperado da casta vermelha — desconversa, voltando-se para Sofia.

— Só com uma visão um pouco diferente, nada de mais. — Ah, se a professora soubesse dos livros clandestinos que Roma já devorou. — Aí, um dos prisioneiros saiu da caverna, a zona sensível, e, ao perceber que as imagens na caverna não eram divindades, e sim reflexos deles mesmos, tentou avisar a seus amigos. Isso culminou em uma retaliação.

— Isso mesmo, senhorita Gomez. Vamos continuar, princesa.

A professora ignora Roma.

Sofia é instigada a ter uma boa visão sobre a história e uma boa oratória ao contá-la. Por isso, a sua tutora reserva uma hora para que Sofia faça e fale o resumo da aula, como se ela mesma fosse a professora. E ela tem uma oratória impecável. Sofia é a princesa ideal, sem qualquer surpresa ou espanto.

— Agora quero que você descreva a história da guerra que motiva as desavenças entre Cânado e Aséna até hoje.

— Eu estou mais interessada no que Roma tem a dizer. Parece que ela tem uma boa ideia sobre história e filosofia — Sofia responde.

A professora bufa, respirando fundo. Quer apenas prosseguir com a aula de história que está acostumada a ter com a princesa.

— O que eu sei é apenas uma ponta do iceberg, majestade — retruca Roma.

— Conte-nos mesmo assim.

— Bem — Roma inicia —, tudo começou depois da guerra que formou a nação de Aséna, uma pequena ilha ao sul da América Latina. Era a época da Guerra Fria e muitos países tiveram disputas internas, e, embora os Estados unidos e a União Soviética não participassem de conflitos diretos, alimentaram muitas disputas por territórios ao redor do mundo. Um desses foi o Brasil. Uma parte do Rio Grande do Sul quis se separar do Brasil, já a outra só lutava por mais direitos. O lado nordeste do estado deu um golpe em Porto Alegre, conhecido como "O golpe aseniano", que conseguiu separar o estado do Brasil e fundar uma micronação.

"A partir daí, o líder tirano do movimento, José Aséna, fundou um novo código de leis da nação ideal, se instituindo o primeiro rei de Aséna, além de mandar enforcar alguns de seus aliados que não concordaram com seus decretos. Ele procurou médicos, filósofos, arquitetos, coronéis e intelectuais no geral que providenciassem um planejamento de toda a estrutura interna da nação segundo os seus interesses, separando as famílias por castas, de acordo com a contribuição no início da formação do país. As províncias mais marginalizadas ficam no entorno da ilha, e, conforme se aproxima do centro, as províncias com castas superiores vão se formando. No centro da ilha, fica Balla, sede e capital de Aséna.

"Agora, cento e cinquenta anos depois da Guerra Fria, Aséna já aboliu o câncer e outras doenças raras, cobrando trilhões pela patente do remédio, mas oculta informações internas de miséria e marginalização da sociedade. Enfrenta problemas de desigualdade aliados a grande desinformação da população em geral. Quanto mais as castas se aproximam da base, mais os conhecimentos são restritos.

"Por isso, Aséna envia os filhos de seus nobres para estudar no exterior; eles trazem o conhecimento para sua nação, permitindo que Aséna torne a nação um escudo complexo contra seus adversários. Adversários que, apesar de subjugados sob a miséria e a desordem social e anárquica, prepara cada vez mais seus grupos terroristas, alimentando o ódio por essa nação pequena e relativamente fechada em seus próprios códigos e leis sociais.

"A nação possui uma redoma invisível que funciona como escudo, que destrói qualquer possibilidade de mísseis dos inimigos entrarem no país. Em especial de Cânado, um país que ficou com uma pequena parte "abandonada" da nação aseniana. Eles encontraram o território vazio e tomaram posse.

"O dilema entre as duas nações é que nessa emergente guerra não há culpados. Porque, apesar de Aséna ter conquistado a terra, não foi ocupada por asenianos, e os cânados já a ocupam há cento e cinquenta anos. Por isso, Cânado exige o título de nação, e Aséna não quer dar o braço a torcer. Ninguém em sã consciência faria isso, não é mesmo?", diz Roma, abrindo um sorriso.

Opa. Eu não deveria ter dito isso.

Nenhum aseniano diria qualquer coisa que negasse que Cânado é o grande culpado pelos choques entre as duas nações.

— Acho bom a senhorita segurar um pouco a sua língua — diz a professora, cortante. — A aula acabou.

Ela sai da sala bufando.

— Falei besteira, não é?

— Deixe isso para lá. Até eu, que sou a princesa de Aséna, sei que não devo idolatrar a minha nação. Apesar de que eu com frequência digo isso. — Sofia abre um sorriso. — Não fale isso perto de ninguém. Muitos acham que é o pior dos pecados, e isso pode lhe custar um pouco — prossegue. — Bem, a diferença entre o que eu penso e a forma como eu me expresso é gritante.

A princesa parece mais da realeza do que nunca.

— O que você quer dizer com isso?

— Que não posso jamais criticar a minha nação, independentemente do que eu acho sobre ela. Aprendi a vida inteira a me comportar com patriotismo.

Sofia dá uma piscadela.

A aula termina ao meio-dia e, às 14h, ela já terá aula de música, libras e pintura. Roma a acompanha até o quarto em que Sofia tomará banho.

— Quer se juntar a mim no almoço, Roma? Eu gostaria muito de tê-la como uma amiga, já que quase não tenho amigas.

É sabido que uma dama de companhia é uma moça recatada que se torna a sombra de sua senhora. Tudo parte do ponto em que a sua senhora a traz para mais perto, sempre convidada. As empregadas exclusivas de Sofia, por exemplo, precisam estar em todo e qualquer lugar, o mais perto e o menos sufocante possível, prontas para as mais variadas situações. É assim desde o nascimento de Sofia. Ela sempre está tão cercada de empregados que nem sequer chega a pensar que existe outro jeito de viver — com direito à privacidade.

Roma não sabe dizer qual é a rotina mais sufocante: viver na casta vermelha, cercada por escutas tanto em casa quanto nas ruas, ou viver em um palácio que, apesar de não ter escutas, suas paredes ainda parecem ter ouvidos, tamanho o número de funcionários. No entanto, acredita que pode se acostumar a isso, basta ignorar esse pouco acesso à privacidade.

— Eu amaria poder ser sua amiga, princesa. — Roma sorri. — Eu e todas as moças do reino.

— Esse que é o problema — Sofia sorri —, Nicolas acha que todas elas são interesseiras. E com razão. Já me aconteceram situações bem constrangedoras.

— Sinta-se à vontade para falar sobre isso quando estiver pronta.

— Não tem problema. Todo mundo fica sabendo tudo que acontece aqui — fala Sofia, retirando as joias do pescoço e orelhas. — Eu tinha uma amiga desde a infância, éramos inseparáveis. Certa vez, no ano passado, eu a peguei falando que na verdade só era minha amiga pelos benefícios e luxos. Acho que não era para eu ter ficado tão surpresa.

— Nossa. Essa situação é mesmo triste. Só que talvez você precise treinar seu olhar para perceber quem é sua amiga de verdade.

— Como? Eu não consigo perceber.

A ingenuidade da princesa impressiona Roma. As experiências que teve em sua própria província lhe ensinaram a distinguir muitas intenções, algo a que a princesa não teve acesso por ter crescido em uma redoma, cercada de caprichos e sendo poupada de todo acesso à manha e à esperteza. É o preço de ser cercada por muito mimo.

— Percebemos nos detalhes. Por exemplo, ela elogiava você o tempo inteiro ou o quanto você tem coisas materiais?

— Sim, ela me elogiava de tal maneira que me constrangia. Na verdade, todas as pessoas fazem isso. E me sinto sufocada e na obrigação de nunca errar.

— Aí mora um grande problema. As pessoas que muito nos bajulam, muito querem puxar nosso tapete.

— Por quê?

— Porque querem estar no nosso lugar. — Roma franze a testa. — Não sei se isso faz sentido para você. Certa vez eu ganhei um concurso de corte e costura na minha província. Uma garota que me elogiava aos quatros ventos foi a primeira a pedir a recontagem das notas dos jurados.

— Nossa, você deve ter ficado com raiva dela.

— Fiquei. — Roma sorri, deixando de fora a parte em que deu uma surra na garota, longe das escutas. — Só que, mesmo com a recontagem, eu ganhei. Se posso lhe dar um conselho é: não se afete com essas coisas. Quanto mais a gente cresce, mais decepções nos esperam. E precisamos o quanto antes aprender a lidar com elas. O remédio para a malícia é a franqueza. Seja clara com seus sentimentos, assim ninguém mais no mundo será capaz de confundi-la.

— Certo! Eu preciso muito dos seus ensinamentos. Agora sinto como se você fosse minha irmã mais velha.

— Você tem a mesma idade que a minha irmã mais nova, a Geórgia. Isso alivia um pouco a saudade que sinto dela.

São interrompidas pela entrada da rainha Maria, que chega com um embrulho acetinado em suas mãos.

— Filha, olhe o que chegou da Espanha para você.

Ela está em êxtase.

— Ai, mãe, o príncipe Ferdinand ainda se lembra de mim?

Sofia revira os olhos.

— Claro que sim, minha filha. Sempre é em que você que ele pensa. Não se esqueça do nosso compromisso. Depois que Nicolas se casar, será a sua vez.

— Eu só o vi uma vez na vida. Ele é um estranho pra mim.

— Vocês terão tempo suficiente para se conhecerem no casamento, então não o trate como um desconhecido.

— Ele *é* um desconhecido, mãe! E se ele não for como você imagina?

— Que bobagem, minha filha. É lógico que eu quero que você se apaixone tanto quanto ele é apaixonado por você. Além disso, seu pai ficaria tão feliz se você se esforçasse um pouco.

— Tudo bem. — Ela franze o cenho. — Vou tentar me animar.

Endireita os ombros, sem saber o que fazer diante do amor platônico do príncipe da Espanha, que é sempre muito falado por todos. Mais estranho ainda é o fato de só tê-lo visto apenas uma vez, quando ainda era pequena.

Durante a noite, antes do toque de recolher, Sofia fala, surpresa:

— Nossa, faltam dez minutos para as vinte e uma horas. O tempo passou voando hoje. Tenho algumas questões para resolver com a Helen.

— Ah. — Roma assente, atenta ao cronograma. — Certo. Vou levá-la até lá e depois a vossa alteza real... digo, você terá algumas questões a resolver para o seu grande baile.

— Aí, nem me fale. Estou muito nervosa para esse dia. — A princesa passa uma mão pela nuca. — Ah, na volta você pode pegar alguns livros que a professora exigiu para amanhã? Sempre são enviados para a biblioteca.

— Certo. Eu farei isso agora — diz Roma.

No momento em que Roma caminha até a biblioteca real, Helen vai em sua direção e a aborda:

— Senhorita Gomez, aqui está o seu celular. — Ela lhe entrega o aparelho. — É para uso profissional, claro, é igual a todos da província. A senhorita pode fazer ligações para a sua família ou algum amigo também em horários fora do trabalho.

Como se eles tivessem celulares para atender a ligação, pensa Roma, que não se dará ao trabalho de explicar o óbvio. Helen sabe disso.

— Muito obrigada, senhorita Helen.

Roma faz uma reverência.

—É isso, pode ir.

Helen continua andando, encerrando a conversa.

E então Roma sente o cheiro irresistível de camomila vindo da biblioteca e dá uma corridinha até lá, hipnotizada pelo cheiro amargo e quente da bebida. Ao chegar, ela faz uma careta semelhante à da corsa ao conseguir chegar às correntes de água.

Há apenas dois funcionários — um limpando uma prateleira de livros, e outra no balcão caso precise de ajuda com os livros. Ela masca um chiclete enquanto passa um pano pelo balcão, que parece ser imenso comparado aos seus 1m58 de altura. A funcionária ergue os olhos.

— A senhorita veio buscar os livros que chegaram para a princesa?

Cada palavra é uma pausa para mascar o chiclete — que Roma julga que ela passou o dia mascando.

Figurante.

— Isso mesmo.

Roma abre um meio-sorriso.

— Cadê a lista? — a bibliotecária fala como se estivesse com pressa.

Tem rosáceas que deixam as suas bochechas acentuadas, dando-lhe um toque de fofura alheio ao jeito jocoso e intimidador dela.

— Ah, está aqui.

Entrega o QRCODE que carrega o link com os livros.

— Estão todos nas prateleiras ainda. Talvez demore alguns minutos para que eu recolha todos.

— Tudo bem. Eu tenho tempo.

Decide escolher um livro de seu interesse. Depois de andar um pouco ao longo das prateleiras, ela o vê, *Eu não quero mais ter medo*, a uma altura de 2,5 metros, o que é demais até para os seus 1m75. Percebe que a escadinha está na lateral a muitos metros de distância, e pondera por meros dois milésimos de segundo uma forma de chegar até o livro, então decide ficar na ponta dos pés.

Tenta alcançá-lo a todo custo. Na ponta dos pés, dá pulinhos, no entanto seus esforços dignos de uma maratona são em vão. Ela decide tentar mais uma vez, apesar de saber que gastaria menos tempo no simples ato de ir buscar a escada. Uma mão masculina pega seu livro com facilidade.

Aff, eu já estava quase pegando!

– Tentando pegar este livro? – A voz dele, atrás de si, é imperiosa.

Nicolas. Que voz altiva! Todos os músculos de Roma se contraem com o susto. Não está preparada para a se deparar com ele tão cedo.

– Ah. Hã... sim. – Roma fica intimidada. – Era esse... – Ela tenta se recompor, escondendo o rosto embaixo dos cabelos ondulados. – Se... se a vossa alteza real não se importar em me dar – diz, estendendo uma mão.

– Temos um problema, senhorita. Este é justamente o livro que eu estava procurando para ler.

Ele coça o queixo. Seu braço se apoia na prateleira próximo ao rosto de Roma.

Roma sai com um gesto abrupto, correndo para o outro lado da prateleira, com o rosto corado. Faz uma semana que o reencontrou na entrada do palácio, desde então ela conseguiu se livrar dele, mas agora estão cara a cara, apenas com as prateleiras de vidro fosco com amontoados de livros entre eles.

Será que ele conseguiu ver o meu rosto? Agora ferrou de vez. Ele vai me reconhecer e me mandar embora. Tenho certeza.

Ela pigarreia antes de dizer:

– A-a... a vossa alteza real não viu que eu estava tentando pegar o livro, né?

Ela não sabe se quer convencê-lo a entregar o livro mais do que tenta convencer a si mesma de que ele não viu seu rosto.

– E eu o peguei primeiro, senhorita. Sendo assim, irei lê-lo primeiro.

Ele abre um sorriso sutil, trancando-se em seu próprio mundo. Percebe ela quer confrontá-lo e recuperar o livro.

Ainda que tudo dentro de si diga que ela não pode se dar por vencida, precisa se lembrar de que ele é o príncipe — e também de que mentiu seu nome e casta quatro meses antes. Sua vida está nas mãos dele.

De qualquer formar, é tão irresistível, já que ela não o vê como o príncipe, e sim o idiota que estragou a sua felicidade — aliás, a felicidade de sua melhor amiga, o que para ela é a mesma coisa.

— Vossa alteza, eu insisto. O senhor tem a vida inteira para ler toda esta biblioteca. Eu tenho apenas a intensa vontade de relê-lo há muito tempo — insiste.

— Mostre-me primeiro o seu rosto, depois julgo o seu pedido.

Não consegue entender o motivo de ela se esforçar tanto para se esconder dele.

Ela precisa encontrar uma boa desculpa para não ficar cara a cara com Nicolas e pegar os livros da princesa para deixar a biblioteca.

— Eu estou de pijama, vossa alteza — mente.

— Ah, sim.

Ele pigarreia.

— A... A vossa alteza real pode se virar para que eu passe pela biblioteca?

Ela estremece, intimidada com a presença do príncipe.

Ele não fala mais nada, apenas a ignora, voltando-se para o conteúdo do livro. Roma não vê alternativa a não ser esperar que ele saia.

Eu vou pegar o bule de chá e as xícaras. Depois vou pegar os livros de Sofia. Depois, se ele não estiver mais aqui, pego o livro que eu quero. Tenta recriar o motivo de ter ido à biblioteca e pensar em tudo de que precisa.

Tomara que ele saia logo.

Roma passa a mão pela prateleira de livros científicos. Lê os nomes dos autores e percebe que um deles tem o nome do seu irmão, Orlando Arai, com exceção de um dos sobrenomes, Gomez.

Já pensou se o meu irmão fosse da casta violeta? Ele poderia até ser cientista ou qualquer coisa que quisesse. Mas a casta vermelha já nasce fadada ao fracasso. Todos dizem.

Ela abre o livro, encontrando fórmulas, teorias e conteúdo dos quais não entende nada. *Aqui ele está falando em grego.* Ela sorri. *Às vezes, Orlando também parecia falar em grego.*

— Por que Victor é tão fugaz e ingênuo? — Nicolas fala.

Ele já a tinha visto de longe, tentando em vão pegar o livro, só não consegue compreender por que ela se escondeu atrás das prateleiras de livro.

— Quê?

Roma engole em seco.

— A senhorita não disse que já leu o livro? — pergunta ele com leve impaciência.

— Não. — Tenta mentir, já se autossabotando. — Quer dizer, sim. Hã... Be-e-bem... — Ela não consegue formular uma palavra. — Eu o considero corajoso.

— Por quê?

— O que o senhor chama de ingenuidade, eu chamo de coragem. Coragem de arriscar.

Ela se sente contrariada, apoiando-se na prateleira, de modo a colocar seus ouvidos em uma posição mais favorável para ouvi-lo.

— Não muda o fato de ele ser um imprudente. — Roma bufa. — Algum problema, senhorita?

— Se a visão do senhor é que o amor não vale ser vivido por conta das convenções sociais, com certeza Victor foi um tremendo imprudente. Mas se sujeitar a uma vida de hipocrisia não seria um pecado maior?

Nicolas sorri. *Ela é inteligente. Contudo, com certeza não sabe do que está falando.*

— Não posso discordar. Porém, o senso de dever deve ser sempre maior do que qualquer paixonite tola numa sociedade como a nossa.

A raiva sobe pela espinha de Roma. Ele tem razão: contos de fadas não são reais, e se soubesse antes que Augusto é da casta Violeta jamais teria permitido que Ana Clara se envolvesse com ele. No entanto, já estão apaixonados; como desfazer o que já foi feito? Nicolas tirou o direito do amigo de tentar ou de pensar por si só.

— Seria jocoso se não fosse um infortuno. — Roma descansa os ombros. — Se na vida eu não puder ter a delícia de desfrutar um amor, prefiro nem viver.

São interrompidos pelo barulho da porta da biblioteca sendo escancarada e olham em sua direção. Lá está uma moça alta e radiante entrando. É impossível que qualquer garota de Aséna não reconheça o Cristal da Nação: Cristal Antonella Negrão de Sá Mazzaropi, filha do duque de Balla.

12

5 ANOS ATRÁS

Era um fim de tarde de verão, e Cristal estava com as mãos suando e o coração nervoso, porém decidida a confessar tudo o que sentia desde criança para o seu melhor amigo. Esforçou-se para se concentrar nas palavras que vinha treinando pelo último semestre antes de concluírem o Ano Clã, o último ano de escola, e inspirou fundo:

— Nic?

Ela comprimiu os lábios.

— O quê?

Nicolas levantou o rosto, curioso.

— O que você acha de mim?

Baixou olhar, fixando-o nos próprios pés. Ela quis começar dessa maneira, resolvendo enfim perguntar. Nicolas fitava a água cristalina que refletia o seu rosto e o de Cristal.

— Você está falando do quê?

Por um momento, ele se percebeu confuso com o objetivo da pergunta.

— Digo, como mulher. — Ela parou por um momento antes de prosseguir. — Você sabe... eu já debutei há mais de dois anos.

— De você? — Ele refletiu por dois segundos. — Ah, você é o Cristalzinho da nação. Qual opinião eu deveria lhe dar sobre isso, se todos a adoram? Você está interessada em alguém, por acaso? Eu posso aj...

Ele nem sequer percebeu que eu gosto dele.

Ela abaixou o semblante por um momento antes de se autoinjetar mais uma dose de coragem para falar:

— Porque só me importa a sua opinião.

Ela já tinha começado, restava terminar e dizer que o amava. Faltava apenas algumas palavras a mais para chegar até o ponto alto do que tanto desejava dizer.

— É... — A voz dele titubeou. — Você é inteligente, é o segundo lugar da turma depois de mim.

Os dois sorriram.

Eles caminhavam pela fonte do palácio do duque de Balla, o senhor Otacílio Negrão de Sá Mazzaropi, pai de Cristal, quando foram interrompidos pela voz impaciente da governanta chamando por ela:

— Cristal?

Ela ignorou e continuou voltada para Nicolas. Precisava terminar o que começara.

— Não é disso que estou falando, seu idiota! Eu...

— Bem, você é a minha melhor amiga desde que éramos crianças... — ele a interrompeu.

Será que ele me vê apenas como uma criança? Já temos dezoito anos.

Ela por fim foi para a parte que lhe interessava dizer:

— Mas eu... eu quero contar que... — Ela tentava silabar as palavras, com a garganta tomada de nervosismo e os lábios quase sussurrando: — Eu gost...

Foi interrompida de novo por uma voz:

— Cristal? Seu pai está furioso a procurando! — o mordomo gritou de longe, inquieto e com o corpo apreensivo.

Cristal ficou nervosa na mesma hora.

— Nicolas, vá para a sua casa agora. — Sua voz estava trêmula e as mãos, suadas, porém decidiu mudar de assunto.

Seu corpo mudou em absoluto. O nervosismo era bem diferente do frio na barriga que sentia toda vez que encontrava Nicolas.

Ele sabia bem o que estava prestes a acontecer com sua amiga.

— De novo, Cris? Que cisma é essa do seu pai de descontar tudo em você? — Nicolas estava transtornado, passando a mão pelos cabelos, denotando preocupação por Cristal, que frequentemente apanhava do pai. — Por que raios ele faz isso? — rosnou.

Estava com raiva, esquecendo-se do que ela estava prestes a lhe confessar.

— Apenas vá para casa agora! — gritou Cristal, empurrando Nicolas.

— Me deixe ficar aqui e ajudar! — ele implorou.

Ela então interveio e falou olhando em seus olhos enquanto continuava o empurrando:

— Não, Nicolas. — Ela elevou o seu tom de voz. — Isso só vai complicar as coisas. — Era perceptível o terror nos olhos dela. — Você sabe que ele pode fazer pior se alguém intervir.

— Mas...

— Apenas vá embora e me deixe em paz, por favor! — Cristal berrou.

Nicolas desistiu, cabisbaixo, sentindo-se impotente.

— Você vai me prometer que, se o seu pai fizer alguma coisa com você, vai me dizer? Por que eu juro que se ele fizer algo de novo, eu vou tirar você desse palácio e... — ele falou com um misto de raiva e indignação.

— E o quê? — questionou.

— Hã?

— Você vai se casar comigo? — Essa foi a única forma que encontrou de confessar o seu amor. — Responda! — Os olhos dela começaram a derramar lágrimas. — Você vai me proteger? Vai ser diferente desse monstro? Vai cuidar de mim, como eu nunca fui de fato amada? Hã?

Ela ergueu o rosto, esperando uma resposta.

Nicolas ficou sem saber o que dizer. Agora sabia o que ela passara dias tentando lhe dizer. Ela olhou para Nicolas ao passo que as lágrimas continuavam a descer.

Ele não poderia retribuir seus sentimentos e tinha a certeza de que não seria o homem que conseguiria executar todos os seus pedidos sem ao menos amá-la para isso. No fim, ela merecia mais do que os farrapos que ele poderia oferecer. Ela merecia alguém que não só escolhesse a amar, como também fosse perdidamente apaixonado por ela. Porque ela era muito para pegar as migalhas que ele ofereceria. Porque ele ainda não conseguia pensar em alguém que não si mesmo.

— Cristal? Venha agora!

A governanta surgiu atrás do mordomo.

Ela bateu os cílios, esforçando-se para conter as lágrimas.

— Vá.

— Você tinha algo para me contar.

— Eu já não tenho mais.

Ela fungou, enrugando o nariz, e sua boca se transformou em uma linha reta, fechando a sua expressão.

— Nicolas!

Cristal abre um sorriso cheio de dentes, correndo até Nicolas para abraçá-lo a fim de matar toda a saudade que sente.

— Cristal?

Nicolas arregala os olhos com profunda surpresa, sem acreditar que Cristal está ali depois de tanto tempo. Na última vez que eles se viram, ele tinha sido incapaz de aceitar os sentimentos dela e de protegê-la.

— Não vai me dar um abraço?

Ela toma a iniciativa de entrelaçar os braços nas costas dele.

— Quanto tempo... — O seu tom de voz diminui, retribuindo o abraço de Cristal, colocando as mãos em volta dela, constatando que se trata de uma realidade concreta.

Roma observa essa cena tentando beliscar a si mesma. *Ela é a maior celebridade de Aséna: é inteligente, habilidosa, com o QI elevado, símbolo de beleza e destreza. O que se sabe é que, desde que o seu pai ficou debilitado, ela tomou para si todas as responsabilidades dele, triplicando os negócios. Mesmo os conflitos pela fortuna com seus familiares sendo tamanhos, ela já havia se tornado a queridinha da nação. Há quatro anos, com o apoio do rei, ela foi morar nos Estados Unidos para continuar absorvendo conhecimentos dos estrangeiros e trazê-los à sua nação. Sobre ela estão grandes expectativas. É, com certeza, o maior símbolo de protagonismo. Ela, Maya e Ísis são o símbolo das jovens da casta violeta. Elas são as capas da sociedade e modelos de costumes da nobreza. Ela e Nicolas parecem ser feitos um para o outro. Mil vezes protagonista.*

— Espere. — Ele se desvincula do abraço e coloca as mãos nos ombros dela. — Deixe-me ver você.

Ele analisa todo o rosto dela. Os olhos continuam verdes e brilhantes, o rosto aveludado está mais pálido do que ele consegue se lembrar. No mais, todo o rosto parece perfeito e em ordem. O cheiro natural dela ainda é o mesmo.

Ora, ora, é possível ele ser um pouquinho o príncipe dos livros com alguém.

Ela sorri, dizendo:

— E você não mudou nada. — Ela fita o rosto dele. — A não ser por esses braços mais fortes.

Ele limpa a garganta, desconfortável com o comentário dela, porém sempre imponente.

Roma continua estática ao ver a jovem mais promissora do país junto ao futuro homem mais importante de Aséna em um momento tão íntimo.

Que sorte a minha contemplar tão grande espetáculo particular. Cristal com toda a certeza é uma das únicas pessoas que pode tocar Nicolas. Roma sente uma gota de inveja percorrer o seu âmago, desviando o olhar.

— Quando você chegou? Achei que estivesse em Nova Iorque a esta altura — questiona Nicolas, curioso.

— Eu estava lá e pensei na saudade que estava da minha família e de você. — Ela faz uma careta. — Comprei as primeiras passagens que vi e me dei férias.

— Quer dizer que esta é a primeira vez em quase cinco anos que você pensa em vir para cá? — ele fala com um misto de ironia.

— Sim, isso mesmo. — Assente. — Você sabe que sim. — Ela muda a expressão, tornando-a séria. — E você é tão arrogante que optou por não me mandar uma mensagem sequer.

— Você quem decidiu partir.

Ele se desfaz das lembranças, ignorando o drama dela. Não há razão para mantê-la próxima depois do que aconteceu.

— Você não muda mesmo. É sempre impenetrável.

Ela mantém a postura ereta, embora seu tom de voz seja desanimado.

— Sentiu falta da sua família? — ele questiona. — Estranho, pensei que você tinha ido embora por causa dela.

Ele abre um sorriso de canto, provocando-a.

Nicolas sempre se preocupa em acabar se encontrando com Cristal. Afinal, sempre tiveram um ao outro nos momentos mais marcantes de suas vidas, até ela decidir ir embora. Ele nutre uma aflição por considerar Cristal uma importante amiga.

— Mas é claro. — Ela abre um sorriso, erguendo as sobrancelhas, olhando para um ponto fixo qualquer. — Você acha que eu sou tão sem coração assim? — Dá um sorriso curto, embora seu olhar não deixe de ser triste. — Eles precisam de mim. Já superei tudo que me fizeram. Tanto é que, em cinco anos, é a primeira vez que penso em Aséna e tudo o que existe nela. Não está vendo? — Desta vez, Cristal é um pouco tímida, um pouco irônica.

Ele ergue o olhar, ainda chocado pelo encontro com Cristal. E declara:

— Portanto, você fez bem.

Dá de ombros.

Eles são interrompidos pela a voz de Analeide no fundo; ela não se atenta ao detalhe de que o príncipe e Cristal estão presentes na biblioteca:

— Senhorita Gomez? Senhorita Gomez? — A bibliotecária a chama e ela sai desbravando as prateleiras a fim de encontrar Roma. — Senhorita Gomez? — insiste, sem resposta. — O que está fazendo aqui? Não me escutou? Parece que está se escondendo de alguém — questiona ao encontrar a dama de companhia.

— Shh... — Roma tenta impedir que a bibliotecária a chame pelo nome.

— O que foi, senhorita Roma? Eu estou lhe chamando há alguns minutos para pegar os benditos livros da princesa. Vamos, estou cheia de serviço hoje. — Ela pega a mão de Roma, obrigando-a a sair de dentro das imensidões de prateleiras, deparando-se com Nicolas e Cristal. — Ah... Majestades. — Analeide faz uma referência, envergonhada por estar chamando Roma aos berros, realçando ainda mais as suas rosáceas. Nicolas e Cristal a olham com confusão. — Majestades, me desculpem pela interrupção.

Roma faz uma rápida reverência, em seguida pega a pilha de livros com as mãos nervosas e anda a passos largos para o quarto de Sofia enquanto absorve uma boa dose de adrenalina.

— Roma, você está sentindo algo? Sua pressão baixou? Seu rosto está mais branco do que a neve. O que houve? — Sofia pergunta assim que vê Roma.

Roma não consegue dizer uma palavra. Logo, resolve voltar ao lenço, que usou como véu, para a sua função original de cobrir seus ombros salientes. Ficou absorvida em pensamentos medonhos sobre o seu deslize de ir até a biblioteca, de o príncipe a ver e de ver Cristal pela primeira vez.

Estou encrencada. Esse é o meu fim.

Ela não precisa silabar uma palavra sequer, pois são interrompidas com a porta sendo escancarada.

— Você acha mesmo que eu perderia o seu baile de debutante?

Cristal e Nicolas entram nos aposentos de Sofia.

Roma vê uma áurea gloriosa surgir em cada centímetro do corpo de Cristal. *Simplesmente perfeita. Sou fã.*

— Cristal! — Sofia fala, indo ao encontro dela para abraçá-la, já deduzindo o motivo da palidez de Roma.

Toda garota aseniana teria a mesma reação.

— Como você está crescida! Antes de eu sair daqui, você era apenas uma criança e agora já é uma moça.

— Ah, para! Nós temos apenas sete anos de diferença. Desse jeito você se envelhece.

— Verdade, verdade! Não posso pensar que sou tão velha assim. Se bem que já estou quase no ano de Remate — Cristal frisa.

— Como assim? Você só não está casada porque não quer. Com certeza tem uma chuva de rapazes atrás de você — comenta Sofia, dizendo a verdade.

— Não deve ser assim. — Ela sorri, tímida. — E eu só tenho olhos para *um*.

A última palavra sai tão baixa que é quase impossível ouvi-la.

Nicolas tosse. Torce para que a paixonite dela não tenha passado apenas de um surto, que vem rápido e sucumbe na mesma velocidade. Entretanto, ele não sabe que já ocupa o coração dela há um tempo e que aquela declaração velada foi o estopim do que ele considerava uma mera paixonite da parte dela.

— Ah. Posso saber quem é o afortunado? — Sofia pergunta com uma curiosidade contagiante.

— É segredo. — Cristal coloca o dedo indicador na própria boca. — Por isso é que eu vim: para decidir se me caso em Aséna ou se fujo para

Europa e me caso por lá – ela decreta com uma mistura de alegria, mágoa e verdade em sua voz.

– Lá não tem restrição de idade – Sofia acrescenta.

– Vou deixá-las conversando. Tenho muito trabalho acumulado. – Nicolas não quer mais estar ali, em meio a uma roda de garotas recheada de conversas veladas. – Até o baile.

Ele beija Sofia na testa antes de sumir pelo corredor.

– Homens! Odeiam conversas femininas.

Sofia faz um bico.

– Sempre comedido. – Cristal lança um olhar intempestivo para Nicolas. – Minha secretária se casou aos quarenta anos – Cristal cita, dando de ombros.

– Uau! Pensei que isso acontecesse apenas em livros que especulam sobre os países lá fora. Ah, deixe eu apresentar Roma, a minha nova dama de companhia e amiga. Roma, essa é Cristal, minha prima.

– Oi, prazer. Eu sou Cristal.

Cristal fita Roma com um sorriso alegre, enfim notando a dama de companhia.

– O prazer é todo meu, vossa graça. Sou uma grande fã sua.

Roma faz uma longa reverência, transparecendo o nervosismo e a empolgação.

– Obrigada. Que gentil ter uma moça tão linda como minha admiradora. – Cristal sorri para ela. – Ah, Sofia, Ísis e Maya chegam amanhã pela manhã junto com Rodolfo e Richard.

– Que maravilha! Todos os meus primos juntos. Agora, sim, me sinto completa.

13

A noite é o único momento tranquilo do dia de Roma. Apaga as lâmpadas do seu quarto para certificar aos guardas de que está dormindo antes de acender algumas velas para que enfim tenha tempo para escrever. Ela fecha as janelas e coloca as velas no chão do quarto com cautela, pega um papel e uma caneta para escrever a sua primeira carta para a sua amiga:

Para minha mais insana e conflituosa amiga, a quem desesperadamente amo, Ana Clara Lessa de Sousa.

Estou uma bagunça e não tenho poucas palavras. Ainda sinto que estou indo na contramão e começo a pensar que, se não fosse por você estar apoiando os meus devaneios, eu não chegaria até aqui. Estou sangrando por dentro e entalada até a garganta com a vida que deixei em Janco, parecendo uma ingrata e uma filha pródiga, embora todos vocês estejam me apoiando. Eu bem sei o que devem estar falando de mim na província. No entanto, sinto que a minha mãe está em parte triste, em parte orgulhosa por mim, e isso me basta, uma vez que ela sabe como precisei ser forte para conseguir vir.

E confesso que, a cada passo que estou andando, presumo estar traindo meus sentimentos de dor e luto, como se eu precisasse parar para encontrar uma saída que me faça por alguns instantes sentir esta dor, coisa que não tenho feito, e me culpo constantemente. Aqui eu não tenho amparo ou meios para desabafar esta dor que não deixa de abrir um buraco cada vez mais fundo em meu peito. Estou caminhando sobre escombros assombrosos. E isso me faz parecer uma criminosa. Pelo menos é assim que me sinto.

Então, se preciso jogar a culpa em alguém, esse alguém é você, que, junto comigo, tem burlado leis e me instigado a sempre alimentar sonhos que antes achei que nunca seríamos capazes de realizar. Agora parece que começou a brotar um fiozinho de esperança em meu peito. Vou colocar tudo na sua conta. Pois aqui estou! E parece que os meus sonhos estão mais perto do que longe de mim. Ao menos sinto que a distância entre mim e eles se encurtou um pouco mais. Digamos que eles estão em seis por cento concluídos.

E garanto que a sua vez vai chegar! Até porque você tem a segurança de que é muito mais preparada que eu.

Um dia vou honrar o meu irmão. A vingança nunca será o meio para isso. Repito: só usarei as armas que estiverem autenticadas em minhas mãos. Além disso, nada me tira da cabeça que ele pode estar vivo.

Não tem sido fácil ser uma figurante que não é meramente ilustrativa. Aqui eu tenho desafios que me cansam, mas que são deliciosos. A começar pelas roupas maravilhosas e a estrutura deste palácio, que parecem ter saído dos livros.

Eu quero contar logo as novidades e compartilhar meus pensamentos vergonhosos e que, contados a você, fazem de mim menos ridícula, pois concordamos em tudo.

Pois bem, estou incrédula com o espetáculo que é Balla. Aqui, pasme: ter celulares é a coisa mais normal do mundo, e eu nunca vi tantos carros juntos. O palácio real é gigantesco e com muito refúgio para a imaginação. É lindo. A rainha é uma graça e a princesa é a coisa mais fofa, tanto de perto quanto de longe.

Já o príncipe Nicolas, tenho que lhe contar: mais parece o demônio do que qualquer outra coisa. Além de ele ser perfeitinho e engomadinho demais, e isso me dá arrepios, ele não parece gostar de ninguém. Ele é um grosso, de poucas palavras, indiferente e arrogante, qualidades que arrebatam as moças da alta sociedade. Você acredita? Eu fico enojada.

Hoje, por exemplo, ele roubou o livro que eu queria ler, bem quando eu estava desesperada para pegá-lo. Come se não bastasse ter me enxotado do chalé real de Janco, e depois, você sabe, destruído o seu romance com Augusto. Ele não se importa mesmo com ninguém além de si, sendo a própria personificação da arrogância. E isso torna meus dias aqui mais estressantes. Exceto a aparência, ele não se parece em nada com os príncipes que lemos em livros europeus, com uma visão estereotipada e angelical. Digo-lhe que Narciso duvidaria da sua própria capacidade de se amar caso se deparasse com ele. Por isso decidi apelidá-lo de "idiota arrogante", assim consigo me expressar melhor e nunca endeusar ninguém da realeza, de modo que posso me sentir um pouco mais gente. Assim deixo claro a farsa que esse rapaz é.

Fico com tanta pena de Sofia. Coitada, ser irmã de alguém assim deve ser deprimente. Mas na medida em que sinto que ele é arrogante, sei que há alguém ainda a ser revelado. Não sei, as pessoas sempre carregam algo bom e mau dentro de si, como você bem sabe e sempre discutimos. A inauguração da coexistência entre a bondade e maldade começa em mim. Por isso, vou reunir todos os meus esforços e enxergar o que há de bom nesse idiota arrogante. Nem que seja na marra.

Hoje chegou ao palácio a moça mais linda que já vi. Sim, estamos falando de Cristal, a vossa graça. Nunca vi uma mulher tão elegante e dona de si. Nunca vi uma jovem inspirar tanto poder. Dá vontade de escrever sobre ela.

Espero muito que você consiga logo um emprego no palácio de algum duque, ou aqui mesmo no Palácio Violeta, assim poderemos suprimir a carência que sentimos uma da outra, e você poderá conhecer todas as celebridades incríveis que tenho visto de perto.

Eu amo você.

Atenciosamente,
sua amiga mais amorosa e sincera,
Roma Gomez.

Quando Roma está quase pegando no sono, é interrompida por batidas na porta do seu quarto, que fica na ala dos empregados.

E se forem guardas vindo me buscar e me pôr na prisão, achando que eu sou uma espiã? Afinal, menti sobre meu nome e minha casta para o príncipe.

— Roma? Roma? Abra — sussurra uma voz feminina. Roma se esconde atrás das cobertas. Agora a voz feminina está nítida. *Analeide? Ufa.* Roma se desfaz das cobertas e salta da cama, em seguida abre a pequena porta.
— Por que raios você não abriu a porta? — Analeide parece confusa.

Roma sente uma vertigem — não pode ouvir quaisquer palavras que a remetam ao seu medo de trovões.

— Não sei. — Roma assente. — Não sabia quem poderia bater aqui a esta hora. Afinal, passamos do horário do toque de recolher.

— E você o cumpre? — É como se Roma estivesse cometendo um enorme pecado ao cumprir a lei. — Venha. Hoje é a segunda dos jogos. — Analeide logo trata de pegar Roma pelo braço. Roma hesita. Analeide diz: — Confie em mim. — Roma se deixa ser conduzia pela bibliotecária. — É como meu pai me disse: quem tem nádegas, tem medo.

— Seu pai é um filósofo e tanto.

Os cantos da boca de Roma se curvam.

Elas percorrem um pequeno corredor que leva até o pátio do térreo. Lá, uma portinha dá acesso a uma galeria. Assim que entram, Roma percebe que mais quinze pessoas estão ali.

Analeide corre e abraça um rapaz baixo, moreno e forte. Havi, em seguida, dá-lhe um beijo.

— Mas já? — Antonella, uma das criadas pessoais de Sofia, pronuncia-se.

— Esses dois precisam parar de tantas demonstrações em público. Daqui a pouco não conseguem disfarçar o seu romance da realeza. E se isso acontecer, eles estão fritos — a voz de Jeferson, o chefe de inteligência, surge ao lado de Roma. Mais uma vez ela se espanta. *Até o chefe da guarda real?* — Não se espante em me ver. — Ele bebe um gole de sua bebida. — Eu sei de tudo o que acontece aqui. Se eu não permitisse, eles não poderiam ter a noite de jogos todas as segundas.

— Aff. — Analeide contorce a mandíbula. — Mais uma vez você puxando sardinha para si mesmo.

Ela dá um peteleco nele.

— Eu tenho que fazer o meu nome.

Ele abre um sorriso.

— Ok, ok. — Analeide não quer dar tanta atenção a Jeferson. — Sente-se, Roma. Está vendo esses docinhos na mesa? Foi Havi que me deu. Pode comer.

Ela dá uma piscadela.

— Deve ser tão bom ter um namorado — Roma comenta com uma careta. — Alguém que a alimente e dê vários presentinhos úteis.

— Com certeza, sim. Assim, fico mais disposta para burlar as leis — Analeide diz, sentando-se a uma mesa junto com Roma.

— Além de economizar um pouco, claro. — Roma belisca um docinho. — Hum...

Faz uma careta, maravilhada com o sabor do doce.

— Sabe qual é a melhor parte? — Analeide abaixa o tom de voz, para que apenas Roma escute.

— Não faço ideia. Qual?

— Os beijos. — Ela dá uma gargalhada, dando uma batida no ombro de Roma. — Ai, sim. Os beijos quentes e sinceros — fala, cheia de risadinhas.

— Eca. — Roma faz uma careta, fingindo um enjoo. — Dispenso comentários.

— Qual é, Roma? Você nunca namorou ninguém nem gostou de alguém uma única vez? — Analeide questiona.

De um jeito ou de outro, Roma já sente que elas serão grandes amigas.

Roma começa a fuçar todos os departamentos da sua mente. Murilo? Criado por sua imaginação. Marcelo? Lael? Também. Ela nunca se apaixonou por um ser humano real.

— Todos por quem me apaixonei foram produzidos com detalhes em níveis matemáticos na minha cabeça. Eu vejo um rapaz muito fofo na rua, daí eu o imagino como eu quero — revela, dando-se conta de que os seus momentos mais gloriosos aconteceram dentro da sua própria imaginação.

— Que merda.

Analeide lhe lança um olhar incrédulo.

— Hã?

— Você tem a síndrome da imaginação fértil.

— O que é isso?

— Você acabou de definir. — Analeide dá um tapinha no ombro de Roma. — Todos têm essa síndrome um dia. Você só precisa acordar para a vida.

— Ah... — Roma sorri para si mesma, com a pele empalidecida. — Só isso? Não preciso de mais nada? — Ela ri de nervoso. Analeide acabou de lhe bater na face, sem ao menos encostar-lhe a mão. — Eu tenho uma péssima mania de saber que preciso de um rapaz comum, só maximizo qualidades de um rapaz bem casto. Contraditório, né? E eu odeio os rapazes das castas mais elevadas.

— Quando você perceber que não é o QRCODE no braço que define protagonismo, você cairá na real. Por um tempo, suspenda seu relacionamento com todos os seus namorados imaginários. Procure um de verdade.

— Não sei se quero um amor de verdade. Tendo estado contente e confortável em tê-los, digamos, tão perfeitos aqui na minha mente.

— Isso significa que você tem medo que um amor real não supra as expectativas de um romance ilusório?

— Isso mesmo.

— É pior do que eu pensei.

— Aliás, eu estou focando em juntar uma boa grana para me tornar escritora.

— Você levou a sério mesmo os seus romances ilusórios.

Analeide balança a cabeça.

— Você não tem ideia.

— Bem, você falando assim parece que o único que pode chegar ao seu nível é ninguém menos que o príncipe.

— Nunca. Vire essa boca para lá — Roma a repreende.

— Não sei, não, hein?!

Analeide ergue a sobrancelha.

— Imagine, o príncipe e eu. Credo.

— Eu sei disso. — Ela sorri. — Não percebe como ele é o ser mais narcisista de todo o reino? Ele é o candidato perfeito para fazer parte do seu time de romances criados na sua cabeça.

— Nunca. A porta do meu imaginário está fechada para os homens da casta violeta. Nem que ele se disfarce de manjar turco, meu coração se abriria. Ele nem sequer nos enxerga ou responde perguntas básicas. É muito envolvido em seu próprio mundo.

— Não é como se ele precisasse nos dirigir a palavra, Roma. Afinal, ele é o príncipe, e não precisa da nossa aprovação para ser rei um dia. Ele pode ser narcisista e voltado para si, mas ainda é o príncipe.

— É... talvez eu tivesse uma outra ideia sobre a realeza.

— Você imagina coisas demais, pelo visto. Ele nunca trocou uma palavra sequer comigo a não ser "preciso de tal livro". Por isso, a princesa deve ser a sua única prioridade. — Analeide está sendo realista. — Aliás, por que você se escondeu entre as prateleiras? Ele nem sequer notaria que você estava lá.

— É que... eu já o encontrei na minha província há uns meses.

— Certo. — Analeide inclina as mãos para baixo, dando de ombros. — Isso é tão normal. Os príncipes costumam fazer avanços pelas províncias.

— Não é essa a questão. É que eu acabei entrando na área doméstica do chalé sem querer. Só que essa não é a parte pior: eu o confundi com um guarda.

Analeide começa a sorrir.

— Quem é que confunde um príncipe herdeiro com um guarda?

— E tem mais: para não ser presa ou ele achar que eu estava invadindo o chalé, menti meu nome e minha casta. Tinha medo de que, ao encontrá-lo frente a frente, ele me mandasse ir embora.

— Não é possível que isso seja verdade. — Ela encara o rosto sério de Roma. — Sério? É verdade? Eu achei que você tinha acabado de criar uma história. Você pode estar encrencada. Mas relaxa, isso não vai dar em nada. Claro, se você não for uma espiã disfarçada.

— Obrigada! Me alivia muito. — Roma ri de nervoso.

— De qualquer forma, você já não teve a sua resposta hoje? — Analeide franze a testa. — A esta altura, ele já deve ter reconhecido você.

— Ele apareceu no quarto de Sofia junto com Cristal.

— Deixe de bobagem. Se ele tivesse que a mandar embora, já teria mandado.

— Verdade.

Roma sorri, sentindo-se só um pouquinho menos aflita.

14

A noite do baile de debutante de Sofia chega. Ela e suas companheiras já estão prontas, esperando a chamada no rol de entrada do imenso salão de festas.

A cerimônia conta com uma gigantesca coletiva de impressa e rádio. A TV, a mídia e o glamour são um entretenimento para a casta mais abastada, já que reúne um grande espetáculo de celebridades e políticos, sendo os principais patrocinadores os duques e empresários.

Além disso, a rádio é o que mantém as castas inferiores desinformadas. Tudo o que ouvem é filtrando, mantendo-os alheios às pautas sociais, de modo a manipular a opinião pública a favor da corte. E por que não os adestrar?

Tirar o acesso de alguns e dá-lo a outros, de modo a deixar todos satisfeitos em serem si mesmos, foi um processo longo, porém hoje é tão instintivo que a alienação já se passou de geração em geração.

Cristal está plena. Seus longos cabelos ruivos e volumosos caem até sua cintura. O longo vestido verde-claro combina com a maquiagem meiga e seu jeito de anjo sedutora. É impossível não notar a personalidade singela que ela carrega logo de cara. Ela não está nervosa nem preocupada com a noite, como suas primas – ela apenas retoca o gloss de frente para o espelho.

Olhando os detalhes do seu corpo com profunda admiração, trata de identificar cada detalhe para se certificar de que é perfeita, de que não apresenta nenhum defeito, nem no rosto angelical e simétrico, nem no corpo, que mais parece esculpido pelos deuses.

Roma sorri ao analisar a beleza de Cristal.

Anos antes, a febre do momento era aquele cabelo ruivo, todas as meninas queriam pintar os cabelos de cobre para se parecerem com Cristal. E Roma, claro, era uma dessas meninas. Isso não quer dizer que daria certo. Ao pintar o cabelo de ruivo, a raiz ficou laranja e o cumprimento, até as pontas, ficou um loiro meio mel. Ela detestou. Ao correr, chorando, para o banheiro, ao som das risadas dos seus amigos e familiares, Orlando bateu na porta e ela a abriu.

— O seu casamento. Como eu vou assim? Eu sei que a família da sua noiva não vai estar lá, porque vocês irão fazer duas festas, mas eu não quero aparecer feia na foto.

— Calma. Você está linda. Vamos dar um jeito nisso.

Ela chorou até que o choro cessar nos braços do irmão mais velho.

Obrigada, Cristal. Se eu não tivesse tentado a imitar naquela época, não teria tido um dos melhores momentos que tive com o meu irmão.

Ela sorri e uma lágrima ameaça cair. Decide afastar as lembranças que socam o seu emocional vulnerável.

As outras primas de Sofia, Ísis e Maya, estão em igual sintonia com a princesa: todas donzelas bem castas e educadas, elegantes e da maneira que deveria ser.

— O que vocês acham desta combinação de pérolas dos meus brincos com o rubi do meu anel?

— Perfeito — Ísis fala, tocando a clavícula, que esbanja um colar de brilhantes.

— Espetacular — Maya replica a atitude da irmã gêmea, passando outra vez um gloss.

Cristal, Ísis e Maya fazem companhia para Sofia a maior parte do dia, por isso a tarefa de Roma é apenas acompanhá-las na escolha de seus vestidos, roupas e acessórios. Ouve-as conversar, Cristal dizendo a quem Sofia não deveria ceder uma dança sequer, além de ensinar alguns truques para despistar os inconvenientes.

— Roma, você pode checar de novo os detalhes do meu vestido?

A princesa esfrega as mãos uma na outra, nervosa.

— Claro, Sofia, pela décima segunda vez. — Roma abre um sorriso. — Basta seguirmos com o combinado: assim que você tocar a orelha, sei que é minha deixa e correrei até a vossa alteza real... desculpe, até você.

Roma ergue o semblante, em prontidão.

— Certo.

Sofia aperta a mão de Roma.

A porta entre a sala de espera e o salão de festa é aberta. Roma está deslumbrada com o ambiente festivo que se revela pouco a pouco, com os seus encantos, mas, ao mesmo tempo, sente-se estranha e deslocada.

Um abismo.

Contudo, não é apenas por isso que se sente estranha: está reprimindo suas emoções há muitos dias.

A arquitetura do salão é gótica, com janelas grandes e pinturas renascentistas por todo o telhado. O piso é de mármore branco rústico; as cadeiras, palco e mesas combinam com o estilo de música clássica. Os musicistas tocam *Für Elise*, de Beethoven. É oferecido vinho branco, sucos de todas as variedades e pratos finos de frutos do mar. Tudo de acordo com as preferências da princesa.

Os músicos se preparam para anunciar a princesa Sofia ao som do clarinete, em tom especial para a debutante da noite.

— Todos se atentem para receber a nossa anfitriã. Com vocês, vossa alteza real, Maria Sofia Roriz Solimões Apolinário, a princesa do reino de Aséna.

Sofia anda a passos lentos no seu vestido lilás bem-feito, encantando a todos ao caminhar até seus pais e seu irmão, que a esperam no fim da imensa passagem.

Depois que todas as damas da realeza entrarem, é a vez das moças filhas dos duques; depois, as filhas dos condes; depois, as dos viscondes; depois aos dos marqueses, e assim por diante. Em seguida, a minicerimônia de abertura se encerra e começam a tocar músicas aleatórias. Portanto, as pessoas passam a socializar.

Roma entra por uma porta qualquer, e, no tempo em que caminha por aquela imensidão de salão, faz com que todos os rapazes fiquem chocados, pois é difícil haver uma ocasião em que se olham para muitas moças bonitas numa mesma noite. Contudo, logo percebem que ela é uma dama de companhia, o que não é um trabalho vergonhoso, ao contrário: apenas varoas bem-dotadas e talentosas, as chamadas "captadas especiais", podem usufruir do luxo que é ser amiga da realeza e das mordomias reais. Entretanto, embora moça bem-dotada, isso não lhe adianta se não tiver casta. É como um colar de ouro em focinho de porco.

O que não falta na festa são muitas comidas, bebidas e atrações: o comparecimento de celebridades influentes e a música agradável. A presença de muitos fotógrafos e holofotes é assustadora, ao menos para a pobre caipira da casta vermelha.

Roma percebe os sotaques e idiomas que vêm dos assessores de quinze países.

O rei e Nicolas cumprimentam as pessoas segundo os idiomas delas, como o espanhol de Cuba e o chinês. Algumas moças da nobreza e outras estrangeiras não desgrudam os olhos de Nicolas. Garçons, vestido de smokings brancos, andam de um lado para o outro levando bebidas e canapés.

Logo Sofia avista seu pai e irmão juntos ao príncipe Ferdinand, da Espanha. Ela e Roma começam a caminhar ao encontro deles. O olhar de Roma se encontra com o de Nicolas, e ela o desvia. Pronto, já não tem para onde correr, o príncipe já a viu e ela já acredita que estará sem o emprego no dia seguinte. Por que raios ele não a mandou embora assim que a viu na biblioteca e, em seguida, no quarto da princesa, na noite anterior?

Eu não posso mais me esconder.

Fugir ou lutar. Eu já escolhi demais fugir, conclui Roma. *Voltarei a ser corajosa, como Augusto no livro, mesmo que eu pareça um pouco imprudente. Ao menos, vou parar de ter medo de tudo.*

— Olá, minha querida filha. — Dom João Pedro beija a filha nas duas bochechas. — Eu lhe apresento Ferdinand, príncipe da Espanha, que está ansioso para conhecê-la.

— O-oi. É uma grande honra revê-la — diz o príncipe com claro nervosismo.

Ele parece chocado ao vê-la, e, por um momento, ela sente como se ele não a visse desde criança, o que é contraditório, já que, segundo as cartas que ele envia para ela, ele dizia o quanto ela é linda e bela. Afinal, o mundo inteiro tem fotos da princesa Sofia nas redes sociais.

— Oi, prazer. A honra é toda minha.

Sofia faz uma reverência solícita, como lhe foi ensinado. Ela não esboça nenhum nervosismo, embora seu coração saltite.

— Espero que vocês se conheçam melhor mais tarde — fala a rainha Maria, olhando para os dois, que estão desconfortáveis.

Sofia é detentora de uma beleza singular. O rei, que é descendente de italianos, casou-se com sua mãe, da casta violeta, com descendência indígena. Seus olhos são um pouco puxados, sua pele é bronzeada, seus cabelos são pretos, seus lábios carnudos, e sua estatura é de 1m65.

— Essa é Roma, minha querida amiga.

Sofia abre os lábios, cheia de cerimônias, ao mesmo tempo com leveza. Precisa puxar assunto com o príncipe. Diante de tantas cartas que ele envia, agora parece ser um rapaz diferente, como se não fosse ele quem as tivesse escrito. Ou seria apenas uma leve timidez?

Entretanto, mal sabe a princesa que ele nem sequer tem conhecimento dessas cartas. Muito menos Sofia tem conhecimento das cartas e presentes que foram enviados para o príncipe, como se ela os tivesse mandado. Tudo não passa de duas rainhas, porém mães, que têm uma grande inclinação e vontade de unir os dois jovens herdeiros.

— Como você está encantadora, Roma! — Os olhos da rainha se iluminam, e sua voz detém um tom solene e aconchegante.

Todos os três cavalheiros fazem uma pequena reverência a Roma, e ela assente, fazendo outra para todos.

— Que honra, vossa majestade real — Roma fala, em solícita reverência, extasiada pela magnitude e beldade que exala de tudo e todos.

— Você sabe que, entre nós, podemos falar com informalidade, minha querida — diz a rainha, sorridente.

— Ah, me perdoe. Com certeza — diz Roma, desculpando-se, e sorri, mostrando os dentes branquíssimos em conjunto com a rainha.

Esse sorriso causa um misto de angústia e fascínio em Nicolas, como se ele se sentisse arrebatado. Isso o incomoda por dois longos segundos. Roma está linda, e todos conseguem admitir isso, ainda que apenas para si mesmos.

De todos os atributos físicos de Roma, o seu sorriso é o mais belo. Os dentes grandes e bem ajustados, contornados pela gengiva rosada e bem desenhada, os caninos bem demarcados e os da frente um pouco maiores que os dois do lado. Além disso, ela tem uma pinta no rosto e outra no pescoço, grandes, e é como se complementassem o combo de charme espalhado pelo seu todo, disfarçando o seu corpo magro e seu nariz roliço.

— Se me concede a honra de sua primeira dança, minha filha.

O rei só se curva diante da própria filha debutante ou da sua amorosa esposa — em qualquer circunstância.

— Seria a coisa mais maravilhosa do mundo lhe conceder a minha primeira dança, meu pai.

Ela repousa a mão por cima da mão do rei. Ele guia Sofia pelo salão de festas.

— Gostaria da segunda dança, minha irmã — Nicolas ordena em tom amável e firme.

— Eu gostaria da terceira e de uma quarta. — Por fim, Ferdinand ergue a postura, de repente firme e íntimo, trocando olhares atravessados e desconfortáveis com Sofia, como se tivesse reunido muita coragem para dizer essas palavras.

Sente-se forçado a tratá-la como alguém que será a sua esposa.

Ela é bela, ele bem sabe, entretanto não se sente tão apaixonado por ela quanto ela pareceu se sentir por ele em todos os poemas apaixonados que lhe enviou. De qualquer forma, ele precisa lutar por sua nação agora falida, e, se para isso é necessário um casamento sem amor, não se importa. A Espanha é o seu lar e sua prioridade.

Sofia assente, tímida, ao mesmo tempo que anda para o meio do imenso salão com seu pai.

— E você, dama? Posso ter a primeira dança? — O príncipe Ferdinand fita Roma com cordialidade.

É comum um príncipe oferecer uma dança a toda e qualquer moça que encontre, pois ele sempre deve demonstrar que não faz distinção entre pessoas. Nunca nenhuma moça recusaria uma dança com um príncipe.

— É claro, cavalheiro.

Ela mostra um sorriso cortês, pondo a mão delicada sobre a mão de Ferdinand.

— Se me permite uma dança, minha majestosa mãe.

Nicolas aparece para sua mãe como o nobre cavalheiro que saber ser.

— Vamos lá, me mostre que eu fiz um príncipe!

A rainha lança um olhar de orgulho a ele. Roma supõe que não importa o quão arrogante um filho seja, uma mãe sabe ter olhos de amor.

Roma vai buscar um pouco de vinho e beliscar alguns aperitivos, e, enquanto pega iscas de camarão empanadas, percebe um grupo de cinco pessoas observando e comentando sobre quem passa:

— Quem é ela?

— Eu não sei. Nunca a vi na vida.

— A roupa é da costura real. Será que é alguma parente distante do rei? — alguém pergunta.

— Não, gente. Ela é só a dama de companhia da princesa Sofia — anuncia a outra.

— Ela é bonita. Muito bonita, na verdade — o outro responde, percebendo as intenções da colega.

— Bonita? Bonita sou eu! Sabe quanto custa este colar no meu pescoço? — retruca.

— Calma, amiga. — Ele sorri. — Ela a intimidou, é? Você não sabe que nenhum dos cavalheiros olhará para ela por ser pobre e sem casta? Com certeza ela é da vermelha ou da verde. — Sorri. — Eu nunca sei qual é a casta dos empregados — termina em tom de piada, fazendo os amigos gargalharem.

— Um prato cheio para os duques, e talvez até para certo príncipe.

— Será mesmo? — pondera o desconhecido. — Acho melhor você segurar o seu veneno, podemos estar diante da futura amante de qualquer um de nós. Afinal, de que adianta você ser da violeta, ter todos os princípios de nossa casta, com uma criação impecável, vestindo as melhores roupas, se é pelas sem castas que os rapazes mais desordeiros de nosso clã acabam por se apaixonar? Não se lembra da história de Augusto no verão passado, na província de Janco?

Ele abre um sorriso debochado.

— Vire essa boca para lá.

A outra contorce o lábio em desaprovação.

Figurantes, pensa Roma. *São figurantes, assim como eu. Tenho pena de mim, mas também tenho pena deles. São violetas, no entanto precisam fofocar para se sentirem interessantes. Não devem fazer nada além de desfrutar daquilo que foi conquistado pelos outros, no caso os seus antepassados.*

— As gêmeas Ísis e Maya são moças de personalidade fracas e influenciáveis, e isso as impede de enxergar o mundo por conta própria, e acabam por receber sempre a opinião de quem admiram como absoluta. — Frederico, herdeiro do duque da província de Canela, é um bom zombeteiro.

— Tudo o que Cristal, Ísis e Maya precisam é ter um corpo atraente e um grupo de seguidores leais e ignorantes.

— E elas têm o que querem. Tudo que elas usam vira moda, ainda mais Cristal, o cristalzinho da nação; Maya, o suspiro da nação; e Isis, o anjo.

Nicolas está na lateral oposta aos come e bebes, com seu pai.

Roma revira os olhos para si mesma ao ouvir as outras pessoas cochichando sobre como ele é bonito, elegante e inteligente. *Isso é porque ele não levantou a espada para um de vocês, seus bobos,* Roma pensa, abrindo um sorriso tenso.

— Ele é o pacote dos sonhos: tem a beleza, a elegância e a inteligência. Desde que voltou dos Estados Unidos há dois anos, ajudou a fechar vários negócios e abriu as portas para o mercado internacional.

— O sonho de toda mulher, eu diria.

Não o meu, bobonas.

— Ele é chamado de príncipe Narciso. O ego dele não cabe dentro deste palácio. Além do mais, não passa mais de cinco minutos conversando com a mesma pessoa em um evento. Afinal, tempo são negócios. E negócios são dinheiro. Nunca o vi com nenhuma moça.

— Isso pode significar azar no amor?

— Ele não vive com essas expectativas de sorte ou azar, minha querida. Ele só deve achar que nenhuma moça deste país é boa o suficiente para ele. — Sorri. — Afinal, ele é lindo, inteligente e um príncipe. Ele sabe disso e aproveita muito a posição que ocupa.

— Isso só o torna mais atraente.

A outra mordisca um dos lábios com uma evidente malícia nos olhos.

— Sim. Mesmo que ele não queira uma de nós, precisamos tentar até o último segundo. Até que ele suba no altar, temos chance. Afinal, quem não quer estar na redoma da realeza?

Roma não consegue mais ouvir tudo isso sem franzir uma de suas sobrancelhas e pensar: *por que se prestar a isso? Eu é que preciso ser conquistada! Me dar a esse trabalho foge totalmente de quem eu sou. Que príncipe mesquinho, que moças desesperadas, além de interesseiras.*

Roma começa a sentir um misto de pena, e sua implicância com o príncipe só tende a aumentar.

— Nicolas só cogitaria casamento por dois motivos: ter um herdeiro e fazer um grande negócio. Ou talvez pelo simples fato do dever. Nunca se apaixonou nem namorou. É verdade, sua vida amorosa não existe. Porque, no momento, só ama a si mesmo. Por isso, pensar assim faz todo o sentido para ele — o desconhecido prossegue.

— Ele é muito bom nos negócios desde que voltou da faculdade. Ele se formou com vinte anos em administração nos Estados Unidos. Começou a faculdade com dezesseis. E já fez duas pós-graduações.

Não consegue ouvir o resto, pois um jovem branco, de bochechas avermelhas e de estatura média a aborda:

— Festa maravilhosa. — Ele ergue o rosto. — Senhorita...?

E faz uma reverência.

— Gomez. Roma Gomez.

— É um prazer, madame — fala em tom sincero. — Como está a festa para a senhorita?

— Muito agradável, meu senhor. Há tempos não vou a uma festa tão majestosa quanto esta.

— Tem tempos que não vejo tão belas moças quanto aqui.

Ele a fita de cima a baixo, satisfeito com o que vê.

— Claro, a julgar pelas classes e moças escolhidas. É impossível não vislumbrar o luxo, não é mesmo? — Roma abre um sorriso irônico.

Ao ver que uma dança termina e já se aproxima outra, ele se antecipa:

— A senhorita me concede a honra desta dança?

— Sim, meu senhor.

Roma faz uma pequena mesura antes de caminhar pelo salão, admirando seus encantos. Ela pega o seu cartão de danças, só lhe restam ainda mais três. Gastou dois com o príncipe Ferdinand.

Ao olhar o cartão de Roma, o homem ao seu lado diz:

— Devo me apressar antes que o seu limite de danças acabe.

Ele sorri, mostrando os dentes pequenos e bonitos.

Ele não é feio. Mas também não é bonito.

— Me desculpe, não sei o seu nome — fala Roma.

— Mil perdões, que grosseria da minha parte. Gérson Azambuja Fagundes, prazer. Sou o visconde de Catabil.

— Ah. — Roma não faz ideia de quem ele é. — Prazer.

Abre um sorriso tímido e indiferente.

— Eu tenho propriedades muito importantes aqui, uma localizada no centro, aqui pertinho, e outra no sul da cidade.

— Que bom, meu senhor.

Um rubor lhe sobe pelo rosto.

— E a senhorita, é filha de quem?

— Filha de Orlando Arai Gomez.

— Que interessante, eu não sabia que Orlando Arai tinha uma irmã nem que seu último nome é Gomez.

— O quê? — Roma o encara, confusa.

— O gênio Orlando Arai. Ele não é seu irmão? — questiona.

— Sim. Porém tenho certeza de que ele nunca esteve em Balla. Acredito que o senhor deve ter se confundido.

Ela acha que não estão falando sobre a mesma pessoa.

— Ah, é claro. Hoje em dia já não podemos saber quem são as pessoas pelo seu nome e sobrenome, não é mesmo? São tantos nomes iguais. Nunca ouvi falar de seu pai. Ele é por acaso duque ou visconde de alguma província distante?

— Nenhum dos dois.

Ela se empertiga. Ele acha mesmo que ela é da alta sociedade. Será que percebeu seu broche de dama de companhia?

— A senhora é estrangeira?

— Não, meu senhor. Eu sou da casta vermelha. Sou a dama de companhia da princesa.

— Ah, me perdoe. — Ele parece decepcionado. Contudo, declara: — Claro que fui muito inconveniente nas minhas especulações. — Ele esboça um sorriso nervoso. Apesar de os dentes dele serem bonitos, as suas expressões são rígidas e ásperas. Roma sorri. *Ainda bem que você sabe.* — Deixo claro que isso é o de menos para qualquer homem casto e inteligente. Com a sua beleza, pode conquistar o homem que quiser, com certeza. A senhorita é a dama mais notória desta noite. Não só para mim, como todos os rapazes estão com inveja por eu estar dançando agora com a senhorita.

Ele disse a coisa mais mentirosa que alguém poderia dizer esta noite: que ela é a moça mais notória do baile. Porque, apesar de se considerar bonita, não existe nada de mais notório nela do que a sua personalidade. Por isso ela sabe que ninguém se apaixonaria por ela à primeira vista, apenas depois que a conhecesse.

— Me sinto lisonjeada. Obrigada, meu senhor — fala, constrangida.

Conforme dançam, engatam algumas conversas. Falam de suas famílias e de seus passatempos favoritos. O dele é cozinhar e viajar, e o de Roma, como bem sabemos, é pintar e contemplar a natureza. No entanto, ela não consegue falar de si mesma por mais de quinze segundos inteiros. O visconde de Catabil não para de falar de si.

— Confesso que o luxo não é a coisa mais agradável aos meus olhos. Gosto da simples e comum rotina do dia a dia. Esse luxo exacerbado da coroa não faz parte de mim — ele frisa falsamente.

— Verdade. Também gosto das pequenas coisas. O que me encanta são os detalhes — enfim consegue dizer.

— Eu a convido a ir visitar uma de minhas propriedades qualquer dia. Ficarei muito feliz em recebê-la.

Roma nunca quis tanto que uma música acabasse. O visconde tagarela sem dar trégua, e, além disso, ela precisa se atentar à princesa Sofia, caso ela necessite de seu auxílio. Sua cabeça já está tonta. Ela volta a fitar a princesa e constata que ela faz um sinal, solicitando a sua presença. Respira, aliviada.

— Com sua licença, meu senhor — ela se despede e parte rumo à princesa Sofia.

Ela se aproxima da princesa, que conversa com suas primas sobre todos os jovens bonitos daquela noite.

— Roma! Ainda bem que você chegou rápido. — Sofia se sente a salvo, um tanto impaciente. — O meu pai esqueceu o meu broche real de dezesseis anos em seu escritório. Ele disse que o deixou em cima da mesa. Você pode ir pegar?

— Ah, sim, com certeza. Tenho muito tempo até lá?

— Tem cerca de uma hora antes do discurso do rei e a entrega do broche.

— Então, preciso me apressar.

Ela não faz ideia de como chegar ao escritório do rei, já que é péssima com mapas. Com uma reverência, segue o trajeto até o escritório, até que ouve uma voz familiar a chamar pelo nome.

— Ainda tem uma dança no seu cartão?

Roma o encara com uma carranca, o idiota que despedaçou o coração da inocente Ana Clara, Augusto. Porém, no primeiro momento, apenas resolve que a sua maior vingança contra um adversário como esse é a indiferença. Ela faz uma mesura.

— Vossa graça.

Nada gracioso.

— *Roma*... Deixe-me explicar. Você sabe que para *vocês* não há hierarquia.

— Ah, é? Engraçado. Você não pensou nisso quando resolveu abandonar a minha amiga.

— Não vou tentar me explicar. — Ele faz uma pausa. Parece que há algo entalado em sua garganta. — Será que você pode me dizer como *ela* está?

— Ela está ótima — Roma mente. — E quer saber? Ela nem se lembra mais de você.

— Eu não acredito nisso.

— Acredite se quiser. Eu ouvi dela com meus próprios ouvidos. — Essa parte não é mentira. — Aliás, quem é você para falar de mentira? Você enganou a todos da vila!

Roma odeia os homens da vida real, principalmente os que não sabem honrar as suas castas.

Ela está pronta para metralhá-lo com a sua melhor coletânea de palavras, pois ensaiou muito para este momento, já que sabia que iria encontrá-lo mais cedo ou mais tarde, considerando que ele e o príncipe são melhores amigos. Não há motivos para não abater alguém da casta violeta quando se tem todas as armas para isso.

— Você está certa.

Ele fica cabisbaixo.

É como uma bola murcha: não esperava menos do que risadas ou deboche vindo de alguém da casta violeta que iludiu e depois sumiu das vistas de sua mais estimada amiga. Mas ele apenas admitiu o seu erro. E agora é como se todas as suas armas tivessem baixado a guarda. E, por um instante, sua raiva pelo príncipe aumenta. Será que Augusto foi manipulado pelo príncipe? Será que ele estava disposto a largar tudo pelo amor de sua amiga e foi persuadido por Nicolas?

— É. Então, você não falará nada em sua defesa?

— O que ainda precisa ser dito? Apenas cumpri meu dever, em troca de perder o maior amor que já tive na vida.

Por que falam tanto em dever?

— Se o que move a sua alma é o mero senso de dever, vocês estão vivendo ou apenas cumprindo metas?

— Não é tão simples quanto parece. E eu sei nem devo pedir nada a você. Mas se eu puder pedir, gostaria que você mandasse um recado para Ana Clara.

— Não que eu vá passar recados. O que seria?

Ele sorri.

— Apenas diga que eu sempre guardarei nossos momentos doces na minha memória e que eu a amo.

Ele está corado e com os olhos marejados.

Roma sabe qual será a reação da amiga àquelas palavras. Ela promete a si que jamais entregará o recado a Ana Clara.

— Eu já vou indo.

Ela entra no pequeno elevador e aperta o botão de um dos andares. Assim que as portas se abrem, ela tem a sensação de que aquele não é o lugar que foi mostrado a ela no mapa do palácio. Ela continua desnorteada ao ouvir vozes.

É Nicolas e sua secretária. Roma corre para a porta mais próxima e entra. Como é o banheiro masculino, ela sai e procura outra porta.

— Faça o seguinte: junte os relatórios das reuniões entre Aséna e Cân... — diz Nicolas, caminhando pelo corredor ao lado de sua secretário, quando percebe uma pessoa correndo.

— Quem está correndo? — pergunta ela, apreensiva.

Todo o palácio está em uma situação de alerta pelas novas ameaças de ataques.

— Pode ir — ele fala, sucinto.

— Certeza?

A secretária ainda está com dúvidas. Não é costumeiro que pessoas que não são do setor apareçam na ala masculina.

— Sim. — Ele sinaliza com uma mão, finalizando o assunto. — Ah, e não esqueça que a porta do meu escritório está quebrada. Hoje mesmo fiquei trancado, pois só conseguimos abrir por fora. Dê em jeito nisso agora mesmo.

— Desculpe o inconveniente, alteza. Vou resolver esse problema agora mesmo — a secretária fala, sem jeito.

Sente que precisa correr contra o tempo dado o tom urgente de cada ordem do príncipe.

Ele olha de um lado para o outro. *Será que Roma entrou no banheiro masculino? Por que raios essa mulher vive se escondendo?* Nicolas entra e começa a falar:

— Tem alguém aqui? — Ninguém responde. — Olá? — Ninguém respondeu. — Bom, ainda bem que não tem ninguém aqui, assim posso chamar a manutenção interna — alfineta a fim de receber algum sinal que comprove a presença da dama de companhia.

Nenhuma resposta.

Onde raios ela está?

Ele vai até seu escritório para ler o relatório que sua secretária lhe entregou — e mal dá dois passos em direção à sua mesa quando ouve a porta ser trancada. Ele olha para trás, vendo Roma.

— Ai!

Ela arregala os olhos grandes com espanto.

— O que a senhorita faz na ala masculina?

Nicolas cerra a mandíbula.

— Ala masculina? Eu estava tentando ir até o escritório do rei, majestade. — Ela se sente acanhada. — Agora, se me permite, vou tentar achar uma saída e subir para o escritório.

Ela coloca a mão na maçaneta, mas não consegue abrir a porta.

— Urgh! — Uma veia salta no pescoço dele ao se lembrar de que a porta está quebrada. — A porta não está abrindo por dentro. Estamos trancados — diz ele, bufando de raiva. — Ótimo, a senhorita nos trancou — conclui, comprimindo os lábios, severo.

— Quê? Como assim? — Ela arregala os olhos outra vez. — Preciso sair imediatamente. Falta apenas uma hora para o baile acabar. E... e... Eu tenho que entregar o broche da princesa.

Um rubor sobe pelo rosto dela.

— Até lá já teremos conseguido sair. Portanto, acalme-se e se acomode.

Ele bufa, impaciente.

— Ah... — Ela desvia o olhar, abrindo um sorriso tímido e desconcertado, estralando a língua. *Não há nada que eu possa fazer. Portanto, não há necessidade de agir como uma heroína agora.* Desiste, desapontada. — Posso me sentar? — continua, engolindo em seco e se sentando no sofá cinza-claro.

Ele assente, dando de ombros, indo se sentar na cadeira do outro lado da sala.

Onde é que eu me meti? Sente raiva de si mesma por continuar se colocando em situações desconfortáveis com o príncipe, ainda se sentindo uma insensata por acabar na ala masculina. Agora está diante da presença de quem mais fugia: o príncipe.

Eles ficam em um silêncio ensurdecedor por pelo menos dois minutos — o que, para dois estranhos, parece mais uma eternidade. Ela olha para um ponto fixo, e ele para outro, como se isso fosse ocupação suficiente para não se dirigirem a palavra. Assim que Roma reúne coragem, levanta-se e consegue falar com a voz firme, apesar dos lábios trêmulos:

— Vossa majestade não se lembra de mim, não é?

Ele a olha por um segundo, com todos os traços do seu rosto em linha reta, analisando-a, e em seguida dá de ombros.

— Lembro.

— E não vai, sei lá, me demitir ou me mandar embora, já que menti sobre meu nome e minha casta?

— Por que eu faria tal coisa?

Ele se empertiga no seu assento, voltando a se concentrar nos seus papéis.

— Porque eu menti? Acredito que isso seja um motivo razoável — ela argumenta.

Ele contrai a mandíbula, depois os cantos de sua boca se transformam em um sorriso de escárnio:

— A senhorita pretende se defender ou planeja ser demitida? — Ela espeta o nariz no ar, com a boca aberta de surpresa. Nicolas ergue o rosto, dizendo: — Caso seja descoberto algo diferente na sua conduta, a agência de inteligência irá descobrir e você será reportada. Isso não é do meu interesse — conclui, severo.

As feições dele são de uma completa indiferença. Roma pode inferir que de fato o príncipe nem sequer se prestou a pensar nela e na possibilidade de demiti-la. Desse modo, a franqueza e a arrogância formam ali uma linha tênue, muito tênue, pensa Roma.

— É... — E, contra isso, Roma fica sem palavras. É como se uma secura se formasse em seu peito. — Tudo bem. Sendo assim, obrigada. Fico grata, muito grata, por não ser mandada embora.

Ela tenta não demonstrar qualquer sentimento sobre as palavras que mais parecem facas cortantes.

— Grata pelo quê? Eu não fiz nada.

Nicolas a mede com o olhar, coçando o nariz e olhando para o lado, indiferente.

— Por não me demitir. Muito obrigada.

Roma faz uma reverência, pondo-se em seu lugar. *Eu julguei minha causa importante demais.* Ela sorri de si mesma, sentindo o rosto ficar vermelho, muito vermelho. *E eu apenas sou uma figurante.*

— Isso não quer dizer que serei bom para a senhorita.

Todo o rosto dele se ilumina, uma promessa silenciosa de que não facilitará a vida dela no palácio.

De novo, o silêncio se instaura por um par de segundos.

— Eu vou pegar um livro.

Ela coloca a mão na estante dele.

— Esses, não.

— Tudo bem — responde em meio segundo, envergonhada. — Ah, uma miniatura do símbolo do palácio.

Ela se apressa para pegá-la, quebrando o gelo.

— Custa oitocentos mil coulons.

Roma contorce os lábios, querendo se enfiar num buraco.

— Entendi. Não é para tocar em nada.

— Isso mesmo. A senhorita é esperta.

Ele abre um sorriso travesso. E, ao percebê-lo, fecha o semblante outra vez, fuzilando a si mesmo por dentro.

Nicolas a olha. *Ela se tornou mais linda do que eu imaginei.*

De repente, as luzes do escritório apagam.

— O que aconteceu? — ele pergunta.

— As luzes se apagaram. Eu vou ver o que está acontecendo. — Roma pega o seu celular e disca o número de Helen. — Sim, senhora? Ah. O palácio inteiro está sem luz? Ah... Certo. Não, não precisa vir. — Helen não sabe que Roma está no escritório de Nicolas e não quer qualquer fofoca com o seu nome. Ela desliga e diz com impaciência: — O gerador de energia teve um problema técnico. Já estão resolvendo. Deve estar um caos lá no salão de festas.

Nicolas murmura palavras ininteligíveis e depois fala:

— Uma queda de energia? Uma porta que não funciona? — Fica pensativo. — Não são coisas que deveriam ser verificadas com antecedência? — Ele detesta que as coisas fujam ao seu controle. E quando elas escorregam por suas mãos, sua irritabilidade se torna evidente. Ele se vira e toma um baita susto ao olhar a visão assustadora da dama de companhia com a luz do celular próximo a ele. Ele grita, aterrorizado. — Você me assustou, senhorita! — fala, tentando se acalmar.

— Perdão, alteza. Estava tentando deixar as coisas mais confortáveis para você.

Ela faz uma pequena reverência, dando uma risadinha pela reação surpreendente dele. *Ele gritou como um garoto. Um garoto que eu já vi.*

— Não estava tentando me assustar?

Ele tenta controlar a respiração.

— De jeito nenhum. — Ela mantém o sorriso aberto, quase gargalhando. Ele ainda tenta se recuperar do susto, respirando fundo e fechando os olhos. *Que visão fofa,* pensa Roma, logo se repreendendo. Ele limpa a garganta antes de dizer: — Sente-se no sofá.

E usa a mão para indicar o móvel.

— Claro. — Ele endireita a postura. — O senhor quer alguma coisa? Posso ir buscar.

Com o nervosismo, ela se esquece do problema com a maçaneta.

— A porta não está abrindo.

— Ah, é mesmo.

Ela balança uma mão, batendo-a levemente na coxa. Murmura algo para si mesma e se obriga a se sentar do lado dele, e, para variar, mais uma vez se faz notar o silêncio.

Nicolas mal pode esperar para que esta agonia acabe. Seu coração bate forte; ele ainda não sabe que ficar muito perto de Roma lhe traz sentimentos que nunca provou. Um misto de impaciência e quentura no peito, como se seu coração fosse arrebatado cada vez que estão no mesmo ambiente. Sente que o ar lhe foge dos pulmões.

— O senhor se lembra daquela imagem que me mostrou assim que nos conhecemos?

— Qual das vezes?

— Hã? Na única vez que nos conhecemos, cinco meses atrás, em Janco.

— Ah, é.

Ele nem mesmo cogita a possibilidade de lhe contar sobre a sua infância. Sabe que aqueles acontecimentos interessam apenas a ele.

— Bom, eu acho que já vi aquele livro mais de uma vez, ou pelo menos tenho essa sensação.

— Quando?

— Sinto que conheço o livro há muito mais tempo, como se em algum momento da infância eu já o tivesse visto. Às vezes me vêm apenas *flashes*. — Ela percebe que já está entrando em um monólogo. — Ah, me desculpe. Não sei por que estou lhe dizendo isso. Eu apenas pensei que temos esse assunto em comum, e achei que poderíamos conversar sobre isso.

— Tudo bem. Percebi que a senhorita não consegue ficar em silêncio por um instante.

Ele abre um sorriso, assim como ela.

— É verdade.

Continuam sorrindo; desta vez, ela levanta o olhar em direção ao rosto dele.

Ao se perceberem sorrindo mais uma vez um para o outro, eles se contêm, e a timidez se instala no ambiente. Roma coloca o celular como lanterna em cima da mesa e depois repousa as mãos no colo, passando uma delas pelo cabelo, e, por fim, cruza os braços em uma tentativa fracassada de se sentir um pouco confortável no ambiente ao lado do príncipe.

— Os escritórios ficam no quarto andar. A senhorita não percebeu que, em vez de descer, o elevador estava subindo?

Nicolas se empertiga.

— Foi isso mesmo que aconteceu. Mas eu lhe garanto, alteza, que não estou aqui para espionar ninguém.

Nicolas não pode deixar de notar o formato de seu rosto quando ela sorri sem abrir os lábios. É encantador. De alguma forma, parece que seu mundo congelou neste instante e, em sua mente, quer eternizar esse sorriso.

— Quer saber? Vou tentar abrir a porta — ela fala baixinho para si mesma ao mesmo tempo que se levanta.

Nicolas também se levanta, esbarrando nela, levando-os ao chão, ficando com os rostos um em cima do outro. Roma sente o cheiro de Nicolas. Ele não parece usar perfume, a julgar pelo cheiro natural que exala. Já ela usa um hidratante de erva-doce, que já se impregnou por todo o ambiente.

Roma se esquece de respirar.

— Senhorita? — Nicolas franze as sobrancelhas. — O seu rosto está esquisito.

— Às vezes eu me esqueço de respirar — explica, estremecendo e enfim permitindo que o ar entre em seus pulmões. Ela o afasta, levanta-se e vai até a porta. — Tem alguém aí? Alguém nos ajude!

— Você quer mesmo que alguém nos encontre assim, a sós? A sós no meu escritório e no escuro?

— O que é que tem?

— A sua reputação está em jogo, senhorita. Portanto, volte a se sentar e espere. Aguarde com paciência, que eu mesmo chamarei o senhor Jeferson para acompanhá-la. Tenho certeza de que, de duas, uma: ou foi muito mal instruída sobre o mapa deste castelo, ou a senhorita não teve o bom senso de estudar a estrutura do palácio.

— Foram os dois, meu senhor — ela rebate. — A questão é que não planejei parar no lugar errado, num escritório com a porta quebrada e justo quando ocorreu um curto-circuito no palácio.

— Você sempre está causando problemas — fala ele, bufando. O telefone de Nicolas toca, interrompendo-os. — Alô...? Quê?

Em um gesto abrupto, ele puxa Roma para perto de si, protegendo-a. Estão em perigo. Como conseguiram atravessar a redoma?

Quando ele desliga o celular, Roma aproveita para perguntar:

— O que houve?

— Alguém invadiu o palácio.

— Quê?

— Não sabemos quantas pessoas. Ficaremos aqui até descobrirem quem invadiu e onde estão.

Roma começa a usar a luz do celular para iluminar todos os cantos do vasto escritório. Ao perceber o que ela faz, ele diz:

— Aqui você está segura, senhorita.

Ele fixa os olhos nela, que não sabe se esconde o rosto corado ou se finge algum mal-estar. *Por que o meu coração está batendo forte? Eu odeio esse homem. Se aquiete!*, Roma ordena a si mesma. Ela olha para baixo, afetada.

— É bastante coisa para uma noite só — confessa finalmente.

Nicolas usa a digital para abrir a gaveta da sua mesa, pega uma escuta e a coloca em seu ouvido direito. Por fim, aperta o botão embaixo de sua mesa com maestria, fazendo o chão ficar frouxo ao lado dos seus pés. Ele abre a passagem e diz:

— Vamos, senhorita?

— Aonde?

Roma fita o príncipe.

— Nos esconder?

— Não, obrigada. Vou esperar até que o serviço de inteligência resolva.

— Eu não quero assustar você, mas alguém pode entrar neste escritório a qualquer momento. E esta passagem secreta é à prova de balas.

— Quê?

— Se a senhorita não quer, então até mais... isso se a senhorita sobreviver.

Ele abre um sorriso irônico.

Roma corre e entra primeiro na estreita passagem secreta. Nicolas entra e fecha a abertura.

— Por que fizeram um local tão pequeno? Pelo visto não são tão ricos assim.

— Senhorita, caso não esteja vendo, a sua boca está próximo ao meu ouvido. Consigo ouvir todas as suas murmurações.

— Falei para a majestade ouvir mesmo.

Roma abre um sorriso.

— A passagem foi feita pensando apenas em mim. Quanto menos a senhorita falar, menos apertado ficaremos. Além do mais, a senhorita é a primeira civil a usar um esconderijo exclusivo da realeza.

— Eu não sabia que existe essa diferenciação.

— Pois é, existe. Espero que isso se mantenha em sigilo, pois, caso contrário, saberemos de quem essa informação saiu.

Ela sente um arrepio.

— Olhe! Estou toda arrepiada. — Ela mostra o braço. — Todo dia é um segredo que eu descubro.

Ele sorri e seus olhos se encontram. Ele fecha o sorriso na mesma hora, pigarreando. E então, eles escutam:

— Em cinco, quatro, três, dois, um...

Boom. Escutam o barulho de uma bomba de baixa potência, o suficiente para derrubar a porta. Sem perceber, Roma entrelaça os braços na cintura dele enquanto lágrimas de pavor escorrem por seu rosto. Nicolas põe uma mão sobre a boca de Roma para que ela não faça nenhum barulho. Eles escutam a algazarra de pés andando em cima deles.

15

Pela manhã, resta a limpeza de uma noite de terror. Ninguém se feriu, contudo o baile de debutante da princesa foi um completo desastre. O prédio residencial do palácio foi evacuado, e foi dada ao príncipe a responsabilidade de proteger sua irmã e seus primos. O príncipe Ferdinand se pôs à disposição. No fim, eles precisariam passar alguns dias na área litorânea do palácio, onde se encontram a Casa dos Ídolos, a Fonte das Três Torres e o Cabo das Serpentes Roxas, supervisionada por um caseiro.

Os celulares começam a apitar e a vibrar. Quando abrem o que parece ser um spam, veem que na verdade se trata de um site misterioso. *Não adianta investigarmos a veracidade das notícias se o importante é que elas se espalhem o mais rápido possível.*

Olá, querida Redoma Violeta,

Para todos os nobres tolos e mesquinhos da alta sociedade de Aséna, é com muito prazer e bom gosto que lhes apresento o meu site secretíssimo. Agora, serei os ouvidos em todas as paredes, os olhos onipotentes que fazem a cobertura de todos os escândalos e de tudo que acontece a portas fechadas. Acima de tudo, serei os dedos nervosos que apontam todos os acontecimentos e os direcionam nesta temporada, que, prometo, será melhor do que tem sido há anos.

A noite do baile da nossa queridíssima princesa Sofia foi um fracasso. Inimigos do governo conseguiram atravessar a redoma e invadir o palácio. Todos estão desesperados e em constante estado de medo. Não temos respostas.

Preciso dizer que, para fazermos deste jornal — sim, não é uma seção de fofocas — um diário inesquecível, sou muito dado a analogias e metáforas. Desse modo, o príncipe já não é mais Nicolas, mas sim o nosso leão júnior. A nossa princesa, pequena leoa. Os demais personagens logo receberão lindos nomes.

A princesa Sofia é mais radiante pessoalmente! É doce, sensível e bela como uma princesa deve ser. Junto com o príncipe Nicolas, alto e cheio de majestade, eles fecham o combo da alta majestade ideal. Quanto a Sofia: será que o seu coração real e valioso já começou a dar as primeiras palpitações de paixão? E quem será o belo jovem do mais alto requinte que conseguiu realizar tal proeza? A princesa é a personificação dos sonhos. Existe alguém que esteja à altura? Presumo que o príncipe Ferdinand está. Os dois não dançaram apenas uma vez, mas três ontem à noite! Será que eles conseguiram aliar os objetivos que satisfazem as relações internacionais de seus respectivos países, aliando a uma paixão esperada? Que maravilha seria ela se apaixonar juntamente por quem esperamos que ela se apaixone.

E mais uma notícia saindo do forno, que já não é mais uma novidade: o nosso sumido cristalzinho voltou dos Estados Unidos para Aséna. Sim, a vossa graça, a futura duquesa de Balla, Cristal, retornou mais triunfante e graciosa do que nunca. A que devemos essa honra? Será que o seu último ano antes de remate e o fato de ela ter voltado depois de anos longe é uma mera coincidência? Será que não tem a ver com um grande amor ou com a decisão de se casar nesta temporada, na sua terra? Se sim, quem será o homem mais sortudo da nação? Façam as suas apostas, pois em breve descobrirei toda a história. Vocês agora ficam avisados de que tirarei tudo a limpo. Nem tentem segurar essa coluna. Quanto mais tentarem destruir o meu spam, mais acessível irei torná-lo. Mais máscaras serão tiradas.

Querem saber a continuação desses acontecimentos? Aguardem até o próximo capítulo deste jornal. Espero construir uma magnífica história desta estação.

Muito prazer.

Atenciosamente,
Redoma Violeta.

— Redoma Violeta? — A rainha sente o rosto empalidecer. — Era só o que nos faltava.

Sofia continua imersa em sua tristeza — o que é esperado, visto que o baile com que sonhou a vida inteira foi transformado em uma noite de invasão de bárbaros. Bárbaros desconhecidos.

— O que isso significa? Um jornal alternativo? — pergunta Maya.

— Com uma guerra iminente, algum desocupado resolve fofocar? — Sofia fala, irritada. — Existem mesmo pessoas fúteis a tal ponto.

Ela enrijece as bochechas. É a primeira vez que expressa tanta raiva na vida.

— Quer dizer que o dono desse site de fofocas estava no baile? — questiona Ísis.

— Com certeza — Cristal assente.

— Nem sequer tocaram no nosso nome, Ísis.

Maya faz uma careta infantil demais para seu rosto de uma moça que está entrando na juventude, preocupada demais com a sua popularidade.

— Verdade. E nós somos do mesmo clã que Cristal e tão famosas quanto ela — Ísis concorda, um pouco brava.

— O que isso lhes importa? — Cristal se empertiga, zangada com a mediocridade de suas primas. — É apenas um jornaleco tosco como qualquer outro. O que mais nos interessa agora é o bem da nação — conclui, voltando a atenção para o anel que procura na sua bolsa miúda de cristais.

Ísis intervém, revirando os olhos:

— Você diz isso porque está estampando a notícia junto com Nicolas e Sofia.

— Ísis, Maya — a rainha lhes chama a atenção —, já chega. Essas cobranças já exacerbaram o bom senso.

O mundo pode estar por um fio, e, ainda assim, o mundo das suas duas sobrinhas só clama por mais atenção e holofotes.

— Não se preocupe com isso, Ísis. — Cristal se irrita. — Vamos deixar esse jornal de lado e focar em nos protegermos. Não demorará para que ele seja banido. Talvez essa pessoa saiba quem está por trás das invasões.

— Foi o que eu comentei com Roma... — Sofia revela.

— Quem será que é essa pessoa esdrúxula? — Ísis interrompe a princesa.

— Eu não faço ideia — Maya responde.

— É um enigma para mim também — Sofia termina, como se não tivesse sido interrompida.

— Acredito que seja alguém da mesma hierarquia que vossas majestades ou alguém da própria realeza — Roma dá a sua opinião. — Desculpem-me, claro que não estou dizendo que é uma de vocês. Bem, se me permitem. A pessoa usa "atenciosamente" no fim da carta. As vossas majestades não acham que, caso fosse de uma casta inferior, ela não usaria no lugar "respeitosamente" ou outro advérbio que denote um grau de hierarquia inferior?

Cristal lhe dá um sorriso, encolhendo os ombros. Ísis e Maya pensam, contorcendo os lábios por um momento antes de dizerem:

— Verdade!

— Concordo com Roma — Cristal assente, por fim. — Parece que essa temporada promete. — Dá uma piscadela para todas as meninas. — Não se entristeçam. Vocês são mais que isso.

— Você sempre sabe o que dizer, Cristal — diz Maya.

— Com certeza não. — Cristal abre um sorriso tímido. — Roma fala melhor do que eu. Ela é a dama de companhia.

Roma esboça um sorriso com os lábios fechados.

— Não levem a sério a opinião dessa pessoa — Rodolfo aconselha. — Deve ser uma velha solteira infeliz e com muito tempo livre.

— Todas as senhoras de título estavam no baile? — questiona Maya, analisando uma mecha solta do cabelo.

— Provavelmente. — Cristal a encara. — Das duquesas até as baronesas de Balla, elas nunca perdem um bom festejo. Elas vêm em peso.

— Espero que isso não as prejudique.

Roma está com as feições nubladas.

— Deixem que falem. — Nicolas dá de ombros. — Até agora só me dizem o quanto eu sou perfeito. E eu não discordo.

Abre um sorriso largo.

— Que disparate!

Sofia sorri, dando uma tapinha no ombro de Nicolas — só mesmo o irmão para arrancar dela seu primeiro sorriso do dia.

— Eu me considero um homem de sorte — Rodolfo se pronuncia. — No nosso povoado é irritante todos os tipos de assédio que nós sofremos. — Rodolfo e Nicolas sorriem. Augusto engole em seco. — Vocês acreditam que Nicolas livrou Augusto de um terrível infortúnio meses atrás? — continua Rodolfo.

Nicolas e Augusto de entreolharam.

— Qual?

As meninas demonstram curiosidade, exceto Roma, que apenas espera para descobrir como alguém da casta violeta contaria *essa* história.

— Ouvi alguns burburinhos. Desembuche logo — Maya exige.

— Lembram que, há uns cinco meses, ele foi para a vila de Arroio? Aquela pequena vila que fica na província de Janco — fala Rodolfo.

— Sim. — Os olhos de Ísis se iluminam com curiosidade. — A cidade natal dele. Ele nasceu lá, e foi criado aqui.

— Isso. E ele acabou se enfeitiçando por uma moça de lá...

— Quê? — Maya fala, aterrorizada. — Que terrível!

— O melhor é que a pobrezinha nem ao menos sabia que ele estava mentindo sobre o seu nome e a sua casta.

Ao olhar por esse ponto de vista, Roma nota que fez a mesmíssima coisa. *Mas ao contrário dele, não destruí o coração de ninguém.*

— Já chega, Rodolfo — Nicolas interrompe, empertigado.

— Deixe-me continuar. Roma não levará a mal, não é mesmo, senhorita?

— Pare com essa história — ameaça Augusto, irritado.

Na prática, não teve intenção de fazer Ana Clara parecer apenas uma aventura da qual se gabar aos risos. Ele a ama.

— Não mesmo. Apenas prossiga — Roma fala com firmeza, apesar de seus olhos lacrimejarem.

— Por sorte, Nicolas mostrou que merece o título que possui. A opinião dele foi derradeira para que o ingênuo do Augusto voltasse à realidade e adiasse a viagem em um mês. Voltaram às pressas para Balla.

— Realmente. Vossa majestade honra o título que possui. — Roma ergue a sobrancelha, irônica. Eles não sabem se ela está sendo sincera, pois há um quê de amargura em sua voz, que ela tenta substituir pela inexpressão. — Se vossas majestades e vossas graças me dão licença, Helen está me chamando. Agradeço por contar essa história na minha frente. Eu, como membro da casta vermelha, também friso como vossa graça foi inteligente ao escutar o príncipe herdeiro — conclui, olhando para Augusto.

— Vocês sabem que nossos pais são amigos desde sempre — Ísis fala, colocando as mãos no rosto e abrindo um sorriso tímido com o que acaba de contar.

Todas sorriem e conversavam sobre os rapazes mais bonitos do baile da noite anterior; Ísis admite estar apaixonada por Augusto, o grande amor da melhor amiga de Roma.

— Ah, não, Ísis! Ele é influenciado por Nicolas. Você ouviu a história que Rodolfo contou? Ele pode estar apaixonado por outra pessoa — diz Maya.

— E você, Cristal, o que acha? — questiona Ísis.

— Eu acho que você precisa saber o que você acha, só isso importa. — A prima mais velha franze o cenho. Roma se identifica com esse comentário. Seria a mesma resposta que daria caso a pergunta fosse direcionada a ela. Cristal tem um sorriso tão sereno que Roma a confunde várias vezes com um anjo ou uma miragem. — No amor às vezes precisamos arriscar tudo.

— Obrigada por me motivar, Cristal.

Ísis abraça a prima e amiga, contente com a aprovação dela.

Todos se sentam ao redor da fogueira na área externa do esconderijo e tocam violão, cantando em coro, sorrindo e se divertindo. O visconde de Catabil, Gérson, não para de encará-la com olhos que mais parecem garras.

Faz parte das habilidades de Roma cantar e tocar vários instrumentos, inclusive o violão. Ela começa a tocar diversas músicas, e todos elogiam a sua voz incrível. Nicolas a fita de longe — não sabia que Roma possuía esses talentos.

Nesse meio-tempo, Ísis começa a cochichar com Maya:

— Cristal e Nicolas ficam tão bem juntos. — Ela crava os olhos neles. — Mesmo sendo primos de primeiro grau, ela sempre gostou dele. E essa paixão por Nicolas nunca acaba. Daqui a pouco vai chegar o ano de remate dela e vai ser impossível que ela se case com qualquer pessoa em território aseniano.

— Eu sei. E mesmo ele sendo nosso primo, quem no mundo nunca teve uma paixonite por ele?

— Pois é. Além disso, esse jeito dele duro, inexpressivo, sem demonstrar sentimento amoroso por ninguém. Não sei, não.

— Esse é o jeito dele. Eu acho que, se ela já tivesse se confessado para ele, eles estariam casados.

— Eles seriam o casal perfeito de Aséna. Ai! Nossa, eles ficariam lindos juntos.

— Fora que é impossível alguém não gostar dela. Ela é tão meiga, estudada. Mesmo sendo a futura duquesa, ela já tem seu próprio império.

Ísis vai até Cristal.

— Já pensou?

— O quê? — Cristal ergue o olhar, surpresa.

— Precisamos fazer esse casal acontecer.

Ísis bate as mãos, empolgada.

— É isso que toda a nação aseniana espera. Imagine contar aos nossos netos que fomos nós quem formamos o casal mais próspero da nação?

— Vocês já conversaram sobre isso desde que você chegou? - Maya questiona.

— Não exatamente. — Cristal se acomoda, fazendo a linha sonsa, escondendo as conversas para causar o efeito que quer passar. Percebem a presença de Roma. — Ah, Roma. Você pode me ajudar rapidinho com a alça do meu maiô?

— Claro.

Cristal abaixa o tom de voz para conversar com Roma:

— E você e Gérson, o visconde de Catabil? Como estão as coisas entre vocês?

— Ah. — Roma abaixa as pálpebras, em parte envergonhada, em parte abatida por Cristal entender tudo errado. — Eu não sei bem do que você está falando, vossa graça...

— Eu vi que vocês dançaram algumas músicas juntos.

— É, dançamos...

Roma olha para as mãos, mantendo o semblante baixo.

— Sabe, ele que insistiu para ficar aqui. Tudo por sua causa. Achei que você soubesse do interesse que ele tem por você.

— Ah.

Roma não disfarça o constrangimento, sem ter uma reação ao que Cristal está lhe falando.

— Ele está vindo aí — diz Cristal, afastando-se.

É claro o desconforto de Roma ao descobrir que Gérson está interessado nela amorosamente. Ela ainda não sabe como dizer não. E não quer ter de dizer não para um rapaz de casta superior. No entanto, não pode ignorar as investidas dele e o fato de que não nutre nada além de um pequeno carinho por aquele jovem rico, porém ainda desconhecido. Não quer ter problemas logo no primeiro ano trabalhando para a realeza.

— Oi, senhorita Roma — fala Gérson, aproximando-se.

— Olá, meu senhor.

Faz uma mesura cordial. Agora que sabe que o visconde de Catabil tem segundas intenções, precisa deixar claro o máximo possível que não está interessada nele.

— Gostaria de tomar um drinque?

— É, eu... — ela fala com o rosto virado para o outro lado da fogueira, de onde Cristal a observa e lança uma piscadela.

— Quais os seus favoritos? — ele pergunta ao passo que caminham até as bebidas.

— Eu não costumo beb... — ela começa a dizer, determinada a falar apenas o necessário para responder às perguntas.

E nem isso consegue. *Medo de ser assim um dia.*

– A minha favorita é vinho branco. É magnífico como desce pela garganta.

Roma acaba de perceber como ele gosta de falar de si mesmo.

Ele é arrogante, mas não como Nicolas. O príncipe sabe ser menos óbvio e desengonçado. Nicolas tem a arrogância nata de um protagonista. Já Gérson parece um bobo da corte, só que da alta sociedade. É deselegante. Dou um figurante para ele facilmente. Um figurante doido para ter algum papel relevante. No que eu estou pensando? Quem estou querendo comparar? Medir o grau de arrogância? Por favor. Tá. Eu fui muito grosseira pensando nele dessa maneira.

– Digamos que não consigo dar meio gole sem sentir vontade de vomitar.

Nicolas está na outra ponta da fogueira e, ao ouvir a resposta de Roma ao visconde, sorri. A impressão que tem é a de que Roma não se refere à bebida. Contudo, ao se perceber sorrindo, logo se contém, voltando ao semblante inexpressivo. Roma acha que ele está debochando dela e lhe lança um olhar odioso, ainda que não se contenha e sorria de si mesma. Ela sabe que não está falando de bebida.

O visconde pigarreia antes de insinuar:

– Talvez eu precise lhe ensinar a beber. Quanto mais bebemos, mais sabemos como beber.

– O senhor está tentando me embebedar, meu senhor? – Roma indaga assim que percebe a intenção dele.

Sente-se observada pelo príncipe. De alguma forma, é uma ótima sensação.

– Claro que não, senhorita. – Ele se ajeita. – Apenas quero ensinar.

– Sinto muito por desapontá-lo. Amanhã precisarei acordar cedo – diz ela, aliando a sinceridade com a falta de vontade de beber com o visconde.

– Tudo bem. Que tal se juntar a mim na fogueira? – Ele tosse, tropeçando no próprio pé.

– Claro.

Ela assente, educada, porém desconfortável.

Na fogueira, Nicolas está do lado de Cristal, e Roma do visconde Gérson, um de frente para o outro.

16

Depois que todos já estão dormindo, Roma resolve que não irá dormir, e sim retornar para a área com vista para o mar, já que todos estão dormindo e precisam respeitar o toque de recolher, mesmo que naquela pequena parte sem lei.

Roma não tem a noção real do risco, já que tal ato se tornou hábito há muito tempo — apesar de ela não ter certeza de que passar pela segurança da casta violeta seja tão simples como é na Vila de Arroio.

Ela caminha pela calçada e ergue os braços, fechando os olhos em profunda plenitude. Seu coração é triste, ainda que neste momento ele se encha de quentura, como um sopro de sol iluminando a sua janela. Reflete sobre como funciona a realeza, no que precisa ser melhor e até que ponto pode ser próxima de todos eles, afinal ela vive na redoma, mas não pertence a ela. E de fato passou dos limites, principalmente na implicância com o príncipe, que a protegeu com muita coragem na noite anterior.

O príncipe é um narcisista egoísta e ela deve sempre lhe dizer apenas o que ele quer ouvir. Não só ele como todas as pessoas da nobreza. Isso se ela quiser se manter no trabalho e preservar a paz de espírito. E jamais deveria se mostrar emocional na frente deles: precisa viver seus sofrimentos sozinha e separar o trabalho da sua vida pessoal. Isso é indiscutível, para não dizer inadmissível.

E que ela engula sozinha a implicância que sente pelo príncipe. Ana Clara irá superar a paixão impossível por Augusto e um dia tudo será resolvido. Ana Clara se casará com alguém de sua casta e construirá sua família. E quanto a Roma, bem, ela será a amiga que lutou e que construirá uma carreira.

Ela sabe que errou poucas vezes; ainda assim, ponderar e se lembrar do que a levou a Balla é essencial. *Tenho de durar três anos*. Mais do que sua personalidade forte e orgulho, enfrentará tudo por seu sonho, quer seja se anular, quer seja se adaptar às pessoas. Só não pode fugir de quem é.

Ela já está vivendo um sonho. Caso não fosse contratada como dama de companhia, ela precisaria de no mínimo trinta anos para juntar o dinheiro necessário para migrar de casta e, por fim, virar escritora. E o fato de chegar até aqui, bem sabe ela, reduz o tempo.

— A senhorita vive burlando as leis mesmo. — A voz de Nicolas soa quase como um sussurro atrás dela.

Ela sente um frio estranho em suas entranhas.

Parar de burlar leis deveria fazer parte da minha reflexão também.

— Majestade. Não imaginei que estivessem acordados e...

— E resolveu se refrescar um pouco, eu sei.

Nicolas franze os lábios com um riso irônico.

Ele é capaz de sorrir. Que sorriso lindo, ela pensa inconscientemente.

— Isso mesmo. — Ela fita os próprios pés. — Mas vou logo prometendo que isso não fará mais parte de mim. E outra, aqui é uma ilha sem lei. Vocês que estão acostumados a seguir a lei ao pé da letra.

— E a senhorita não?

— É claro que sim. Às 23h eu já estou sempre na cama dormindo feito um anjo.

— São 23h30.

— Enfim... — Ela comprime os lábios. — Um dia não define todos os outros.

— Eu não diria isso baseado nas leis que já vi a senhorita burlar — Nicolas debocha.

Roma rebate:

— Foram tristes coincidências. Espero que vossa majestade não me decapite por isso, ou ao menos não me ameace como já faz, visto que tanto eu quanto o senhor somos cidadãos asenianos burlando uma lei juntos. Ou como o senhor explicaria estar me vendo aqui? O senhor é algum guarda disfarçado de príncipe?

Ela definitivamente não consegue segurar a língua.

Nicolas dá de ombros.

— Digamos que príncipes também têm pecados. Ou a senhorita acha que um rapaz lindo, inteligente e rico como eu não teria defeitos? Está muito enganada.

— Pensando por esse lado... — Ela revira os olhos. — Tente pegar leve comigo apenas hoje.

— Certo. Só porque eu quero contemplar o mar sem ser perturbado.

Ele contrai os lábios e, em seguida, direciona o olhar para o luar.

— Nesse caso, eu é que fico agradecida, majestade.

Ela faz uma pequena reverência.

— Aliás, como a senhora conseguiu despistar os seguranças? — questiona. — Foi a mesma tática usada para invadir o chalé real de Janco?

— Digamos que não. — É a vez de ela dar de ombros. — Lá, eu juntei a chuva com a oportunidade de me proteger dela. Acho que vocês precisam reforçar a segurança, eu não sou tão inteligente assim e consigo dobrá-la com facilidade.

— Até agora eu apenas a considero alguém de muita sorte — Nicolas rebate.

— Ou alguém no mínimo esperta. — Ela dá uma piscadela. — Admita.

— De fato, você está zombando do nosso serviço de inteligência. Ou ela é fraca demais ou a senhorita não é burra como pensa. — Ele coloca as mãos na cintura. — Uma espiã disfarçada de uma moça atrapalhada. — Assente. — Essa deve ser a sua tática.

Os dois riem e abaixam o olhar para o mar, colocando as mãos na grade de proteção do cais.

— Bom, acho que o serviço de inteligência é inteligente o suficiente para conseguir descobrir quem eu sou, não é?

— Com certeza. Caso contrário, ela seria mesmo incompetente. — Ela ergue os ombros. — Acho que vou parar com as ameaças contra a senhorita. Na próxima eu lhe encontro no tribunal.

— Muitíssimo obrigada. Assim eu até levo suas ameaças mais a sério — diz, contundente. — Digamos que eu sou uma mera cidadã rebelde em relação a algumas leis. Não que eu queira mudá-las, só que devemos concordar que é sufocante ser uma jovem com tantas vontades.

— De fato — ele fala. Permanecem em silêncio por um minuto. — Eu acho a senhorita muito engraçada. Não tem medo de desafiar as leis com que convive desde que nasceu.

— Com o tempo aprendemos a encontrar pequenas brechas para se divertir. — Ela sorri, em seguida percebe a bobice que falou. — Não que eu considere isso certo. — Pigarreia. — Mas também não considero errado ou contra a harmonia social — justifica.

— Realmente. — Ele continua a fitar o mar. — Não é assim que o resto de Aséna pensa.

— Bem, devido às ameaças de um homem que está acima da lei, combinei comigo mesma que preciso frear a minha língua e me ater a apenas dizer o que esperam ouvir de uma dama de companhia.

— Hum... — ele fala, analisando o que foi dito. — Ok. Vamos começar agora: eu sou um homem rico, inteligente e bonito. A senhorita não concorda?

— Não é que eu não concorde, vossa majestade. Você é tudo isso, claro. Sem dúvidas. Não há por que eu dizer que não quando todas as outras moças estão desesperadas aos seus pés.

— E a senhorita não, suponho.

— Exato. É que tenho a impressão de que se o senhor olhar seu reflexo no mar — ela aponta para o mar —, e, assim como Narciso, se apaixonará por sua própria imagem. Aí fica o questionamento: não tem mulher que chegue aos seus pés ou é que você assusta as mulheres? Estou considerando a segunda opção.

Ela ainda não consegue cumprir com o que tinha combinado consigo mesma.

Nicolas começa a sorrir. É a primeira vez que ele sorri o sorriso de quem ouve com atenção a algo que foi lhe dito.

— Eu disse que a senhorita é engraçada. Será que consegue mesmo se ater a dizer só o que as pessoas querem ouvir? Achei que fazia parte do trabalho das damas de companhia.

— Você está enganado. Oferecer meu fiéis e sinceros conselhos à minha senhora é a premissa de toda e qualquer boa dama — retruca.

— Parece que estou equivocado.

— Ou prefere que eu diga: "Ah, me perdoe. O senhor é mesmo perfeito"? Os meus impulsos ainda são muito fortes, e eu acabei de dizer isso a mim mesma. Por isso, não me considero uma pessoa que costuma fazer as coisas frias ou no automático. A mudança é gradual — justifica.

Eles começam a sorrir e pelo modo como abrem os lábios podem se conectar pela primeira vez. Seus olhares se encontram. Os corações palpitam. Roma soluça por dois segundos.

— Seria ruim pegar um resfriado.

— Ah, não se preocupe, majestade. Eu estou bem. — Ela estremece. — Não adoeço com facilidade.

— Eu não estava falando de *você* — diz ele. — Estava falando de *mim*. — Ele olha para Roma. — Eu não quero pegar uma gripe.

— Ah. — Com o nível de constrangimento, ela deseja ser arrastada pelo vento ali mesmo. Olha para o lado, os olhos arregalados e as bochechas ardendo. *Esse idiota arrogante.* — Se quiser, podemos entrar agora, majestade — diz e abre um meio-sorriso, simulando uma careta de vergonha, murmurando para si mesma palavras inaudíveis.

Claro que ele não estaria preocupado comigo.

Ela começa a dar um passo quando ele intervém, segurando o pulso dela com extrema delicadeza:

— Fique um pouco mais. — Ele se posiciona em frente a ela, ficando cara a cara. — É uma ordem. — Esfrega o nariz com uma das mãos, desviando o olhar para o horizonte, semicerrando os olhos, tossindo antes de dizer: — Na hora de despistar os guardas, você vai precisar de ajuda. E eu não quero ir agora. — Ele a olha. — São poucos os momentos que eu tenho como este. — Ela olha para ele com uma expressão de interrogação. — De fazer coisas normais, não estar com você.

Arrogante.

— O senhor agora quer a minha ajuda, é isso, majestade? — provoca.

— Nada disso. Agora que eu também burlei pela primeira vez uma lei da nação da qual eu sou príncipe, não posso ser pego, e a senhorita vai ter que me servir de álibi, sob o juramento de me levar em segurança e não me prejudicar. — Ele a olha pelo canto do olho. — Além disso, meu pai me perdoaria, já a senhorita seria mandada para a masmorra — ameaça, sorridente.

Não foram poucas as vezes que Roma viu o príncipe sorrir. Apesar de ser um narcisista que ela prefere ignorar, ele tem um sorriso lindo — o que, para Roma, torna-o mais ridículo ainda, pois ela supõe que ele é apaixonado pelo próprio sorriso, e por isso sempre o faz de propósito, porque sabe o efeito que causa nas pessoas. E detesta o fato de estar caindo nessa armadilha. Por outro lado, ali ele não parece o idiota arrogante de sempre. Ele está sorrindo de verdade, com leveza e com sinceridade.

Detesta ver rapazes milimetricamente perfeitos. Eles sempre irão premeditar o efeito que causam nas pessoas.

Eles permanecem em silêncio por alguns minutos, olhando para a lua e para o mar. A noite está escura, iluminada apenas pelo luar. O vento está forte, e Roma começa a sentir frio. Os minutos vão passando, e ela está quase implorando para que eles entrem logo. Seus dentes começam a bater.

— A senhorita está com frio?

— Não. O senhor quer um casaco, é isso? Pode continuar, majestade. — Ela logo é desmentida pelo barulho de seus dentes. — Vou esperar o seu tempo.

Ele retira o casaco e o coloca por cima do casaquinho fino que ela já usa. Os dedos quentes dele entram em contato com a pele macia do braço dela, causando-lhe arrepios. Ela tem uma rápida sensação de *déjà-vu* Ao mesmo tempo, abaixa o rosto para o mar. Suas bochechas estão queimando, coradas.

Por essa eu não esperava.

— Só mais uns minutos.

— Fique à vontade. Eu sei como você se sente.

Roma fica comovida por um minuto.

— Só não confunda as coisas. Não quero ninguém caindo de amores por mim, hein?

Roma solta uma risadinha de deboche:

— Claro que não, majestade. Eu nunca pensaria ou pensarei nisso. Uma dama de companhia com um príncipe está fora de questão. Que horror. Nunca. Jamais. Fora de cogitação.

Ela sempre vira uma tagarela quando fica nervosa? Ele sorri, lembrando-se das outras vezes que ela tagarelou: a primeiro no chalé real, a segunda durante o atentado ao castelo, no seu escritório.

— Você acha mesmo isso?

Pousa o olhar no dela, deixando-a exposta, retirando as camadas da comunicação, dando intimidade a Roma, como se os semblantes agora estivessem nus. Eles estão construindo intimidade.

— É um abismo muito grande. Prefiro um homem comum e com uma vida comum.

Na realidade, não é como se ela tivesse escolha. Apenas nunca cogitaria tal possibilidade.

— Nunca me senti tão ultrajado, humilhado e frustrado em toda a minha vida! — Uma veia salta em seu pescoço, e ele franze o cenho. — Ouvi dizer que todas as mulheres têm um tipo ideal. Agora, um homem comum, senhorita Gomez?

Ela sorri.

— O sonho de toda mulher é ser amada. Sei que mereço muito amor, porém sempre penso que jamais encontrarei alguém que me ame de acordo com as minhas expectativas. Penso que homens comuns, diferente dos considerados extraordinários, me amarão sobremaneira, mais que a eles mesmos. Um personagem secundário é a medida de que eu preciso.

— Personagem secundário?

— Sim. — Ela sorri. — Um homem fora da redoma violeta, onde são egoístas e autocentrados, que favorece a trama, mas que pode ser facilmente substituídos.

— Você faz o que, dá notas para as pessoas, as faz de fantoches?

Nicolas se irrita com a fala de Roma, sentindo-se ofendido.

— Bem... não foi isso que quis dize...

— Eu sou o que no seu imaginário tolo? — Ela não responde. O que na sua mente parece fazer tanto sentido, na realidade a faz se sentir uma idiota. — Parece que do que a senhorita precisa não é de um marido, e sim de uma mudança nesse cérebro medíocre.

Roma sente a alfinetada acertar sua alma e quer se enfiar em qualquer buraco.

— Você diz isso porque vive em uma bolha, em uma redoma de vidro. Uma redoma violeta.

— E você não? Só que na sua existe uma bolha oca que só julga segundo a cor, como se fosse tão simples assim! — Nicolas bufa, transtornado de raiva.

A garganta de Roma se abre em ódio.

— Eu que julgo as pessoas segundo a cor? Engraçado, porque não fui eu quem aconselhou um amigo bobo a se impedir de viver o que ele sabia que era amor por se preocupar apenas com o que a sociedade pensa! — ela grita.

— O que a senhorita tem a ver com essa história?

— A pessoa de quem vocês estão fazendo chacota é minha melhor amiga. — Roma respira. — E ela tem um nome: Ana Clara.

— E a senhorita deveria saber que eles nunca poderão ficar juntos. — Nicolas endurece o rosto. — Não juntos e felizes na mesma frase.

— Como o senhor poderia saber? Por acaso prevê o futuro? — ela rebate.

— O que eu fiz foi prevenir dores ainda maiores — ele conclui.

— Por isso eu odeio o senhor, vossa majestade — ruge. — Eu o odeio com todas as forças.

— Me odeia por meu excesso de racionalidade ou por dizer a verdade sobre a sua loucura?

— Por contar mentiras a si mesmo. E por compartilhá-las aos outros como uma verdade absoluta.

Nicolas fica em silêncio, engolindo em seco junto com o golpe de palavras proferidas pela dama de companhia.

— Você — ele franze o cenho — é uma ameaça a esta sociedade.

— Ótimo! — ela rebate. — Perfeito. Se eu pudesse escolher uma casta mais desgraçada do que a minha, seria essa.

— Nunca encontrei alguém que ofende a alta sociedade como a senhorita. É um desperdício que esteja aqui, no lugar de quem merecia estar. Tem certeza de que não burlou o sistema para conseguir ocupar o cargo que possui?

Roma se dá conta de que se excedeu e nunca desejou tanto na vida que as palavras pudessem ser apagadas, embora não se arrependa de pensar assim. Ela está na alta sociedade não porque precisam dela, mas o contrário: porque *ela* depende deles para realizar os seus sonhos. Ela precisa engolir todo o orgulho e toda a raiva.

— Eu vou entrar primeiro. Boa noite, majestade.

Ela faz uma referência e sai, fazendo o caminho pela areia da praia.

Ele está certo, de alguma forma. E sobre o meu imaginário, agora parece ser o mais medíocre e tolo de todos. Entretanto, ouvir isso não deixa de ser um golpe no estômago. É como se eu já não tivesse o controle sobre essas fantasias. Eu jamais veria um homem da casta vermelha como personagem principal, como um protagonista de sua própria história. E isso Nicolas nunca saberá. Porque ele não está na posição de desvantagem.

17

— A senhorita disse que gostaria de falar comigo? — Gérson pergunta, apontando para a mensagem dela na tela do celular.

Ele endireita a coluna arqueada.

Cristal se senta, colocando os cabelos atrás da orelha com delicadeza, parecendo saber o efeito que expor qualquer parte ínfima e sensível do seu corpo causa em qualquer homem, exceto um, claro: Nicolas.

Ela titubeia antes de dizer:

— É que eu nem sei como lhe falar isso sem o constranger.

— Pode falar, senhorita. Eu ficarei grato por ajudar a senhorita no que estiver ao meu alcance.

— Acho que já é tarde demais. Devo apenas aceitar com tristeza e aprender a conviver toda a minha vida com ela.

— Eu peço que a senhorita me diga para que alivie a aflição de ter que vê-la assim.

— É que, quando eu o chamei aqui, falei que era para você e Roma se aproximarem, só que...

— Só quê?

— Era uma desculpa para eu me aproximar de você, meu senhor.

— Sério?

— Bom, acho que é tarde demais. Vamos voltar para dentro.

— Eu nunca a vi apenas como amiga. Confesso que sempre a quis. Não diga mais nada. Me deixe resolver o pequeno mal-entendido com a dama de companhia e assim poderemos viver o nosso sentimento.

— O senhor gosta de mim? Eu estou...

— Extasiada, assim como eu?

— Sim, meu senhor. Extasiada.

Ela sorri.

Passadas duas semanas no esconderijo, escondidos do mundo, a rotina de Roma é entreter a todos e estar sempre do lado da princesa Sofia, em qualquer situação, não apenas como uma sombra — se preciso for, será seu escudo em caso de ataque.

Nesta noite nublada, ela recebe uma mensagem de Gérson dizendo que gostaria de conversar com ela. Então, essa parece ser a oportunidade perfeita para rejeitá-lo de uma vez por todas.

— O senhor gostaria de conversar comigo? Eu também gostaria.

Roma está decidida a dizer ao visconde de Catabil que não quer nada além da amizade dele. Ela não sente nem o mínimo de atração ou admiração por ele, por isso pensou diversas vezes sobre como seria a melhor forma de negar os sentimentos dele por ela.

— Eu gostaria de falar que nós não daremos certo. Eu quis tentar com você, só que na verdade não estou preparado para nenhum relacionamento agora.

— Hã?

— Espero que você não fique triste por muito tempo. A senhorita é uma boa pessoa, mas não posso aceitar os seus sentimentos. — *Quê? Ele está invertendo os papéis? Ele está rejeitando os sentimentos que eu nem sequer tenho por ele?* — É isso. Espero que a senhorita entenda e não fique chateada quando eu assumir o meu compromisso com outra pessoa da minha casta, e claro que isso será depois de muito tempo. Portanto, a senhorita terá uns dias de sofrimento e desde já me compadeço com...

Antes de ele terminar de falar, Roma o deixa falando sozinho. Essa conversa a deixa enojada.

Que louco.

Eu sou uma tola em dose dupla! Que direito dei a esses dois homens para falarem comigo assim? Se cessaram as cantadas e inconveniências de Gérson, isso é um alívio. Por outro lado, estou constrangida por ter sido rejeitada sem nem sequer ter demonstrado interesse.

Ou os rapazes se iludem por qualquer educação e o mínimo de delicadeza?

Sente-se exposta sem nem sequer ter a intenção ou cogitar a possibilidade de se relacionar com alguém que considera patético.

Além disso, há Nicolas. *E ele estava certo. Por que eu tenho de julgar as pessoas pela cor da casta e pela posição social? Gérson está na casta violeta e está abaixo de um protagonista! Preciso rever isso.*

Ao entrar no quarto, é recebida por um burburinho e uma choradeira. É Ísis sendo consolada por Maya e Sofia.

– Estava indo tudo tão bem. Caminhamos juntos ontem à tarde, conversamos durante o luau inteiro. Ele me contou coisas lindas e profundas sobre suas viagens ao exterior. Nos identificamos com tantas coisas. Mas ele acabou de me dispensar, dizendo que precisa pensar e que é melhor encerrarmos por aqui antes que alguém se magoe.

– Canalha.

Sofia lança um olhar severo para qualquer objeto à sua frente. Roma arregala os olhos. Nunca tinha escutado uma palavra torpe sequer sair da boca da princesa.

– Como ele tem a coragem de gerar vários sentimentos em você, para depois dispensá-la? – diz Maya. – Ele fez com que você criasse sentimentos sabendo que jamais iria assumir?

– Eu não sei. Talvez ele tenha medo ou sei lá. Algo pode ter surgido – Ísis tenta amenizar.

– Uma outra garota – Roma fala atrás delas.

Ela sabe quem é *a* garota, mas duvida de que ela seja o motivo, afinal já faz cinco meses desde que Augusto regressou de Janco, partindo, assim, o coração da sua melhor amiga.

— Claro! Só pode ser isso.

— Que patife! Como ele pôde? Eu sou filha de um duque! Meus títulos deveriam servir para alguma coisa.

Ela está indignada. Afinal, por que ela, linda e filha de um duque, seria rejeitada? Ou melhor, em troca de *quem* ela seria rejeitada?

— O que houve?

Cristal surge no quarto.

— Cristal!

Ísis corre até a prima mais velha, não aguentando e derramando mais lágrimas ainda. O rímel borrado ao redor de seus olhos misturado às lágrimas revelam como está desidratada.

— O que houve, querida?

Cristal finge não saber o que aconteceu com a prima.

— Ele me rejeitou. O que eu faço? — suplica.

— Rapazes são uns idiotas. Não chore, tá? Seu lindo rosto já está todo inchado.

— Tá bom. — Ela desata mais uma vez em rios de lágrimas. — O que posso fazer com o amor que eu sempre guardei?

— Guarde-o. E certifique-se de se sentir amada por muitos outros. Um dia ele vai notar isso e vai ser dar conta do que perdeu.

— Vários rapazes?

— Sim.

— Cristal! Não sei se esse é um conselho sensato agora — Maya alerta, provando que não é de todo influenciável.

— Nada melhor para suprimir um amor do que milhares de outros.

Ela abraça a prima enquanto Ísis prova o gosto do veneno de uma amizade falsa.

— Sobre o que eu lhe disse ontem...

Na varanda, Cristal observa a paisagem.

— Acabei de falar com a dama de companhia. E agora, podemos começar?

Gérson está ansioso para começar a cortejar Cristal.

— Bem...

— Estou tão ansioso para a gente começar um relacionamento. Nem acredito que a senhorita gosta tanto de mim — fala o tonto, mais empolgado do que nunca esteve.

— Pois é... É sobre isso que eu gostaria de conversar.

— Diga, minha futura senhora. O que houve?

— Eu fico triste com isso. É que eu e a senhorita Gomez acabamos por nos tornar próximas. Não quero ser feliz à custa de uma amiga. Entende? — desconversa.

Gérson é mesmo patético. Ela não precisa de muito para manipulá-lo.

— O nosso amor deve ser o bastante para que fiquemos juntos.

— Eu não consigo. Sinto muito. É melhor eu ir primeiro para dentro.

Cristal faz uma reverência e deixa o visconde de Catabil sozinho.

— Vamos lá. Vamos nos separar em duplas — manda seu Miguel.

Seu Miguel é o encarregado de realizar importantes passeios por aquela área do palácio. Neste dia vão visitar o Jardim dos Ídolos, uma espécie de trilha dentro de uma redoma de vidro.

Maya e Ísis estão muito empolgadas com o passeio, enquanto Sofia boceja e Cristal parece estar bela como sempre pela manhã. Nicolas e Roma mal se aguentam em pé.

— Eu vou com Cristal — Ísis se adianta.

— Não, eu sou a mais velha e mais próxima dela, eu que vou com ela — Maya contesta, batendo o pé.

— Eu não terminei de falar, vossas graças — seu Miguel interrompe. — As duplas precisam ser formadas por um rapaz e uma moça. Pois, embora essa trilha seja nova, nossos rapazes estão todos aptos a andar em trilhas e florestas, e com certeza protegerão as donzelas.

— É uma pena. Eu queria ir com Roma. — Cristal contorce os lábios. — Ela é bem desenrolada para uma dama e seria uma ótima companhia.

Dá um sorriso para Roma.

Maya e Ísis parecem frustradas com a escolha de Cristal.

— Não me faça inveja! Você nunca vai roubá-la de mim. Roma é todinha minha — protesta Sofia e abraça Roma.

— Com certeza, sou toda sua, majestade.

Roma retribui o carinho. Sente que poderia ter uma relação muito além das castas e do trabalho com Sofia. Ela é fofa e verdadeira. Todo mundo gostaria de tê-la por perto, mesmo que não fosse uma princesa.

As meninas ficam um pouco desajeitadas na hora de escolher os seus pares para a trilha, porque alguns rapazes são figurinhas marcadas no coração de algumas.

— Muito bem. Se vocês não querem escolher, vossas majestades e vossas graças, serei obrigado a agilizar o processo e eu mesmo escolher os pares.

Ferdinand chama Sofia para ir junto com ele. Todo mundo começa a fazer um festejo só com o ato que vai contra a timidez do príncipe espanhol. Mas não podemos esperar muito de jovens que estão começando a entrar na vida adulta.

Cristal pula para perto de Nicolas. Sofia já está com o príncipe Ferdinand.

— Senhorita Gomez, pode me acompanhar? — o visconde de Catabil pede.

Roma hesita por um momento. Como se não bastasse o clima entre eles, o visconde ainda a chama para fazerem a trilha juntos. No fim das contas, todos já estão se organizando e formando pares, assim ela não tem escolha a não ser aceitar.

A trilha tem por volta de cinco quilômetros, durante os quais eles veem diversos tipos de animais e plantas. Quando falta poucos metros para o fim do passeio, Gérson toca no pulso de Roma antes de dizer:

— Deixe que eles vão na frente. Precisamos conversar.

— Visconde Catabil, acredito que não temos nada para conversar — Roma responde.

— Temos, sim. — Ele semicerra os dentes, imponente. — A senhorita criou um enorme problema para mim. Quem você pensa que é?

— Eu não admito que o senhor fale comigo dessa maneira.

Ela puxa o pulso, soltando-o.

— Tanto faz, vadia! Você é só uma mulher imunda da casta vermelha. — Ele sorri e rosna: — Não se pode dar pérolas a porcos.

Roma desfere um tapa certeiro no meio da bochecha dele, que passou de todos os limites.

— Vá, diga a Cristal que você não quer nada comigo. Eu ordeno!

— Cristal? — Surpreende-se. — Do que você está falando?

Ela não vê mais sentido em tratar com cordialidade um homem que a ofendeu das maneiras mais perversas possíveis.

— O que foi? Sente tanta inveja assim?

— O quê?

— Por um momento eu lhe dei a esperança de subir para a casta violeta. — Ele sorri, diabólico. — Você acreditou mesmo nisso?

— Do que está falando?

— Não, eu tenho uma ideia muito melhor. Eu posso ter as duas.

Ele rosna, avançando contra ela.

— Visconde Catabil! — Roma grita, tentando pará-lo.

— Você não percebe que não passa da casta cinco? Nunca vai encontrar alguém melhor do que eu. Que tal ser a minha amante, hein? Posso lhe encher de joias, adereços e muito, muito dinheiro!

— Visconde Catabil!

Ele enrola as duas mãos nos braços dela, tentando agarrá-la. Com um impulso, ela dá uma joelhada certeira entre as pernas dele, fazendo-o cair ajoelhado.

— Seu idiota!

— É o que, vadia? Foi você quem deu em cima de mim primeiro! — Ele se levanta. — Vou lhe mostrar o que você merece, sua daminha de merda!

Ele a pega pelos braços, de modo a deixá-la imóvel e indefesa, tentando beijá-la.

— Me solte! Socorr...

Ele cobre a sua boca.

— Sua idiota. Como ousa me rejeitar? Como ousa rejeitar um visconde?!

— Me solte, por favor!

As lágrimas escorrem em um choro silencioso.

— Seu merda!

Nicolas trinca os dentes, tirando o homem de cima de Roma e desferindo o primeiro soco.

— Majestade! — Roma grita.

— O que foi? A vossa majestade vai defender uma dama de companhia, uma serviçal? — O visconde sorri, cuspindo o sangue da sua boca. — Pelo visto, a daminha é ainda mais interessante do que pensei.

A raiva e a indignação tomam conta de Nicolas, a ponto de nem ele mesmo se reconhecer. Ele desfere soco seguido de soco em Gérson. As moças gritam, horrorizadas, e os rapazes apenas deixam que o príncipe desconte a sua fúria. O último soco faz o visconde desmaiar.

— Ele vai ficar bem? — questiona Sofia com os olhos lagrimejando.

Nunca presenciou antes uma briga entre homens na vida.

— Foram só alguns socos. — Augusto sorri. — Nicolas fez um bom trabalho em defender Roma. Esse rapaz é um covarde. Mais um pouco e ele...

Cristal vai até Roma na tentativa de consolá-la.

— Como você está?

— Eu estou bem, muito bem. Obrigada pela preocupação, vossa graça.

Ela assente, constrangida, tentando diminuir a vergonha de estar nessa situação. Seu cabelo está desgrenhado e suas roupas, sujas por ter caído no chão.

Nicolas se levanta e vai de encontro a Roma.

— Você está bem? — ele pergunta, tirando Cristal do caminho.

Depois, limpa a poeira do cabelo de Roma, tentando acalmá-la. O toque repentino de Nicolas a deixa chocada, por isso ela arregala os olhos e mais uma vez se esquece de respirar. O príncipe perverso, a quem ela tanto odeia, salvou sua vida pela segunda vez.

— Estou — ela afirma sem tanta certeza, ainda transtornada com a situação, tentando absorver o que acabou de acontecer. — Ah! O seu rosto!

— O que tem? — questiona ele.

— Está com um machucado.

— Ai! — Ele geme ao encostar o polegar no canto da boca.

— Venha comigo, majestade.

Ela o puxa pelo braço sem o menor decoro.

Ísis até abre a boca, pasma ao ver Roma segurar a mão do príncipe com aparente autoridade sobre ele. Nicolas olha para as suas mãos. É como se a dor saísse do seu rosto de repente e o seu coração se aquecesse. Maya pisca sem parar, tentando assimilar a cena. O rosto de Cristal se enrubesce, transtornando-se em pura raiva.

— Eu acho que nossa visitação acabou por hoje — Miguel os dispensa.

Ao chegar na casa, ela o senta no braço do sofá e fica em pé com um kit de higienização em mãos. Sente que é o mínimo que pode fazer, já que ele a salvou mais uma vez.

— Eu posso ir à enfermaria, senhorita Gomez. Não há necessidade disso — ele resmunga com impaciência.

— Eu preciso que você chegue um pouco mais perto, majestade. — Ele passa os olhos em toda a sala. Não tem mais ninguém além deles. Ele pigarreia e chega mais perto. — É o mínimo que posso fazer — ela afirma quase em um sussurro. — Eu estou muito envergonhada. — Ela o observa de soslaio. — Peço que me deixe fazer algo.

Nicolas descansa os ombros.

— Está bem.

Nunca se sentiu tão contrariado por uma mulher.

— Um pouco mais perto, por favor — ela pede.

Ele se aproxima, de modo que seus rostos ficam a cinco centímetros um do outro. Roma pega o álcool e mergulha um pedaço de gaze. Em seguida, coloca a sua mão direita no rosto dele, puxando-o um pouco para o lado esquerdo, em um ângulo que não fique coberto por sombras, podendo enxergar com clareza o ferimento. Com a mão direita, passa com cuidado a gaze molhada de álcool rente ao machucado cheio de sangue seco. Nicolas choraminga. Ambos permanecem em silêncio.

Aquele toque... Aquele breve toque é o suficiente para que Nicolas saiba que Roma o incomoda profundamente, mesmo que não saiba por quê. E apenas se sente movido a continuar. Ele desvia o olhar para o rosto dela. Os olhos grandes estão focados em retirar o sangue do pequeno machucado. Pelo menos, ela tenta se concentrar nele. Ao desviar o olhar, percebe que Nicolas a fita. Ela estremece.

— Me desculpe e muito obrigada.

— Pelo quê?

— Por ter causado toda essa situação. — Ela comprime os lábios. — E por julgar as pessoas por sua casta.

Nicolas pigarreia antes de falar:

— Eu também lhe devo desculpas. Não deveria ter ficado com raiva do seu modo de pensar.

— O príncipe, o arrogante, o inerrável, está me pedindo desculpas?

Ela sorri.

— Bem, eu vou retirar...

Já é difícil demais para ele ter de admitir qualquer erro.

— Tudo bem.

Ela abre um sorriso radiante. O coração de Nicolas se comprime com as incertezas.

— Senhorita Gomez, entenda: não foi você o problema. Aquele homem queria se aproveitar de você. Ele queria... Você sabe bem.

— Só que, se não fosse por mim, você não teria se machucado, majestade.

— E pelo que você está me agradecendo?

— Por ter me salvado. Eu não sei o que seria de mim se o senhor não tivesse me ajudado. Eu agradeço mil vezes.

Ele tenta abrir um sorrido, entretanto a sua boca dói a cada movimento.

— Ai!

— Não se mexa — ela ordena. Ninguém nunca o tratou de modo tão imperioso. — Tente não fazer movimentos agora, vossa alteza. — Ela abaixa o tom de voz, percebendo que está sendo mandona.

— Se a senhorita está grata, me deve um favor. Eu nunca faço nada de graça.

Roma começa a sorrir.

— O quê? Aff, retiro o que eu disse! O senhor é muito engraçado. Muito engraçado mesmo — debocha antes de soltar uma risada falsa.

— Estou falando sério.

Ele levanta uma sobrancelha.

— O quê?

— A senhorita não vai começar a ter os fins de semana livre e um apartamento próprio?

— Sim. E daí?

— Fique disponível no próximo fim de semana. Eu tenho um serviço para você.

— Sábado e domingo?

— Sim.

Ele assente.

— A vossa majestade por acaso vai me pagar um adicional? — ela pergunta.

Ele sorri e diz:

— É claro. — Ele franze a testa e dá um sorriso de canto. — Se bem que é você quem está me devendo. Veja meu rosto espantosamente lindo sendo estragado por aquele sujeito.

Ela devolve o sorriso. O príncipe é mesmo um narcisista irremediável.

Cristal entra na sala tentando esconder a raiva ao ver a proximidade entre Nicolas e a dama. Um misto de ciúme, raiva e inveja brota em seu coração.

Fica claro para ela que ali há um possível amor e paixão, e precisa agora mesmo começar a correr para conseguir o amor que sempre quis dele. Ela fala:

— Roma, você está bem? Me desculpe, de verdade. Se eu soubesse que ele faria tudo isso, eu não o teria convidado.

Ela pega na mão de Roma.

— Tudo bem. — Roma já está com o semblante cansado. — Não foi culpa sua, vossa graça. Ninguém adivinharia que isso aconteceria.

— Você sabe que aquele sujeito é um mau-caráter e eu não entendo por que você o trouxe — Nicolas sibila, irritado.

— Você deve estar tão cansada... — Cristal se vira para Nicolas. — Não temos motivos para discutirmos na frente dos funcionários, Nicolas. Deixe que eu assumo daqui. Pode se retirar. — Cristal enfim repousa o olhar em Roma. — E mais uma vez, me perdoe pelo ocorrido.

Roma obedece com uma reverência, afastando as mãos do rosto de Nicolas e se retirando.

— Por que você falou assim com ela?

— Não entendi a pergunta, Nicolas.

— Entendeu, sim.

— Bem, eu falei como falo com todos os empregados.

Nicolas se irrita.

— Certo. Preciso sair também.

— Para onde você vai?

— Para um lugar onde eu possa ficar sozinho.

— Mas você estava aqui acompanhado e não parecia querer ficar sozinho — Cristal alfineta.

— Acabo de mudar de ideia.

Um ar pesado sai pelo nariz dele, que se direciona até a porta de saída.

18

— Senhorita Gomez, entenda: você deve ser a pessoa mais importante para você. Fico em dúvida se isso é modéstia ou fazer tão pouco caso do seu potencial.

Nicolas rabisca a areia com um pé.

— E eu devo esperar que jovens de castas superiores me enxerguem? Isso não seria muito ganancioso da minha parte?

— Eu nunca pensei sobre isso.

— Sobre o quê?

— Sobre castas. Na verdade, nunca pensei em casamento.

— Você nunca precisou. — Ela sorri. — Já eu sou uma mulher. — Ela estremece, com receio. *Ainda me sinto tão menina.* — O que se espera é que pensemos sobre isso até os vinte e quatro anos. É como uma corrida, na qual precisamos ir o mais rápido possível se quisermos nos casar. Os rapazes nem devem se preocupar ou se esforçar para isso, ainda mais você sendo um príncipe. Todas as garotas caem em cima de você. — Ela considera que talvez tenha falado uma bobagem. — Eu nunca, claro.

— Verdade. — Ele coça o queixo, pensativo. — Talvez eu seja egoísta mesmo, como a senhorita bem disse.

— Isso é você cedendo? Uau.

— Nada disso. — Ele abre um sorriso torto. — Eu sou um príncipe alto, bonito e inteligente. Mas tenho defeitos.

— Vejo que o senhor não olha mais só para seu próprio reflexo no espelho.

E aponta para o mar, sorridente.

Ele lhe devolve o gesto, alfinetando-a:

— Eu vejo um reflexo perfeito.

Ele ergue as sobrancelhas, formando uma linha reta com a boca.

O silêncio se instala mais uma vez, sobrando apenas o som do barulho forte do mar.

— Eu sei que a nossa casta foi o principal empecilho para que Ana Clara e Augusto ficassem juntos — ela conclui. — Eu faria o mesmo que você, caso soubesse a tempo que ele é da violeta.

— Apesar de tudo, eu duvido que um dia ele a esqueça. — Ele sorri. — Talvez eu tenha me metido demais. Entretanto, minha intenção foi poupar sofrimentos ainda maiores.

Roma respira fundo.

— É. — Ela assente. — No entanto, e se fosse a vossa majestade nessa mesma situação?

— Nunca acontecerá comigo — ele afirma. — É algo com que nunca preciso me preocupar. No dia em que isso acontecer, a senhorita pode me chamar de louco pelo resto da vida.

Ela sorri.

— Concordo com o senhor. Eu jamais me apaixonaria sem antes checar a procedência do rapaz, como minha amiga infelizmente não fez. Assim como também tenho perfeito controle sobre o que entra e o que sai do meu coração. E ele está trancado para qualquer um da violeta.

— Seria um problemão, senhorita. Gostei da sua franqueza. Me alivia, porque é menos um coração destruído.

— Nossa!

Eles começam a sorrir.

— Acho que, tirando a sua insolência, podemos ser amigos — Nicolas confessa.

— Acho que, tirando o seu narcisismo, podemos ser amigos — Roma responde.

Eu posso vê-la apenas como uma amiga?, ele pondera.

— Vai ser legal ser amigo de alguém da vermelha.

Eu posso vê-lo apenas com um amigo? Ela estremece.

— Vai ser legal ser amiga de alguém da violeta. — Ela sorri, olhando para os quadros. — Eu o odiava. Entretanto, até que somos parecidos...

— Em que sentido?

— Em julgar os outros segundo a sua casta.

Eles sorriem. Seria divertido serem amigos de pessoas de mundos diferentes.

— Vamos agora?

— Vamos.

Ela assente.

Eles andam de fininho pelo caminho até a porta dos fundos, mas, em meio às árvores, Roma percebe que a quantidade de seguranças aumentou.

— Vai ser mais difícil entrar em casa do que eu esperava, majestade.

— Por quê? O que aconteceu?

— Repare: o segurança mais bobinho foi substituído por aquele mais esperto. Vamos ter que bolar uma estratégia. Ou teremos que dormir neste frio terrível.

— Calma aí, vamos ter que esperar um pouco para agir, então.

— Não temos outro jeito. Isso pode demorar horas.

— Sim.

Esperam por alguns minutos — que mais parecem horas.

— A casa do seu Miguel é a cem metros daqui. Talvez precisemos dormir por lá hoje. Às 5h da manhã, voltamos como se não tivéssemos saído.

— Como? Eu não vou dormir com um homem sozinha na casa de um desconhecido! Posso acabar na casta seis. Nunca...

— Senhorita, é o único jeito. Prometo que isso não vai acontecer. Ficar aqui é muito arriscado.

— Eu não sei, não. Parece fácil na teoria, só que é muito grave para mim.

— Se eu não estivesse aqui, onde você dormiria? Tem um lugar melhor?

— Não.

A chuva começa a cair, e Nicolas desiste de explicar qualquer coisa para Roma. Pega no antebraço dela e a conduz pelo caminho até a casa do caseiro. Ele está andando rápido demais. Para conseguir acompanhar, Roma entrelaça a mão na dele. *Ele sempre anda rápido demais.* O contato causa um choque em ambos, fazendo-os olharem para as suas mãos por um momento.

Mais uma vez a chuva dá um jeito de os unir. Desta vez, Roma paralisa ao ouvir o estrondo distante.

— O que houve?

— Eu... — Ela não consegue respirar. — Eu...

— Se concentre e me diga!

— Eu t-tenho f-fobia de trovões.

Roma começa a tremer, até que desmaia.

Ao chegarem à casa do caseiro, Nicolas bate na porta e, quando não obtém resposta, mete o pé até arrombá-la. Eles estão ensopados, e Roma treme da cabeça aos pés.

— Entre. — Ele aponta para a porta para que ela o faça. Roma continua tremendo, e Nicolas procura por toalhas e lençóis quentes. — Aqui está — fala, cobrindo-a com uma toalha e tentando acalmá-la.

Ela sente que seu coração vai explodir.

Ele pega o celular e coloca uma música. *Aquela música.*

Roma aos poucos volta a si. Parece que já conhece a melodia e esse tipo de cuidado. Como um *déjà-vu*, lembra-se de si mesma pequena, chorando, e alguém a acalmando. Ela fecha os olhos e começa a sentir a música.

— Você está mais calma?

— Sabe o pânico que você sente ao tocarem nas suas coisas? Eu sinto dez vezes mais pânico quando começam os trovões. — Nicolas permanece em silêncio, ouvindo-a. – Eu sei tudo sobre trovões. Sei que os sons ocorrem em razão do aquecimento brusco e a rápida expansão do ar, produzindo uma forte pressão que se manifesta através do som. Sempre que eu penso que superei esse medo, ele vem e me golpeia de novo. – Ela está muito transparente. É possível ver sua alma. – Eu sei, sou uma boba.

Esboça um sorriso tímido.

Será que eu conseguirei vê-lo apenas como um amigo? Ela sente uma mistura de sensações nunca sentidas. É um calor brotando em seu peito, um frio na barriga, como se esses extremos a fizessem desejar que o momento se prolongasse.

– Obrigada. – Seus dentes e corpo tremem. – Foi uma péssima ideia vir para cá. Acho que teremos chances de conseguir entrar se formos agora – ela fala, levantando-se de supetão.

Que moça teimosa, pensa Nicolas, segurando-a pelo antebraço. Esse movimento faz o coração de ambos acelerarem. Eles se soltam e vão cada um para um lado, com as bochechas coradas. As coisas só parecem piorar.

Ela anda pela casa à procura de algo quente para vestirem e encontra alguns blusões masculinos. Ele procura por um isqueiro para acender a lareira.

– Aqui. Achei estes blusões para a gente vestir. – Nicolas pega e agradece. – Você vai precisar dizer o que aconteceu para o seu Miguel ou ele vai desconfiar de que alguém invadiu a sua casa.

– É melhor que ele pense assim. Eu confio nele, só não sei se é mesmo necessário falar alguma coisa para ele.

– Vamos pensar nisso depois. Precisamos dormir.

– Amanhã o dia vai ser cheio.

Roma vai até o banheiro e veste o blusão antes de se enrolar no lençol. Assim que ela sai do banheiro, lá está ele em frente à lareira sem ainda ter vestido o blusão, o peito exposto, seus shorts já quase secos com o calor do fogo. Roma desvia o olhar e se senta no sofá.

– Eu sei, esta vista é linda demais para os seus olhos, senhorita. É que eu tenho uma áurea pairando sobre mim.

Ele se endireita ao terminar de acender o fogo.

Mais narcisista que isso impossível.

Ela força um riso:

— Hum... Até parece, majestade. — Enfim olha para ele de novo. — Bom, eu durmo aqui neste sofá e você, no tapete.

— Eu não posso dormir no chão! Eu sempre durmo numa cama com conforto automático avaliado pelos melhores especialistas do mundo...

— Tudo bem, tudo bem. Durma aqui no sofá que eu durmo no tapete sem problemas.

Roma o puxa pelo braço, sentindo o choque pelo contato. Ele a puxa de volta.

— Eu durmo aqui no chão, senhorita Gomez.

Ele a solta rapidamente. É como se viesse uma tensão e eles caíssem na realidade.

— Tudo bem. Afinal o senhor é um príncipe.

— E me comporto como um...

Ela começa a rir alto.

— Nem que seja apenas para cumprir com a obrigação de um. — Ela comprime os lábios, repreendendo-se. — Não foi isso que eu quis dizer. Eu...

— Não me conhece. — Ele enrubesce. — Mas a senhorita tem razão. Às vezes estou mais cumprindo obrigações do que de fato sendo um.

— Ah.

— Boa noite, senhorita Gomez. Amanhã nós não seremos descobertos e não se preocupe, não sofrerá danos. Eu prometo.

19

Cristal se levanta à noite para beber água e, ao chegar próximo das camas de Sofia e Roma, nota que a dama de companhia não está lá.

Estranho. Ela deve ter saído para beber água também.

Apesar disso, Cristal não encontra Roma na cozinha. *Onde será que aquela daminha se enfiou? Nem na cozinha, nem na sala de estar ela está. Isso significa que ela não está dentro de casa. Para onde e com quem ela foi, para desrespeitar o toque de recolher?*

Ela decide investigar mais a fundo. Ao parar em frente à pequena varanda próximo ao quarto, ela olha pela janela e vê Nicolas andando em direção ao mar.

Bingo. Será que ele está com ela?

Um misto de raiva e perplexidade toma os olhos de Cristal. Até que ponto os dois já foram? Ele estaria tendo um caso com uma dama de companhia? Ela torce o nariz e range os dentes consigo mesma.

Achei que o teria logo que eu voltasse, Nicolas. Achei que seu coração fosse bater por mim, assim como o meu bate por você.

Nós, da casta violeta, temos o privilégio de nascer em uma família poderosa, de nos formarmos nas melhores escolas, conquistar nossas coisas, e para quê? Para sermos deixadas de lado por alguém da vermelha? Não é possível. E não será viável. Não se depender de mim. Agora ela é uma ameaça para mim.

Ela espera por uma hora. Nem Nicolas nem Roma retornam. Ao começar a chover, ela tem certeza de que eles já estão na casa. Mas nada. Eles não aparecem. Portanto, ela resolve ficar a noite inteira esperando. Precisa confirmar com os próprios olhos o quão burra foi para não perceber o que estava acontecendo.

A noite toda se vai e nada.

Pela manhã, ela percebe que Roma aparece na pontinha dos pés, com o cabelo despenteado e as roupas desbotadas.

Cristal sente o sangue subir de raiva em seu ser. *Eles têm algum tipo de intimidade?*

— Ai, eu dormi que nem uma pedra ontem à noite, e vocês? — pergunta Ísis, esticando os braços para cima, alongando-se.

— Eu mal pude chegar na cama de tão cansada — responde Maya.

— Eu também. Ontem foi demais — concorda Sofia.

— Eu dormi a noite toda. E você, Roma? — pergunta Cristal. — Como você dormiu depois do seu primeiro passeio com a realeza?

— Ah... — Ela está de mau humor, sentindo-se um pouco constrangida, embora nenhuma delas saiba como a sua madrugada foi. — Dormi muito bem. — Trata de abrir um sorriso tímido. — Muito obrigada por perguntar, vossa graça.

Ela fica feliz por Cristal lhe dirigir diretamente a palavra.

20

— Orlando está lá perambulando com Isabel pelos estábulos — Geórgia comentou, confidente.

— Que amor louco, né?

Sicília se recostou no parapeito.

— O amor do “seja eterno enquanto dure” — Roma disse, rindo da própria fala.

— Ele é tão intenso, Geo. Eu não consigo olhar para isso com bons olhos. É uma pressa muito imediata. Além disso, ela é filha do duque, poxa!

Sicília está preocupada.

— Isso que estive pensando. Eles jamais poderão assumir abertamente algo — Roma acrescenta.

— Será? Eu ouvi dizer que o pai dela tem um enorme apreço por ele.

Geórgia, como sempre, era a mais esperançosa.

— Não sei, não. — Roma deu de ombros. — Eu só gosto de ficar aqui vigiando por causa do lanche que ele paga depois — continuou Roma.

— Eu também — disse Geórgia.

Deu de ombros.

Olá, minha queridíssima redoma. Trago novidades!

Parece que o cristalzinho da nação está cada vez mais próxima de se tornar uma leoa! Isso mesmo: o leão e a cristal — imaginem essa combinação? — viajaram juntos com seus parentes mais próximos, incluindo a princesa Sofia! Algo me diz que esse será o casal do ano.

Aguardemos cenas dos próximos capítulos.

Atenciosamente,
Redoma Violeta.

Voltar à rotina no palácio vem com um novo brilho. Roma e Nicolas agora são amigos, isso significa que ele não vai mais atrapalhá-la nem tratá-la com exacerbada indiferença. Além disso, Sofia e ela estão mais amigas do que nunca.

Quase todos os primos e o príncipe da Espanha já voltaram para os seus palácios, retomando suas vidas, exceto Cristal, Maya e Ísis, que decidiram ficar mais alguns dias junto ao conjunto de relações internacionais de Aséna, trazendo o conhecimento que ganharam fora do país.

Voltando à realidade, Roma não pode mais acreditar que conseguirá despistar os seguranças no que diz respeito ao toque de recolher. Ela precisa focar nos seus verdadeiros objetivos, e não dar brechas para vacilos, mesmo que essas presepadas sejam feitas ao lado do príncipe. Se forem descobertos, ele não será punido, já ela será enviada para a prisão, considerada uma inimiga do Estado, ou será rebaixada de casta, indo para a marrom, sendo marginalizada. Afinal, alguém das altas castas já sofreu as consequências de burlar as leis? Muito pelo contrário, eles mais parecem estar acima delas. Ela pode pagar um preço maior por sua desobediência. Não pode continuar se arriscando dessa forma.

Eu tenho me achado demais. Talvez o espírito de realeza tenha subido à minha cabeça, ela pensa, e bate na própria testa, esperando ajustar algum parafuso solto.

Ela pega o papel e a caneta e começa a escrever:

Querida Ana Clara,

Ser dama de companhia exige um alto grau de temperança. Ser o personagem secundário ou estar à margem tão tênue de ser uma figurante, desfrutando do mesmo cenário dos personagens principais, comendo junto à mesa, beliscando os mesmos alimentos, dormindo em camas tão aconchegantes quanto a deles, pode fazer com que qualquer pessoa crie um falso senso de conforto e sentimento de pertencimento, esquecendo-se quase que por completo da sua cama doada por seus avós, das roupas de brechó, cada uma usada pelo menos três vezes por semana, e da carne de terceira que era comida uma vez por mês.

As minhas origens fazem com que eu sempre me lembre de que estou na realeza, mas não faço parte dela. As minhas raízes também são prisões. Além do mais, isso significa que eu preciso aproveitar o máximo que posso a comida, bebidas e roupas gratuitas e finíssimas.

A diferença entre quem aparece e não aparece não são os cenários em que vivem, são os papéis e títulos de que usufruem. E disso eu não tenho do que reclamar, porque amo viver sob o anonimato. É uma bênção fazer parte do cenário tanto quanto ser uma completa desconhecida. Aproveito mais do que qualquer membro da casta violeta.

É uma linha tênue saber o meu lugar e em quais terrenos nunca devo cogitar adentrar. Contudo, mal posso esperar para que você consiga trabalhar aqui e ver com seus próprios olhos que estar na casta violeta é contemplar um mar de rosas: sinto o cheiro delas, mas não posso tocá-las.

E, por favor, não se preocupe mais com o que já passou.

Atenciosamente,
a sua amiga mais realista,
Roma Arai Gomez.

Roma, Sofia e suas primas estão na biblioteca, lendo livros de gêneros diferentes. Estão tão entretidas em suas próprias histórias que ainda não interagiram entre si. Roma, na verdade, prepara a imaginação para seu livro, que mais parece um diário.

Voltam ao presente apenas quando Helen chega junto com a governanta, que lhes entrega o boletim da Redoma Violeta da semana – depois de o site ter sido censurado, a redoma se transformou em um jornal imbatível.

Olá, minha querida redoma.

Não vou mais deixar essa novidade dentro do forno!

A filha do duque de Janco, Isabel Janco, anunciou nesta manhã o seu casamento com o duque de Alpes para daqui três dias. Eles já foram vistos juntos apenas em dois eventos públicos.

O que sabemos é que esse casamento repentino entre eles não beneficia apenas aos dois, como até mesmo os seus respectivos pais. Afinal, estão se unindo duas das famílias mais importantes da casta violeta, não é mesmo? Quanto luxo e poder.

As perguntas que não deixam de latejar a mente desta coluna curiosa são: será que isso não esconde um escândalo ainda maior? Algo para nos acostumar ainda mais ao circo de horrores que acontece por trás do nobre clã de jovens? Fica o questionamento, queridíssima sociedade aseniana. Esperemos as cenas dos próximos capítulos.

Atenciosamente,
Redoma Violeta.

– Mais um Redoma hoje?

Sofia está curiosa.

– Quem é que ainda lê essas notícias da Redoma Violeta? Ele invade a nossa privacidade e só quer nos expor ao ridículo! – Ísis grita.

– Para dar as caras ele não tem coragem.

Cristal fecha os lábios, indignada.

– Parece que para se falar o que pensa é preciso se esconder atrás de uma máscara – Sofia frisa.

– Ou o que não se pensa também – acrescenta Cristal.

– Foquem na notícia: Isabel irá se casar.

Ísis se inclina sobre o papel em suas mãos, atenta à notícia.

– Finalmente ela e Vinícius irão para o altar.

Maya é a primeira a ter coragem de comentar a notícia.

— Também, depois de uma vida satisfazendo aos caprichos do velho duque, desta vez não seria diferente.

A rainha parece desapontada. De certa forma, tinha fé que Isabel poderia tomar decisões uma vez na vida que beneficiassem a si mesma em vez de sempre ceder a todo comando de seu pai.

Roma está em choque. Isabel superou o seu irmão em tão pouco tempo? Sente o coração em pedaços, e essa notícia vem como um soco no estômago. Como ela pode fazer tão pouco caso do irmão, sendo que ela tinha declarado que se esforçaria para realizar todos os sonhos que eles sonharam juntos?

Sente um nó na garganta, desenrolando-se no início de uma raiva que lhe sobe a espinha. Existe critério para superar alguém? Existe um tempo? Ela apenas imagina que sete meses não são o suficiente para esquecer um amor tão avassalador quanto os dois demonstraram ter.

Não entendo. Seus olhos começam a lagrimejar.

— Roma? Você está bem?

— Sim. — Sorri, segurando as lágrimas, com um nó na garganta. — Peço licença para ir ao banheiro, majestades. Acho que caiu base da maquiagem nos meus olhos.

Roma corre para o banheiro e fecha a porta.

Por que os amores são líquidos? Por que as pessoas são hipócritas e medíocres? O mínimo que ela tinha de ter é respeito pela memória dos momentos que ela diz ter tido com ele.

— Achei que o velho duque houvesse aceitado o cortejo do gênio Orlando — comenta Ísis, lembrando-se do falecimento repentino dele, e inclina a cabeça para baixo. — Até hoje eu não entendo.

— O quê? — questiona Nicolas.

— Ninguém dá uma notícia clara sobre o que houve com ele — ela diz.

— Ísis, acho melhor você não ser inconveniente. Você sabe como esse assunto pode machucar Nicolas e Augusto — Maya interrompe a conversa.

21

Ao terminar os últimos reparos em seu encorpado cabelo, decidindo deixá-lo solto, o telefone de Roma toca. Ela corre para a janela do minúsculo apartamento.

— Já estou chegando, senhorita Gomez — Nicolas a alerta do outro lado da linha.

Escutar a voz dele pela primeira vez ao telefone a deixa constrangida e com o coração batendo em um ritmo frenético.

— Já, já estou descendo, majestade. Me dê apenas um minuto.

Não sabe por que está gaguejando tanto.

— Certo.

Ela veste um conjunto de camisa com botões e saia azul-céu, ambos de tecido tweed, e um mocassim de salto alto. Exatamente de acordo com os trajes descritos para que ela usasse.

Quando ela desce, ele ainda não chegou. Ela respira fundo e fecha os olhos diante dos raios solares.

O meu primeiro fim de semana livre e esse...

— ... idiota arrogante, príncipe Nicolas... — diz em voz alta, bufando.

— Falando sozinha, senhorita Gomez?

Ela abre os olhos e se espanta ao encontrar o príncipe já encostado no carro, parecendo uma miragem de tudo que há de bom no mundo. Assim que ela o vê, tem a estranha sensação de já tê-lo visto em uma época muito distante.

— Bom dia, majestade. — Ela faz uma pequena reverência. — Estava apenas me certificando desse dia lindo. Amo acordar cedo num sábado. — Suas palavras carregam uma pitada de sarcasmo.

— Bom dia, senhorita Gomez. — Ele assente. — Se certificando de que está lindo como eu? Ouvi você falar meu nome.

— Escutou erradíssimo. — Ela arregala os olhos, desviando-os para a esquerda. Pigarreia, mudando de assunto: — Qual a aventura especial de hoje, para que eu acorde tão cedo num sábado, majestade?

Ela tenta manter o humor, embora sempre seja ranzinza pela manhã.

— A minha secretária fará uma viagem em meu lugar devido a um imprevisto que não posso perder. A senhorita sabe fazer relatório de reuniões?

— Eu sei fazer red... — Ela não termina.

— Ótimo. Entre. Não podemos nos atrasar.

Ele aponta para o carro ao mesmo tempo que o seu motorista abre a porta para que ela entre.

Ele nunca ouve até o fim. Roma revira os olhos.

Ela terá de se virar para aprender tal coisa. Pega o celular e comemora o fato de tê-lo, podendo assim fazer pesquisas relacionadas a quase todos os assuntos. Pesquisa "como fazer relatórios". Ao ler a resposta no site de buscas, sente que pode fazer o serviço.

Eles seguem o caminho em silêncio, até chegarem a um palácio de tamanho médio na cor lilás. É a mansão do duque de Janco, pai de Isabel. Ao perceber de quem se trata, Roma torce para encontrar o duque de Janco. Agora mais do que nunca, anseia por respostas. O duque não a humilharia desta vez, não na frente do príncipe.

Ao entrar atrás de Nicolas no enorme palácio, dá de cara com ele, o senhor Bocalho de Assis, o duque de Janco. Ele a olha por um breve período e, apesar das vestimentas finas e da maquiagem, a reconhece, mas finge que não.

— Vossa alteza, que ótimo tê-lo em minha casa — o duque fala, imponente, fazendo uma reverência.

Ele é um homem de sessenta e cinco anos, alto e de cabelos fartos, pouco aparentando a idade que tem.

O grande vilão da história. Os olhos de Roma estão obstinados e cheios de raiva.

— O prazer é inteiramente meu, vossa graça.

O príncipe assente.

— E essa é...?

— Senhorita Gomez, minha secretária — Nicolas os apresenta. Roma assente, tímida, disfarçando o misto de sentimentos com uma reverência, agora temendo que ele a reconheça e concluindo que ele não deveria mesmo reconhecê-la, já que era noite quando ela e suas irmãs foram humilhadas por ele em Janco. — Vamos? — Nicolas prossegue, percebendo o clima de tensão que a tomou.

— Claro.

A reunião começa, e Roma anota com rapidez tudo que é dito. Pontua por blocos cada tópico precisamente. Ela pode até ter um QI de cem, entretanto o seu talento na escrita é nato.

Ao terminar a reunião, Roma pede licença para ir ao banheiro, e é acompanhada pela governanta, uma senhora rústica e nada simpática, enrugada e com o semblante fechado.

Coitada. Impossível alguém que se misture com o duque não se tornar amargo.

— Roma?

Ela reconhece a voz de Isabel atrás de si, virando-se.

— É... Oi, vossa graça.

Roma abre um sorriso amarelo.

— É uma surpresa muito grande vê-la por aqui. Você veio com quem?

— Com o príncipe. — Roma está com o semblante inexpressivo, diferente do que Isabel costumava ver. — Eu sou a nova dama de companhia da princesa Sofia.

— Eu sei. — Ela assente. — Fico feliz que você esteja em Balla. — Ela sorri, tímida. Ao mesmo tempo, há alguma intriga em seu olhar. — Parece que você será a primeira a descobrir a farsa que somos.

Ela comprime os lábios.

— Como assim? O que tenho para descobrir?

— Olha, Roma. — Isabel faz uma pausa, de modo a encarar Roma. — Antes eu preciso lhe dizer que sei que você deve saber que irei me casar daqui a alguns dias e... Eu queria ter dito a você antes, mas... Eu tentei escrever para você depois que soube por Augusto que você estava aqui, é só que... Eu pensei tanto em como lhe dizer... Bem, eu só quero falar que...

— Não tenho que esperar nada de você, vossa graça. Eu apenas a respeito pela história de amor que teve com o meu irmão. E apenas isso. Sei apenas o que é perder um irmão, não sei o que é perder um amor. E ele já acabou, não? — Roma tem de ser curta e grossa.

— Não, apenas me escute — pede.

— O que me assusta de verdade é a ausência de respostas. E eu preciso delas. Preciso descobrir tudo o que aconteceu naquele dia. São tantas lacunas que eu nem sei mais o que tenho procurado — Roma fala com os olhos marejados.

No entanto, desta vez ela não chorará. Isabel abaixa a cabeça — ela tem algumas respostas. Outras ela também busca.

— O que aconteceu naquele dia, Isabel? É tão difícil assim dar respostas a alguém da casta vermelha? O quão miseráveis somos para que Orlando se vá sem nenhuma dignidade ou paz?

— Acredito que aqui não é o melhor lugar para que conversemos sobre isso. Você pode me dar uma chance de lhe dizer tudo? Pode esperar o meu tempo para isso? Eu apenas posso lhe dizer que o seu irmão foi o meu grande amor. Ele é.

Roma não consegue entender. Como é que ele é o seu grande amor e ela decide se casar? Ora, só faz nove meses que o seu irmão se foi. Esse meio-tempo é suficiente?

Nove meses. Pouco mais da metade de um ano. Ainda este ano ele morreu e ainda neste ela decidiu virar a página que diz ser importante, insubstituível, irreparável.

— Eu não entendo. Sei que você tem todo o direito de seguir a sua vida e ninguém deve estabelecer um tempo de superação de "um grande amor". Só que eu preciso dizer que, para mim, é impossível não a julgar.

Isabel desvia o olhar.

— Roma, não é isso. Eu...

— Preciso ir. A nossa majestade tem outros compromissos e não pode esperar.

— Roma, por favor, me escute.

— Sabe por que é impossível não julgar você, Isabel? Porque enquanto você o superou, ele morreu a amando. Isso significa dizer que é impossível que ele deixe de amá-la. — Uma lágrima ameaça cair pelo rosto de Roma, e ela desvia o olhar. — Mesmo que isso não importe para você e que eu deseje que você seja feliz, apenas me deixe julgá-la. Eu tenho que ter alguém a quem detestar nessa história toda.

Roma dá meia-volta e retorna à copa do palácio. O príncipe e o duque já estão a esperando.

— Me perdoem a demora, majestade e vossa graça.

— Certo. Vamos.

Assim que começam a caminhar para a porta de entrada, o duque de Janco a para, falando:

— A propósito, a senhorita já esteve em Janco, senhorita Gomez? Tenho a impressão de que já a vi em algum lugar.

— Eu sou de lá, senhor. Tenho certeza de que já nos vimos, vossa graça. — Há um gosto amargo em sua voz, como se tentasse desentalar a garganta.

— Ah, é? Onde?

— Acredito que o senhor se lembra bem — responde, ainda segurando a indignação e perplexidade.

— Desculpe-me, senhorita. É que a casta vermelha tem muitos membros e é difícil decorar o rosto de cada um. Se é que me entende.

Ele sorri e espera que Nicolas sorria em resposta.

— Certo.

Ela está enojada. É como se um *déjà-vu* daquela noite viesse à tona, subindo-lhe pela espinha com a mesma raiva e indignação daquela noite.

— Bem, estamos de saída, vossa graça — Nicolas encerra o assunto, vendo que Roma está incomodada com o duque.

— Até mais, alteza. Vejo a senhorita em uma hora oportuna, senhorita — termina o duque com demasiado escárnio.

Dentro do carro, Nicolas está confuso, mas não faz o tipo de rapaz invasivo.

O que está acontecendo com a sua pequena amiga de esconderijo? Sabe que ela e o velho duque de Janco já se conheciam e, dada a tensão entre eles, seus encontros anteriores não devem ter sido amistosos. No entanto, não perguntará. Não precisa de mais motivos para se aproximar dela.

— Senhor Estênio, vamos para o lago do monte violeta. — Nicolas se volta para o motorista.

— Certo, alteza — concorda o senhor Estênio.

Roma nem sequer ouve. Continua absorta em seu reencontro com a família Assis. Assim, tudo que está guardado em estado de latência no departamento de velharias — o espiral de medo, os questionamentos, as dúvidas e a ânsia por respostas — vem à tona, atropelando-a.

— Chegamos.

— Quê? Onde?

Ela fita todo o ambiente que nunca viu. Ali não é a rua do seu apartamento. O lugar é verde, vazio e com um lago.

Nicolas se volta para o motorista e o segurança, instruindo:

— Nos encontrem aqui em uma hora.

Eles são deixados sozinhos. Nicolas olha para Roma, que está com um semblante de interrogação.

— Onde estamos?

— Sente-se. — Ele indica o banco em frente ao lago. Ela olha de um lado para o outro, percebendo-se sozinha com ele. — Este é um lugar comum. — Ele abre um sorriso. — Agora pode pensar melhor.

Nicolas nunca achou estar em um lugar comum, em meio a uma vida agitada e cercado por pessoas, sem nunca ter a opção de não tê-las por perto. Ele nunca passa despercebido, e encontrar este lugar comum, sem holofotes e sem ser visado, é um alívio.

— Como sabe que eu não estou bem? Como sabe que tenho medo?

Ela repousa as mãos no colo e as une. Ele fica em silêncio por um tempo. Ela pouco se importa com a presença imponente dele. Apenas quer absorver toda a atmosfera em que está inserida e descobrir o que pode fazer quanto a isso.

O amor. As pessoas o fazem parecer tão contraditório. E eu só sei o que a minha imaginação me permite.

— Você já amou alguém, majestade? — pergunta.

Ele é pego de surpresa pela pergunta ousada e pigarreia.

— Bom... — Ele pensa por um momento antes de dizer: — Não. Nunca.

Ela inspira fundo.

— Assim não tem como o senhor me ajudar — ela fala baixinho, desviando o olhar. Ele apenas sorri. — Eu queria entender. — Ela baixa a cabeça. — Quero ver se minhas suposições estão corretas.

— Talvez nós possamos entender alguma coisa juntos — Nicolas fala.

O coração de Roma bate mais forte. Ela precisa se concentrar.

— Bem, você acha que o amor é algo frágil?

— Não acho que seja. Senão Romeu jamais teria feito o que fez por Julieta. E Julieta nunca teria declarado que a vida era insuficiente de viver sem o seu amado.

— Bem — Roma contrai o queixo —, não sei se eles são um parâmetro para mim.

Ela abre um sorriso amarelo.

— Hum...

— E quando o grande amor da sua vida morre e você não decide sucumbir com ele, como fez Romeu, e sim decide continuar a viver? — Roma questiona.

— Acho que seríamos egoístas se esperássemos que a pessoa fique o resto da vida sozinha.

— E quando esse amor é superado rápido demais? O que se pode deduzir?

Nicolas entende tudo. Orlando e Isabel. Roma provavelmente se encontrou com Isabel, que está prestes a se casar. A tensão e o medo de Roma em relação ao velho duque.

— Lembra o que seu livro idiota diz?

— Hum... — Ela vira a cabeça, quase apoiando-a no próprio ombro. — Não lembro.

Esse gesto faz Nicolas dar uma pequena risada antes de falar:

— Existem três tipos de amor. Um é mergulhado de paixão e desejo. O outro é aquele de caridade, que costumamos dedicar aos nossos familiares e amigos, e o último é invencível, é aquele que decidimos, ele é desinteressado, puro, genuíno. Ele não busca seus próprios interesses, é prudente. O primeiro dificilmente sobrevive com o tempo e está fadado a fracassar em algum momento.

— O que você pretende dizer com isso?

— Roma, digamos que Romeu decide lidar com a circunstância irreparável em vez de recorrer ao suicídio. A paixão, aquilo que seria o primeiro amor, ficaria guardada na memória dele durante muito tempo, o perturbando, o dilacerando, até que um dia o tempo o faria sucumbir. Mas com toda certeza, ele não mereceria ser tratado como um irresponsável por seguir em frente. O amor profundo, o último, ele continuaria, intenso, calmo, verdadeiro, guardando as boas memórias. — Ele faz uma pausa. — Entretanto, uma coisa é certa: Romeu jamais esqueceria Julieta. Ele compararia todas as outras mulheres a ela. Ela serviria de parâmetro para todas elas. E talvez ele decidisse ficar sozinho por nunca encontrar um amor compatível àquele. Talvez sim, talvez ele se casasse com outra pessoa, que jamais seria como ela, só que também poderia ser um amor único e equivalente.

Ela respira fundo. Ele está certo. *Talvez eu não deva pesar a mão ao julgá-la.*

— Ao que parece, a vossa majestade sabe melhor da teoria do amor do que eu.

No fim das contas, ele não é tão idiota e arrogante como eu pensei.

— Vamos imaginar também outra situação.

— Qual?

— Um cenário totalmente diferente do caótico. Eles se conhecem, se amam, ninguém os atrapalha, existe tanto a paixão ardente quanto o amor genuíno e desinteressado. Eles decidem viver juntos e tudo vai bem, até que, por algum motivo, um deles morre.

— Sim...

— É justo que o que continua vivo não siga em frente? É justo que o enlutado não tenha um final tão bom?

— Não sei. Pode ser a mesma situação que você acabou de comentar. Talvez você encontre um amor tão bom quanto o que perdeu. Já que o que partiu, no fim das contas, também teve um final feliz. Afinal, ele teve um amor que valeu a pena enquanto viveu.

— É nesse ponto que eu quero chegar. E a pessoa que continua viva? Não merece amar alguém até que seus dias se findem? Essa pessoa merece findar seus dias sendo infeliz, ao passo que a outra foi feliz até seu último dia?

Roma respira fundo. Isso dói, assim como destranca um novo caminho de conhecimento.

— O amor é sofredor, no fim das contas.

Ela pisca, olhando para baixo.

Ele sorri.

— Então, eu só posso sentir tanto medo assim porque não sou tão firme no amor.

Roma levanta a cabeça.

Ele compreende os anseios dela. E de algum modo inconsciente se sente responsável por protegê-la.

— Saiba que você sempre pode contar com a minha proteção — ele avisa. — Só não se meta em nenhuma confusão.

Ele sorri.

Em troca, ela lhe devolve um sorriso.

E os seus olhares se encontram. Os cílios de Nicolas estão radiantes e seus olhos estão profundos — e que olhos castanhos! Eles brilham como resposta a um coração palpitante e em êxtase. Os de Roma brilham como um estímulo à sua falta de ar. Ela se esquece de respirar mais uma vez.

Eu posso ser só a sua amiga? Essa pergunta ecoa mais uma vez no íntimo dela.

— Acho que você se esqueceu de respirar de novo — ele diz em tom abafado.

Ela inspira fundo, voltando a respirar.

— Vamos?

Ela luta até conseguir cortar a brisa de sensações que paira sobre eles, voltando à realidade.

O que está acontecendo?, indaga a si mesma, com o coração queimando.

— Você quer entrar e comer alguma coisa?

— Eu não p...

Ela o puxa pela mão.

— Venha logo. Eu não aceito um não.

— Você nunca aceita um não.

Ele abre um sorriso, lembrando-se da vez que ela pediu para que ele se casasse com ela na infância.

— Quê?

— Nada — desconversa.

Assim que entram, Nicolas passa a analisar cada cantinho do apartamento de Roma. Ela tem a sensação de que o apartamento é bem menor do que realmente aparenta com a altura imponente de Nicolas dentro.

— Meio pobre, não é?

— Não. — Ele analisa. — É muito pobre. — Ele oferece as suas mais sinceras palavras.

Ela sorri; ele é tão arrogante. Só que de algum modo, isso já não a incomoda mais.

— É do jeitinho que eu gosto.

Ela faz um bico, satisfeita.

— É aconchegante.

Ele abre um sorriso. Os olhos dele parecem sumir quando ele sorri, apesar de ter os olhos grandes. E as covinhas em suas bochechas deixam todo o conjunto do seu rosto ainda mais atraente.

— O que você quer comer?

— O que você costuma comer?

— Hã...

Ela pensa em mais um dos pratos que amava comer em sua casa em Janco. Analisa a geladeira e constata que está vazia. Com todo o trabalho, ela se esqueceu de ir ao supermercado.

Não acredito.

— Está tudo bem aí?

— Ah, sim.

Ela sorri.

— Eu estou faminto — ele reclama. — Qual é a delícia que você irá preparar hoje para mim, senhorita Gomez?

Que constrangedor.

Só há uma porta do armário que ela ainda não abriu. É sua última esperança.

Ufa.

Ele anda de um lado para o outro, analisando a decoração simples e delicada do apartamento. E então fita a fotografia que muda tudo.

— Quem é ele?

— Ah, é o meu irmão.

Não pode ser, pensa Nicolas quando seus olhos se fixam na escrivaninha próximo à cama de Roma. *Nunca poderei me apaixonar por você.*

— Eu tenho que ir agora. A gente se vê amanhã.

— Mas você nem come...

Sem ouvir o que ela tem a dizer, Nicolas pega a foto e sai em disparada, batendo a porta e deixando Roma sem entender nada.

Precisa assumir seu posto de príncipe.

Nicolas anda de um lado para o outro em seu escritório. Roma é irmã de Orlando Arai! Não havia como prever que justamente o homem que o salvou e que foi um de seus melhores amigos era irmão da sua companheira de esconderijo.

Como ele não checou isso?

Destino? Deus?

Deus? Ele bufa. *Por que ele é mau com as pessoas?*

Jeferson entra no escritório em disparada:

— Nicolas, você precisa saber disso. — Ele traz consigo uma ficha, como uma espécie de relatório. Percebendo a agitação do melhor amigo, já fica tonto de tanto vê-lo caminhar pela sala. Decide perguntar: — Dá para me dizer o que foi desta vez? — fala, impaciente. Nicolas nem percebeu que o amigo havia entrado. — Nicolas?

— Ela é irmã dele.

Nicolas ergue o rosto, agora fitando Jeferson.

— Então você já sabe...

Jeferson passa a mão pelos cabelos.

10 MESES ANTES

Nicolas estava na floresta averiguando um atentado junto com as suas tropas, que incluía Orlando, pois o gênio iria desarmar uma possível bomba. A maquininha apitava cada vez que estavam mais perto. Foi nesse momento em que Nicolas foi abordado por um grupo de rebeldes, cercando a ele e as suas tropas.

— Onde está o código?

O rebelde apontou a arma em direção ao príncipe.

— Você não sabe que eu sou o príncipe? Não sabe que, se atirar em mim, estará cavando a própria sepultura e de todo o seu movimento?

— Majestade, nós não temos muito tempo — Jeferson alertou.

— Sou eu que tenho o código. Portanto, se tiverem de matar alguém, esse alguém sou eu — Orlando decretou.

— Não! — Nicolas bramiu.

Não podia deixar que isso acontecesse.

Orlando começou a correr, contrariando as ordens do príncipe. E à medida que corria, aproximava-se do penhasco, desviando das balas. Uma delas o acertou e ele caiu no desfiladeiro.

As forças armadas passaram muitos dias o procurando, porém acreditavam que o mais provável era que o corpo tivesse ido para o mar. Era impossível que Orlando estivesse vivo. Foi a hora de avisarem à família, tirando a verdade que lhes cabia. Ninguém poderia saber quem era ele dentro do governo aseniano.

Nicolas toma um gole de conhaque, como um meio de se distanciar dessas dolorosas lembranças.

Esse é o motivo pelo qual eu nunca vou me permitir me apaixonar por você, Roma. O código perdido por ele naquele dia é o mesmo código que todos os outros gênios estão tentando desvendar.

22

Uma criança estranha começou a correr pela casa dos Gomez. Atrás dela, Orlando corria, sorridente. Esse riso se alargava conforme ele se aproximava da criança, em êxtase de felicidade.

— Eu vou pegar você, filha!

Ele sorriu, seu rosto brilhava de alegria.

— Não vai me pegar, não!

A criança gargalhava, com os dentinhos de leite todos formados.

Ele corria para um lado e a menininha corria na direção oposta. Orlando estava tão alegre e sereno como nunca estivera.

Roma observava a essa cena de longe, junto com seu Orlando Pai e a dona Eleanor. O peito deles queimava de amor.

— Papai! Papai! Não me pega. Não me pega — a menina repetia.

— Você é muito veloz, filha. Mas não irá escapar de mim. Eu vou conseguir chegar até você. Vou viver para encontrar você.

O senhor e senhora Gomez começaram a sorrir, vibrantes, enquanto viam toda a brincadeira do filho com a netinha deles.

Roma desperta do sonho com o toque do telefone, mais uma vez suando frio e com a pele um pouco morna. O número é desconhecido.

— Alô, Roma Gomez falando. Quem gostaria?

Ela não se lembra de ter dado o número para ninguém a não ser Nicolas, Helen e Sofia.

— Roma, sou eu, Isabel...

No dia seguinte, os compromissos são os mesmos que do dia anterior, porém apenas até o meio-dia. Afinal, trata-se de um domingo.

Desta vez, é uma reunião na casa de Cristal, com o duque Otacílio Negrão de Sá Mazzaropi. E evidentemente Cristal não está lá.

— Desculpe-me fazê-lo vir em minha casa em um domingo.

As feições do duque são carrancudas e enrugadas.

— Tudo bem — diz Nicolas, inexpressivo.

Quer apenas terminar o mais rápido possível a reunião para não ter de fingir simpatia.

Terminada a reunião, eles saem em silêncio para que Nicolas deixe Roma em casa. No entanto, esse não é o caminho para a casa de Roma.

— Estamos indo para aquele mesmo lugar a que você me levou ontem?

— Não.

— Ah.

Ela torce o nariz.

— Estou indo ver uma amiga.

Roma fita a paisagem conforme o carro entra no que parece um hospital. Na fachada diz: Hospital de Cuidados Paliativos.

— Ela está doente?

— Mais ou menos.

Assim que entram no quarto, uma voz logo começa a falar:

— Nicolas, seu traste! Eu estou esperando a sua visita já tem mais de um mês e... — Ela fita Roma. — Quem é ela?

Christine está deitada em uma cama. Ela não mexe nada do pescoço para baixo. Alguns aparelhos estão presos nela, aferindo a sua pressão e seus batimentos cardíacos, com alguns sons típicos de hospitais.

— Ah, desculpe-me. Essa é Roma Gomez.

— Que linda! Como vai, senhorita Gomez?

— Vou bem. Muito bem.

Roma abre um sorriso tímido. Tem medo de retribuir a pergunta, já que de fato Christine não aparenta estar bem.

— Me desculpe a demora. Você sabe bem como andam os conflitos entre Aséna e Cânado.

— Eu ouvi as enfermeiras comentando. Você acha que não cessa tão cedo?

— Infelizmente não. — Nicolas assente. — Acredito que esteja longe de acabar. — Ele passa a mão pelo cabelo. — Enfim, não vamos falar disso. Onde está Kevin?

— E por falar nele...

Kevin surge no quarto, animado.

— Nicolas! Quanto tempo, cara.

Os dois trocam um aperto de mãos.

Kevin é o marido de Christine há dez anos. Eles se conheceram jovens e em pleno vigor. Eram atletas de Aséna que viajavam o mundo juntos, além das diversas aventuras que o casal vivia. Depois de seis gloriosos anos juntos, Christine sofreu um acidente que mudou o curso da sua agitada vida: se tornou tetraplégica. Precisa de assistência integral, e passa vinte e quatro horas por dia deitada em uma cama. Os médicos tentaram de tudo, fisioterapias, remédios, cirurgias. O quadro dela é irreversível.

Nos últimos dois anos, sua saúde começou a deteriorar. Assim, não restou alternativa a não ser interná-la no hospital de cuidados paliativos a fim de amenizar a sua dor, até que ela se vá.

No jardim, Nicolas conversa com Kevin sobre os próximos passos.

— Acho que resta pouco tempo a Christine — Kevin confidencia, triste, embora sinta que os últimos anos o prepararam para este momento.

— Não há mais nada que possamos fazer que dê a ela mais tempo? Podemos conversar com aquele fisioterapeuta outra vez...

— Não sei, meu amigo. Sinto que ela já quer ir. Ela tem sofrido muito nos últimos tempos. E eu sei que ela só não recorreu à eutanásia por mim.

— Eu entendo, meu amigo. Ela está cansada. — Nicolas abaixa a cabeça, triste pela tragédia que acometeu uma mulher tão bondosa e saudável.

— Talvez esteja na hora de deixá-la partir. — Nicolas fica em silêncio, sem palavras que os convençam do contrário. — E quem é ela? — Kevin aponta com o rosto para Roma.

— A garota da minha infância.

— Sério? Aquela garota? Que demais, meu amigo!

— Eu nem acredito que posso vê-la quase todos os dias. Nós somos bons amigos.

— Bons amigos? — Kevin sorri. O príncipe o faz se lembrar de si mesmo. — Tudo bem.

Ele sorri.

Roma caminha pelo jardim enquanto Nicolas e Kevin conversam. Ao ouvir e presenciar um pouco da história de Christine, ela conclui que está longe de saber até que grau de dor ela mesma conhece. Parece tão pequena perto do que Christine sente. E a maneira como Kevin a ama, de modo indestrutível, ressalta tudo o que Nicolas falou na noite anterior. *Nicolas é totalmente diferente do que eu já pensei um dia.* O coração de Roma saltita.

Na volta, ambos estão perdidos em um mar de pensamentos sobre o casal, porém, em uma das avenidas lotadas, Roma avista alguém familiar.

— Aquela ali não é Cristal?

— Pare o carro. — Cristal caminha até o seu carro com um semblante cansado. Nicolas diz ao motorista: — Pode levá-la em casa. Eu vou assumir daqui com Cristal.

Nicolas e Cristal juntos já não evocam os mesmos sentimentos de antes em Roma, e sim uma dor estranha, que lhe invade o peito. Um misto de irritação, perplexidade e raiva. Quer puxá-lo pelo braço e dizer para que pare, para que não vá ao encontro de Cristal.

Ela sente ciúme de Nicolas.

Eu não posso vê-lo apenas como um amigo, pensa Roma.

Roma anda pela rua da sua casa pensativa. Em que momento começou a gostar dele? Esse sentimento não é mero ciúme? Definitivamente não. Foi no dia da praia, quando eles enfim se tornaram amigos? Ou bem antes? *Foi desde a primeira vez que impliquei com ele,* conclui.

Desde o dia no chalé real em Janco. Foi desde a primeira vez que o vi. O que eu estranhei e que acreditei ser repulsivo na verdade é aquilo de que eu menos desgrudo o olhar. É o terno sob medida, o sorriso milimetricamente ajustado e o jeito, o jeito sério dele!

Não, minha mente é uma mentirosa. Só por que eu recebi algumas migalhas de atenção dele enquanto estávamos escondidos no outro lado do palácio? Me poupe! Ela começa a balançar a cabeça, evitando deixar que pensamentos e sentimentos em relação ao príncipe venham à tona.

Uma nova sensação a toma, prendendo-a ao presente: está sendo seguida.

Um carro.

Ela se apressa e anda a passos largos, mas, ao chegar perto da entrada do prédio, ouve o carro parar e alguém descer. Ela se vira devagar.

O duque Bocalho de Assis surge atrás dela, dizendo:

— Eu sabia que a senhorita não me era estranha. Quem é a senhorita e por que está em Balla?

Ele é irônico. É óbvio que ele sabe que se tratava de uma das irmãs de Orlando.

— Eu acho que o senhor só pode estar se fazendo de idiota. Estou aqui trabalhando e o encontrei por acaso. Ou o senhor quer que eu faça mais uma cena?

— O que você está insinuando, sua insolente? — ele esbraveja.

— Estou falando de quando o senhor humilhou a mim e as minhas irmãs na noite da morte do meu irmão.

Ele rosna:

— Eu não sabia que uma mera empregada chegaria a tão alto escalão. Pelo visto a senhorita tem usado de meios não convencionais para conseguir o que quer. Vou perguntar mais uma vez e eu espero que a senhorita não responda nada de que vá se arrepender.

— Ou o quê? Vai fazer o mesmo que fez com o meu irmão? Se por ele, um homem de sua confiança, o senhor tem tanto desprezo, quem dirá eu. Apenas repita a pergunta.

— O que a senhora faz em Balla? — Sem conseguir uma resposta, ele termina com uma ameaça: — Não se atreva a voltar a pisar em minha residência. Nem ao menos dirigir a palavra a um dos meus.

E por fim se retira.

— Obrigada por me receber, Roma. Eu preciso de verdade que você me ouça um pouco.

Isabel sente que desta vez pode enfim ter uma conversa.

Roma respira fundo, olhando para a foto do irmão. *Por ele.* Por ele ela escutará o que Isabel tem a dizer.

— O seu pai...

— Eu sei. Ele veio até aqui.

— Sim.

— Me desculpe por isso.

— Tudo bem. Só quero que saiba que eu não sabia aonde estava indo, senão eu teria inventado qualquer desculpa para não ir. Não importa quantas respostas eu queira, o meu irmão não voltará. Portanto, saiba que não estou perseguindo vocês nem nada do tipo. Eu quero, sim, saber de muitas coisas, mesmo que não me adiante saber de nada.

— E é por isso que eu estou aqui. Vim contar toda a verdade por trás do meu casamento. Porque o que você não sabe muda tudo, de um jeito ou de outro.

— Muda o quê? Você realmente não prec...

— Preciso e quero.

— Eu sei que você precisa viver a vida e seguir em frente. Nem eu nem minha família devemos estipular um prazo pra você procurar uma pes...

— Eu tive um bebê do seu irmão, Roma.

— Quê? — Roma está em completo choque. *Como isso é possível?* As lágrimas começam a escorrer pelo rosto de Roma. — Você está brincando comigo?

— Não, não estou. Eu tenho um filho do seu irmão e por isso precisei me casar às pressas. Eu quero que saiba que sempre vou amar o seu ir...

— Como isso é possível? Ele se foi há dez meses e eu nem sequer vi sua barriga.

— A barriga já tinha começado a aparecer.

Roma não contém as lágrimas. *Como pude julgar Isabel? Ela fez o que qualquer mulher faria para manter a sua integridade.*

— Ah, Isabel. — Roma se inclina e a abraça. — Esse é o lembrete mais especial que alguém poderia me dar sobre o meu irmão. Como você conseguiu esconder? Onde o bebê está? É menino ou menina?

— É uma linda menina. Tem os olhos dele, verde-esmeralda. Por isso o nome dela é Esmeralda.

Roma a abraça outra vez.

— Quando poderei conhecê-la?

— Em breve, Roma. Muito em breve. Eu a trarei para que você a veja. Mas agora preciso ir antes que o meu marido note a minha falta.

Assim que Isabel sai, Roma fica de cócoras no chão. Seu coração parece ter se enchido de esperanças. Uma bebê. Há uma maneira melhor de remediar a dor?

Qual será a finalidade da dor? Parece que ela não acaba em si mesma. Essa é a verdade. Qual seria o seu objetivo, se não renovar e reacender algo novo em nós? Eu não sabia que era possível sentir tanta alegria depois de me sentir tão ferida e calejada. Mas é possível. E estou tão grata por isso.

A campainha toca de novo.

— Isabel, você se esqueceu de algo?

Não é Isabel.

— Seu nome é Roma Arai Gomez?

— Sou eu, sim.

Roma olha de um para outro. Três homens de quase dois metros com a farda da polícia real fecham a porta de sua casa.

— É da casta vermelha e é a dama de companhia da vossa graça real?

— Sim. Aconteceu algo? — Ela não consegue esconder o nervosismo. — Vocês podem se afastar um pouco?

Eles estão muito perto e isso a incomoda.

— Você está presa pela denúncia de descumprimento da lei.

Eles ignoram o que ela disse, cada um a pegando pelo braço.

— Qual lei?

O coração dela dispara. *Isso não está acontecendo comigo.*

— Vamos ter que conversar na delegacia real — retruca o oficial que não a segura. — Sem mais perguntas. Isso é tudo.

— Não! Vocês só podem estar me confundindo com alguém. Eu... eu não descumpri nada.

— Senhorita, se acalme.

— Como irei me acalmar? Me soltem! Isso é um engano.

Roma se debate, tentando em vão se soltar das mãos pesadas dos policiais.

Aconteceu. Aconteceu outra vez o que eu chamo de uma lareira apagada. Isso acontece quando a acendemos com pouca madeira. De súbito, o frio vem com tudo, congelando, amordaçando, dilacerante. E eu tenho tanto medo disso. Acabo de receber a notícia mais feliz que já tive e sou surpreendida com mais uma reviravolta. Que personagem eu sou, afinal?

23

— Cristal, eu só vou perguntar uma vez: foi você?

— O quê?

— Quem denunciou Roma.

— Quê? Meu Deus! Ela foi presa? Pelo quê?

Ela finge surpresa.

— Cristal, eu preciso saber, não brinque comigo. Eu vi você naquela noite na sacada, na noite da praia. Essa é a hora de me mostrar quem você é de verdade.

— Não diga isso, Nicolas. Você está me acusando injustamente. Eu jamais faria algo assim. Eu sinto por ela da mesma forma que você!

— Ah, é mesmo? Você tem ciência do que fez? Ela pode perder tudo.

— Eu não fiz isso, Nic. E, ainda assim, por que você se importa com ela? Você se importa com alguém? Comigo que não, você me abandonou.

— Cristal, você tem noção de que ela pode ser mandada para a casta seis e ficar no mínimo um ano na prisão?

— Nicolas, por que você continua duvidando de mim? Sou eu, a Cristal que você sempre conheceu...

As lágrimas começam a escorrer, desdenhosas, pelo rosto de Cristal.

— Você não presta mesmo.

— Nicolas?

— Você mudou completamente.

Ele já está vermelho de raiva.

— Você teme que ela realmente tenha descumprido a lei? Pode me contar.

— Quando percebi o que você fez na viagem com o visconde Catabil e com Augusto eu me fiz de cego e acreditei ser apenas obra do acaso, mas, vendo agora, você continua tão manipuladora quanto antes. Me poupe das suas lágrimas falsas.

— Nic... De verdade, eu não sei do que você está falando. — Nicolas começa a sair da sala, enojado. Já a observa há muito tempo. Percebeu o olhar de cobiça dela quando Ísis disse gostar de Augusto, o olhar de inveja ao ver o visconde Catabil demonstrar interesse por Roma e, depois de questão de dias, ele a dispensou logo após ter passado um tempo a sós com Cristal. E não poderia ser outra pessoa a denunciá-la, ele tem certeza. — Nicolas, ela é só uma dama de companhia. E eu não fiz nada. Se ela não fez nada, o exame provará isso.

— E se ela fez algo antes, o que temos a ver com isso? Você sabe bem que isso pode acontecer. Quem arcará com as consequências?

— Quanto a isso não poderemos fazer nada. — Cristal tenta puxá-lo pelo braço. — Nicolas, acredite em mim. Eu não a denunciei.

— Você já gostou de mim, Cristal? Ou gostava apenas da ideia de me ter?

Ele puxa o braço, endireitando o corpo.

— Ei! — grita Cristal. — Agora você está me ofendendo.

— Isso, grite mais — ele atiça. — Estou decepcionado com você, Cristal. Passei anos me sentindo culpado por não ter ajudado você. E de fato eu estava errado, fui um babaca e um covarde. Só que neste momento estou me eximindo de toda a culpa. E digo de antemão: você nunca me terá.

E ele deixa a sala.

Roma está sentada com as mãos entre as pernas numa sala fria, sendo observada por câmeras. Qual crime cometeu? Foi descoberta por ter descumprido o toque de recolher? Se for isso, a sua pena será trabalho comunitário. Acharam alguma obra em sua mala? Não, ela não tinha levado nenhuma obra pirateada, isso quer dizer que não há a possibilidade de ficar seis meses na prisão. Só há aquele papel com frases desconexas do seu irmão.

— Senhorita Roma Arai Gomez, é o seu nome?

— Sim, sou eu.

— Bem, senhorita, você já deve saber o motivo de estar aqui.

— Não, eu não sei.

— A senhorita foi pega pelo crime de sodomia.

— Quê? — Ela poderia imaginar tudo, menos isso. — Eu nun-nunca fiz isso.

Roma se sente invadida, constrangida e ofendida.

— Será mesmo, senhorita Gomez? Devo alertá-la que, se a senhorita mentir, a sua pena poderá aumentar.

— Não, isso é impossível. Quem me denunciou? Denunciaram a pessoa errada.

— A senhorita deverá passar pelo corpo de delito e realizará todos os exames possíveis.

— Não! Não.

Dois guardas a pegam pelo braço, e um deles diz:

— É essa a vagabunda que está tentando manchar o nome do príncipe Nicolas?

— Quê? Me respeitem. Me soltem! Eu não fiz nada!

— Não sabe que seu nome está em todas as notícias de Balla, no jornal da redoma?

— Hã? O quê?

— Agora está se fazendo de desentendida? Além disso, testemunhas atestam que a senhorita propaga o negacionismo e ideologias antidemocráticas. A tutora da princesa Sofia contou que presenciou a senhorita contando uma histórica distorcida da formação de Aséna.

— Não! Nunca. Eu amo a minha pátria. Por favor. Eu não fiz nada.

Eles a puxam pelo braço, e a pele sensível de Roma fica vermelha. Ao chegar à cela, um deles diz:

— Meninas, façam o que quiserem com essa vadia.

E a jogam dentro da cela.

— Pode deixar!

— Olhem o que temos aqui...

— Olhem quem estava fornicando com o príncipe Nicolas!

— Olhem que pensava que poderia ser a futura rainha de Aséna.

— Por favor. Não façam nada comigo... Eu juro, não sei por que isso está acontecendo — ela implora, vendo as quatro mulheres altas e de cabeça raspada se aproximarem.

— Você é uma idiota, garota! Se queria fazer, pelo menos fizesse direito e tentasse não ser pega — uma delas grunhe, desferindo o primeiro tapa em Roma.

— Eu não fiz nada disso. Eu não fiz nada! Socorro! Alguém me ajude! Alguém me ajude, por favor.

A maior de todas elas, Susana, a líder, diz:

— Até parece que vamos acreditar em você. Sua pirralha medíocre. — Ela aperta o queixo de Roma, fazendo com que o contato entre os dentes e a pele interior da boca sangrasse. — Você acha que é melhor do que nós? — Ela solta de uma vez a mandíbula de Roma. — Batam com moderação na novata, hoje só tapas no rosto, entenderam? — Ela olha para Roma. — Só porque hoje é o seu primeiro dia.

Mais tarde, Roma é submetida a todos os exames possíveis, mesmo machucada, com o olho roxo. Seu rosto está inchado em alguns pontos, principalmente nas bochechas, e tem alguns cortes no canto da boca. Ela nem sequer ousa tocar no rosto.

As lágrimas descem, e ela não consegue se mexer durante toda a noite.

24

O rei está impaciente. As ameaças de Cânado são frequentes, e a facilidade com que seus inimigos conseguiram invadir o palácio colocou um brilho obstinado em seu olhar. A sede por guerra. E embora esteja preocupado com o rumo das coisas e com o possível derramar do sangue de inocentes, parece que tudo tem caminhado de encontro a uma inevitável guerra. E em meio a tudo isso, está enfurecido com os assuntos pessoais de seu herdeiro:

— Nicolas, que diabos aconteceu?

— Pai, não sei a procedência dessas acusações, mas eu e a senhorita Gomez não temos nenhum relacionamento amoroso.

— Uma acusação não vem do nada — rebate, indignado. — Isso não é a atitude de um herdeiro. Nossos inimigos podem usar um escândalo como esse contra a gente!

— Eu sei disso. Nós não burlamos lei alguma. Com certeza há infiltrados na mídia.

— Tudo precisa de algum ponto para acontecer — o rei continua. — Tenha a certeza de que precisará assumir as consequências das suas escolhas.

— O senhor não acredita em mim?

— O que eu sei é que estamos cada vez mais próximos de uma guerra e eu tenho um herdeiro fraco, que não se posiciona e que deveria saber encobrir suas fanfarras.

— Fraco? — Ele sorri. — Eu fiz tudo o que o senhor quis de mim a vida inteira, e na primeira acusação de ter errado você acredita sem ao menos apurar, e eu ainda sou ofendido assim? Deve ser por isso que sou um fraco. O senhor tem noção de como fui usado por você a vida inteira?

— É fraco porque não conhece nem sequer as próprias fraquezas. E parece perdido, sem saber pelo que lutar. Essa moça é importante para você? Ela não deveria nem ser mencionada, temos outras coisas com que nos preocupar.

— E deixar uma pessoa inocente pagar por algo que não fez?

— Quando a guerra começar, muitos inocentes pagarão pelo que não fizeram, e isso não é nem o começo do fim dos tempos.

Uma semana antes

— Senhor duque Acácio Lima Bocalho de Assis, o duque da província de Janco?

Cristal abriu um sorriso dissimulado.

— Cristal Negrão de Sá Mazzaropi. — Ele esboçou um sorriso falso em resposta. — A que devo a honra da sua presença?

— Bem, acredito que temos um assunto em comum para tratar.

— Ah, é? E que assunto seria esse para que a senhorita viesse do outro lado da cidade ao meu encontro?

— O nome Roma Arai Gomez é familiar para você?

— O que tem ela?

Ele fechou o cenho.

— Está presa por burlar a lei.

— E o que eu tenho com isso?

— No dia em que ela foi presa, ela recebeu uma visita da sua filha, Isabel. Eu não sei o que o senhor tem pendente com a moça, entretanto sei que, assim como eu, o senhor pretende se livrar dela.

— O que você quer com isso?

— Quero que você faça com que o exame de corpo de delito dela dê positivo.

— Eu não sabia que o cristalzinho da nação é tão...

— Esperta? — ela completou, erguendo uma sobrancelha.

— Você tirou a palavra da minha boca...

— Ei, piranha, acorde! — fala Bruna, uma das colegas de cela de Roma. — Você é quem vai limpar a bagunça da cela. É ordem da nossa chefe.

Ela aponta para uma mulher alta, com semblante bravo.

— Claro, eu limpo, sim. Mas acho bom vocês terem mais respeito.

Roma está obstinada. Nada como fazer uma limonada com o limão.

— O que, vadia? — Bufa. — Quem você pensa que é para falar assim com a gente?

— Vocês não acham que, se o príncipe e eu tivemos alguma coisa, ele não vai vir me buscar?

— Até parece, marmita. Você nem é tão bonita assim.

Roma arregala os olhos:

— Quê? É óbvio que sou. — Ergue os olhos, ressentida. — Só estou desarrumada. Foi exatamente com o meu sorriso, meus olhos grandes e meu rosto com formato de coração que eu o conquistei.

— Estou tentando ver tudo isso e ainda não encontrei.

Olha Roma de cima a baixo.

— E seu rosto tem formato de ovo, não de coração.

Samanta contorce o rosto.

— Você parece que tem mil dentes na boca — completa Bruna.

— Enfim... Me tratem bem e eu darei um agrado para vocês quando ele vier me buscar.

Ela bufa, sorrindo de canto.

— Coitada. — Uma delas range os dentes. — Ele não vai vir buscar você. — Ela sorri. — A não ser que você se torne a amante dele. Ele nunca se casaria com alguém da vermelha – sibila. – Está vendo isso, chefe? A dondoca está debochando de nós. – A outra tenta lhe roubar as esperanças.

– Cale a boca – a chefe repreende.

– Isso aí. Cale a boca.

Sorri diabolicamente.

– Ela não, você. – A chefe lhe lança um olhar. – E você... – Ela aponta para Roma e depois para o assento ao seu lado. – Se sente aqui.

Roma se senta ao seu lado, tentando não estremecer. Ainda sente a dor do soco que ela lhe desferiu na noite anterior.

– Qual é o seu nome?

– Roma.

– E a sua casta?

– Vermelha.

– Uau, garota. E como você conseguiu chegar no príncipe? Toca aqui. – Roma obedece, envergonhada com a repentina simpatia de Susana. – Eu também sou da vermelha.

– Ele não resistiu a mim. – Roma começa a dissimular. – Já ouviu dizer que nós, da casta cinco, temos uma coisa diferente?

– Nunca tinha parado para pensar nisso

A líder de cela lhe lança um olhar duro, que logo se desfaz.

– E como você veio parar aqui?

– Narcotráfico.

– Uau. Você é mesmo uma criminosa.

Roma sorri, abanando as mãos.

– Sim, sou mesmo.

A líder sorri. As suas parceiras de cela nunca tinham visto os seus dentes antes. E ao notar que as suas parceiras a encaram, confusas e chocadas com a cena, ela fecha a cara de novo.

– E você está acreditando nela, chefe?

Uma delas se levanta, irritada.

Elas são interrompidas pelo carcereiro:

— Senhorita Gomez? O príncipe Nicolas está aqui, venha logo. Você só tem cinco minutos. E só porque é ele.

— Viram, barangas? Ele até me tratou melhor hoje. — Ela aponta para o carcereiro. — Meu príncipe está vindo me resgatar — enfatiza a primeira palavra.

Depois sorri, nervosa.

Eu preciso fingir. É para o meu bem. Vamos lá, Roma. Você consegue, garota!

Ao chegar na sala de interrogatório, Nicolas está pálido e com o cabelo desgrenhado. Ele acena para o homem que fica cabine, para que ele interrompa a escuta.

— Roma? — Ele anda a passos largos até ela, analisando cada centímetro do corpo machucado. — Eu disse para você não se meter em nada, não foi?

Ele toca delicadamente o machucado no canto do olho dela.

— Ai! — Ela não consegue conter o gritinho. — E você falou que me protegeria — contra-ataca. — E está tudo bem, eu até já fiz amigas. Foram elas que me espancaram ontem à noite, mas acabamos de nos tornar amigas. Eu tive que usar dos meus meios, você sabe, eu sei me virar.

Ela abre um sorriso para provar que está bem. No entanto, as lágrimas escorrem dos olhos de Roma e ela se põe a chorar, comprovando o oposto.

Nicolas, antes com as mãos apoiadas nos ombros dela, agora a abraça. O primeiro abraço. Roma não pode mais evitar sincronizar a sua mente aos seus sentimentos, não quando comprova com seus próprios olhos a mudança do rapaz que já julgou errado não faz tanto tempo.

Você sabe como estou perto de me apaixonar por você?, Nicolas reflete. *Porque eu sinto que estou a um passo.*

E pela primeira vez, Nicolas começa a *entender* Augusto. A diferença é que não se permitirá. Resistirá a qualquer emoção que lhe tire o foco de Aséna.

Roma agora consegue perceber tudo com clareza, inclusive a parte que toca a sua melhor amiga, Ana Clara, assim como a de Augusto, ao esconder sua identidade. E por fim constata que, talvez, só o odiasse por sua casta, não por sua postura contra o relacionamento de Ana Clara e Augusto, afinal ela faria o mesmo. Eles só queriam proteger a honra de seus amigos diante de uma sociedade opressiva.

— Eu vou tirar você daqui, eu prometo. A culpa é toda minha — ele desabafa.

— Como assim, a culpa é toda sua? — questiona.

— Se eu não tivesse burlado a lei com você, isso jamais aconteceria — Nicolas conclui.

— E eu não burlei com as minhas próprias pernas? — intervém Roma.

— Mas a responsabilidade é minha — insiste.

— Majestade, falta apenas um minuto — avisa o carcereiro.

— Engraçado como o tempo passa voando.

Ela sorri, tímida.

Passa voando quando estou com ele. O que posso fazer quanto a isso?

— Roma, eu preciso saber a verdade. — Ela desperta de sua reflexão. — Que eu e você não fizemos nada, sabemos. Você já burlou essa lei?

— Que pergunta! Claro que não. Nunca fiz isso na vida. Eu sou BV. Tive zero relacionamentos e zero envolvimentos amorosos — dispara, com um misto de indignação e vergonha. — Só um idiota que pediu uma vez a minha mão em casamento — fala mais baixo.

— Nem preciso de exames para saber que você está falando a verdade. — Ele abre um sorriu. — Você pode ficar tranquila. O seu exame dará negativo.

— Sério?

Roma o abraça com força. O contato faz o coração dela bater descompassado. Ela fecha os olhos, sentindo o calor devorar o seu peito. O contato faz Nicolas nunca mais querer soltá-la; sente, em um universo paralelo em sua mente, que Roma é sua.

Ele está preocupado comigo, pensa Roma. *Nunca ninguém demonstrou isso por mim.*

Nicolas aperta o abraço, fazendo-o durar mais do que Roma esperava, o bastante para que as batidas vergonhosas e íntimas do coração de ambos sejam percebidas, o que causa uma onda de arrepios nela. Ela volta a prender a respiração, perdendo-se nos braços dele e lhe correspondendo ali, na sala vazia e escura.

Nicolas desloca o rosto em direção ao de Roma, o suficiente para ela estremecer. Ele fecha os olhos, pois os dela já não acreditam que possam permanecer abertos diante de tamanha realidade. Ele move o rosto, tocando o nariz no dela. Ela repete o gesto de prender a respiração.

Mas não é justo. Não é justo que ele a beije apenas para suprir um desejo repentino, para que logo depois voltem à realidade. Eles dois sabem, mais do que ninguém, o estrago que o envolvimento entre alguém da casta violeta com alguém da vermelha pode causar. E eles fizeram promessas, promessas de que sempre se colocariam nos respectivos lugares — ele como herdeiro do trono, e ela como uma dama de companhia aspirante a escritora.

Roma solta a respiração, forçando-se a voltar para a realidade. Com um passo para trás, é atingida por um banho de água fria.

— Majestade... — O carcereiro sinaliza que o tempo de visitação terminou.

25

Querida sociedade de Balla,

As notícias de hoje são para abalar qualquer leitor.

Que a dama de companhia da princesa real já era notável em todos os eventos sociais, com uma beleza que sobressai até algumas das beldades da alta sociedade, eu já sabia. Mas a ponto de encher de paixão os olhos mais cobiçados da nação, o nosso leão júnior, o príncipe? Até eu estou em colapso. Parece que o rei não é o único a se interessar por alguém da casta cinco — com todo o respeito à respeitosíssima rainha, pois eu a idolatro.

Mas pelo que fiquei sabendo, eles foram a fundo na sua paixão. Tão a fundo que foram descobertos burlando a lei. Agora, se comprovada a veracidade das fofocas, caberá ao príncipe uma decisão. Será que a pobre dama conseguirá vencer essa tragédia? Ou melhor, será que o amor está acima da lei e perdoará uma imensidão de pecados? Ela está a ponto de ser mandada para a margem.

Acompanhemos o desfecho dessa história. Espero que o cristalzinho da nação esteja bem com toda essa situação.

Atenciosamente,
Redoma Violeta.

Cristal amassa o papel, revoltada. *Eu devia ter dito que foi com o idiota do visconde Catabil. Nicolas jamais fará o sacrifício de se casar com a dama de companhia.*

— Você ouviu?

— O quê? Fale mais baixo.

As empregadas estão limpando o banheiro, conversando aos sussurros.

— O príncipe foi visitá-la na cadeia.

— Ai, meu Deus. Será que ele gosta mesmo dela?

— Com certeza, ou você acha que ele iria correr o risco de vê-la justo no momento delicado que ele está enfrentando com a mídia?

— Verdade, gostar é uma palavra que não cabe mais, ele deve amá-la. Essa é a minha tese. Será que se for comprovado que eles, você sabe... ele vai se casar com ela para salvá-la?

— Pelo que está parecendo, sim.

Abortar o plano. Isso não pode acontecer. Não. Isso não irá acontecer.

— Alô, senhor duque de Janco? Precisamos urgentemente abortar o plano. A mantenha pelo menos alguns dias na prisão.

— Por que teremos que abortar o plano?

— Nicolas se oferecerá para se casar com ela caso o teste dê positivo. Tenho certeza. Hoje mesmo ele a visitou na cadeia.

— Droga!

— Pois é.

26

Dois dias antes

— O que isso significa?

Jeferson olhou para o monitor do computador, onde um código estranho apareceu.

— O que é isso? — Nicolas questiona.

— Eu ainda não sei. O endereço eletrônico é de Cânado.

O código foi escrito em uma língua desconhecida. Logo, a cabine estava cheia de homens, cada um com um tablet na mão, procurando informações e tentando desvendar o que ele significava. Precisavam de uma senha para acessá-lo.

— O que estão tentando fazer? É uma ameaça? Um aviso? Ou será uma trégua?

— Não sei — um deles admite. — Precisamos descobrir a senha.

— Não há como saber. Precisamos reunir o máximo de esforços.

Jeferson coçou o queixo.

— Nós temos os homens mais inteligentes do mundo em Aséna. Eles irão descobrir.

— Espero que sim — Nicolas respondeu.

Durante dois dias, procuraram por pistas em todo o banco de dados, e nada, ninguém conseguiu decifrar a mensagem enviada pela nação inimiga.

O que os esperava? A cada segundo, eles sentiam que estavam mais e mais atrás de Cânado.

— Não há jeito. A única pessoa que conhecemos que poderia decifrar e que nos alertou um tempo atrás foi o cientista Orlando Gomez da província de Janco. Mas ele faleceu há meses.

Nicolas arregalou os olhos, ao passo que o rei declarou:

— Se soubéssemos que os gênios não são imortais, teríamos dissecado os seus cérebros e os transplantados para qualquer idiota que se diz gênio hoje!

— Pai!

Nicolas se sobressaltou com a fala do pai.

— O que foi? Você não é a favor da doação de órgãos? — O rei sabia ser ignorante quando queria.

— Você fala como se as pessoas fosses substituíveis.

— E são. Coloque um anúncio em toda Aséna e investigue a família de Orlando, vasculhe em segredo e descubra tudo. Nós vamos encontrar a resposta que procuramos — o rei falou em um tom imperativo. — E quanto a você, Nicolas, está na hora de deixar os sentimentalismos de lado e agir como o homem que eu o criei para ser. A dama de companhia está em perigo? Aséna corre o risco de sucumbir. Portanto, não seja príncipe só no nome, se comporte como tal. Você veio ao mundo destinado a cumprir deveres específicos. E ela? Para ser uma mera... marionete.

O rei terminou de falar e deixou a sala.

Roma já está há uma semana à espera dos resultados dos exames. Cada dia é uma tensão e frio em seu peito. Para sua sorte, fez amizade com as colegas de cela, com os carcereiros e com as cozinheiras do refeitório. Ela se sente parte do povo.

Durante o almoço, surge mais uma notícia a respeito da tensão entre Cânado e Aséna.

— Vocês estão a par das notícias? — uma delas fofoca.

— Quais notícias?

— Cânado enviou um código misterioso para Aséna. E detalhe: quem conseguir desvendá-lo conseguirá uma recompensa bem gorda! Além de conseguir ser incluída no setor de inteligência em um cargo de honra. Isso inclui homem ou mulher, e está aberto a qualquer pessoa que consiga desvendar, até nós, que estamos presas.

— Quer dizer que a pessoa irá mudar de casta, e isso inclui os prisioneiros?

— Isso mesmo — concorda.

— Nossa! É o bilhete premiado. — Roma contrai os lábios. Daria tudo por um bilhete premiado. — Quem conseguir essa proeza vai ter minha admiração.

— Como se a nossa admiração e respeito valessem de alguma coisa — bufa Teodora, a prisioneira de quem Roma não consegue arrancar um sorriso ou simpatia.

— Como assim? Aséna já tem as pessoas mais inteligente da nação no setor de inteligência e robótica.

— Todos do setor de inteligência estão loucos para saber o que esse enigma significa, nenhum deles consegue desvendar nada desde que aquele gênio morreu.

— Que gênio? — questiona Roma.

— Aquele gênio que faleceu no início do ano. Hã... Qual era o nome dele? — Ela fica pensativa por um minuto inteiro. — Orlando.

— Orlando do quê?

— Qual era...? — Ela fica pensativa mais uma vez. — Orlando Arai. Ah, ele tem o mesmo sobrenome que o seu, Roma, exceto o Gomez. Que legal, não é?

Quê? Orlando, um gênio? Não, nunca. É só uma coincidência; o meu irmão Orlando era mordomo, não um cientista. Ele jamais mentiria para nós.

E se...?

O nome do escritor do livro científico na biblioteca... O fato de ele nunca falar sobre o seu trabalho como mordomo no palácio do duque de Janco... O papel com um código estranho e com uma língua desconhecida... As falas enigmáticas de Isabel...

Bingo!

Roma sente todas as fichas caírem. A morte de Orlando não podia ter sido por um motivo vão. Um sobrenome significa muita coisa. Ser um Gomez significa ser de uma família da casta vermelha. Com exceção do nome do meio, Arai, que nunca é usado por eles.

O *que isso significa? Minha cabeça está a ponto de explodir.* As peças começam a se embaralhar, e ela sente como se já não soubesse de quase nada. O que tudo isso representa? Em que ponto está? O que mais descobriremos ainda?

Não pode ser outra pessoa além dele.

— Você é parente do Orlando Arai, o cientista mais conhecido de Aséna, não é? — A sua parceira de cela acaba de fazer a mesma dedução. — Baseado no seu semblante, você não sabia que ele já tinha pisado alguma vez em Balla.

No fundo, ela sabe o que acabou de descobrir: a pontinha do iceberg. O ponto de partida ou o de chegada. Poderia descobrir um pouco de uma enxurrada de questionamentos, ou descobriria tudo.

Roma se levanta abruptamente.

— Eu sou a irmã dele. — Roma entende que ser inteligente vale mais do que ter um QI elevado. É preciso ser esperta também. E, no momento, ela só quer sair da prisão. Depois correrá para descobrir o que fosse, causando-lhe dor ou a dilacerando. Ela descobrirá tudo. Ela se levanta da cadeira, dizendo: — Eu preciso ir.

— O que, Roma? Do que você está falando?

— Eu preciso sair daqui agora. O resultado do exame precisa sair o quanto antes — prossegue. — Eu preciso sair daqui — repete.

Ela vai até um dos carcereiros, como quem exige, dizendo:

— Chame Nicolas, por favor! Eu preciso vê-lo agora.

— Senhorita, não é assim. Não é como se pudesse falar com ele quando quiser. Aquela foi uma exceção.

— Não! Chame-o agora mesmo!

— Se acalme ou será levada para a solitária, mulher!

Roma se cala. Será pior se agir com alarde. Precisa acalmar os ânimos e pensar com sabedoria.

— Nem se ela quisesse poderia falar com a vossa majestade. Ele está em uma missão e não sabemos quando ele volta.

— Quê?

Não, não pode ser. Ele prometeu que me tiraria daqui, ela diz a si mesma. *Eu vou acreditar nele. Só que eu preciso encontrar a minha própria maneira de sair daqui.*

Agora como? Pense. Como eu vou conseguir pegar o papel no meu quarto?

Mais uma vez sua vida depende de que alguém faça algo por ela.

De fato, eu preciso das pessoas. E agora, elas precisam de mim.

Ao ser chamada para depor, ela já sabe o que fazer.

— Bem, como o resultado dos exames ainda não chegou, vocês podem trazer uma mala minha que está no meu quarto aqui no palácio?

— Não.

— Por que não?

— Não é permitido pegar os seus pertences na prisão.

— É sério! Lá eu tenho algo que vai salvar a nação aseniana.

— Ah, é mesmo? E eu tenho a solução para acabar com a guerra — debocha. — É melhor a senhorita ficar quieta e parar de pedir e exigir coisas. Até parece que não sabe de onde veio.

Que ideia idiota a minha. De onde eu tirei que me dariam a minha mala? Pelo menos eu tentei.

Roma se senta novamente perto de Bruna. Ela permanece anestesiada pelo choque. Olha para Bruna e fala:

— Me conte tudo o que você sabe...

Roma está enlouquecendo por não poder ajudar a nação. A resposta do enigma lhe trará grandes honras, mas como ela conseguirá se manter no setor de inteligência depois? O mérito pela descoberta é todo de seu irmão. Ele é quem deve receber honras. É isso que ela fará. Dará a ele essa conquista, mesmo que ele não veja.

A nação depende de mim agora. Ou melhor, a nação depende do meu irmão.

— Senhorita Gomez?

O carcereiro se aproxima, abrindo o portão.

— Sim?

— Estão lhe chamando outra vez. Saíram os resultados dos exames.

— Sério?

— Sem perguntas e venha logo. Em silêncio.

Roma está ansiosa. Será que dará tudo errado? Não importa o quanto pense, os exames podem dar positivo pelo simples fato de haver essa possibilidade, nem que seja um falso positivo. Ela sempre pensa assim.

— Oi? E aí? Qual o resultado do exame?

— Negativo. A senhorita já pode ir embora.

— Ufa!

Ela sai em disparada, pegando o celular e as roupas que foram retidos quando chegou na cadeia. Ela pega o seu celular, precisa ligar para a única pessoa em quem confia: Nicolas.

Ela disca no número e começa a chamar. Ele atenderá?

— Roma?

— Nicolas? Onde você está?

— Estou aqui, atrás de você.

Roma olha para trás. Lá está Nicolas, com o coração transbordando. Roma corre ao seu encontro e o abraça com força. Está em êxtase. Por algum motivo, o semblante de Nicolas é triste.

— O que foi? Aconteceu algo?

Será que eu posso me permitir me apaixonar por você, Roma Gomez? Eu não sei até que ponto abandonei a missão mais importante na minha vida pelo dever de não ver ninguém injustiçado. Ou eu estou me apaixonando por você?

Eu me pergunto até que ponto o meu senso de justiça é uma mera desculpa. Por isso, será que eu posso me deixar apaixonar por você? Estou na beira da decisão. Mais um passo à frente, e não sei se consigo continuar no controle.

— Nada. — A tristeza nubla as suas feições. — Eu só me atrasei e não vou poder fazer parte dessa missão.

— Foi isso mesmo que aconteceu? Você jamais se atrasaria e...

— Deixe isso para lá. O importante é que você saiu da prisão.

Ele sorri; seu coração está triste, e só de ver o sorriso de Roma ele se esquece de toda a discussão que teve com o seu pai.

— Nicolas, eu preciso lhe falar uma coisa muito importante.

Roma pega a mão dele e começa a andar em disparada.

— O quê?

— Venha logo.

Quando enfim chegam ao quarto dela, ela abre bruscamente a mala e tira de lá o papel, entregando-o nas mãos de Nicolas.

— O que é isso?

— É o alfabeto que decifra o código que vocês receberam — Roma explica.

— Como assim? De onde você tirou isso?

Nicolas está intrigado.

— Meu irmão...

— Meu grande amigo Orlando Arai. Quantas coincidências nós temos, senhorita Gomez? — Roma fica em estado de choque. — Antes de ir, preciso lhe contar tudo o que eu sei, Roma. A história de Orlando não termina no começo — diz. — Ele nasceu com um importante "passe livre": o QI superior a cento e cinquenta; era um gênio. Isso lhe garantia subir degraus hierárquico-sociais. E foi isso que aconteceu com ele: a sua inteligência foi levada até o governo, e aqui realizaram diversos exames para descobrir a sua linhagem. Afinal, não é comum o QI de alguém da casta vermelha ultrapassar os cem.

"O resultado: Arnold Bitherinssom. Ele foi o braço direito do então rei de Aséna, que o traiu, pai do atual rei, dom João Pedro, por isso Arnold foi se esconder na casta vermelha. Descoberto isso, Orlando foi contratado como cientista real, e até aí tudo bem. Isso nunca foi exposto. Ele só tinha dezessete anos quando foi convocado e sempre visitava a família, enviava cartas e passava as férias em casa. Aos vinte, como tudo em sua vida estava fadado a exigir uma dose de pressa, ele se casou com uma jovem casta e elegante. O fato de ser um gênio não lhe conferia sucesso no amor. E com isso, as suas visitas e conversas com a família passaram a ser cada vez menos frequentes. Ele já não ligava e não dava sinais de como estava. Em uma de suas visitas, o semblante do jovem de apenas vinte e um anos era o de um homem de quarenta. Ele não estava feliz. A decisão de se casar com rapidez foi um ato de paixão ardente, não do amor decidido e tranquilo. Uma aventura. Mas tentou e lutou pelo casamento.

"A sua esposa detestava a família Gomez e não suportava o fato de ele manter relações com eles, e por isso não permitia que Orlando os visitasse, nem que ao menos conversasse com a família. Ainda mais porque tinha que se passar por alguém da casta vermelha, como se os dois fossem empregados da realeza. Isso fez com que ele se sentisse desmotivado a prosseguir casado. Roma, seus pais e irmãos sofreram por longos dois anos, pois eram unidos. Ele era constantemente humilhado pelo pai dela, que achou ter feito a maior das caridades ao permitir que a filha nascida em berço violeta se casasse com alguém de berço vermelho sem referências e sem linhagem.

"Depois de muito lutar pelo casamento, ele tomou a decisão que deu uma reviravolta na sua vida. Ele se divorciou. Isso é uma vergonha para qualquer cidadão aseniano, porque implica justamente no fracasso deles como pessoas. É um tabu, algo a ser mantido em segredo. Um exemplo é o casamento de diversos duques que acabaram há vinte anos, sendo que permanecem casados no papel. Só que não era isso que Orlando queria. Queria ser livre. E com isso, também se iniciaram as perseguições do pai dela, afinal ele estava se divorciando da filha de um duque, de um clã distinto da sociedade. O divórcio não foi divulgado.

"Após um ano do divórcio, ele já estava de volta a Janco, trabalhando com o seu mentor, Acácio Bocalho de Assis, o duque de Janco, e se relacionando com outra pessoa quando conheceu Isabel. O seu grande e último amor.

"Ele não se importava de cometer o mesmo erro, o de se envolver mais uma vez com uma mulher da casta violeta. Não no que se tratava do amor. Não quando a recompensa eram os lábios doces de Isabel. Não havia nada que ele pudesse fazer para mudar o curso do seu destino: ele nasceu para ser grande."

— Ele não é meu irmão de sangue?

Os olhos de Roma estão marejados; sente-se em colapso. As verdades fatais são sempre difíceis de engolir.

— Sim, vocês são. — Ele pausa antes de prosseguir: — Vocês são falsos membros da casta vermelha.

— Falsos membros? Como assim?

— Não temos nenhuma prova, portanto hoje não há valia alguma saber ou deixar de saber disso. A descendência da sua família não é ligada a um ancestral da casta vermelha, e sim da casta um violeta, alguém que era considerado um rebelde.

— Mais alguém sabe disso?

— A única que certamente sabe é a sua mãe. Pois foi a única...

Roma sorri; nada passaria pelos olhos dela.

— De quem ele nunca guardaria segredos. — Essa frase era típica entre seu irmão e sua mãe.

27

Alarme falso, minha querida redoma.

Tudo não passou de uma mera especulação com fins de prejudicar o nosso querido e amado leãozinho! A dama foi liberada e indenizada pela realeza, além da realeza fazer questão de cobrir todos os prejuízos causados para a nossa daminha. A princesa faz questão de tê-la ao seu lado!

Hoje serão anunciadas as boas notícias durante o baile.

Atenciosamente,
Redoma Violeta.

O segundo baile oferecido pela realeza serve para comemorar mais uma vitória de Aséna frente a Cânado. Nicolas levou o papel dado por Roma até o setor de inteligência. Com ele, todo o código enviado por Cânado foi decifrado: a guerra está longe de acabar, só que agora uma trégua foi proposta.

Aséna não acredita de todo na mensagem e reforçou a barreira de proteção magnética na redoma. No entanto, os traidores ainda precisam ser encontrados — traidores que permitiram a entrada de bombas, como tinha sido no dia do ataque à ala masculina.

O grupo de inteligência de Aséna fez uma vistoria completa na casa dos Gomez, retirando todos os pertences de Orlando e colhendo o máximo de material para a análise.

A família de Roma não conseguiu entender nada do que fizeram. Contudo, não lhes restou alternativa a não ser deixar que levassem tudo. Foi doloroso, em especial para a senhora Gomez, ver todas as lembranças do seu filho serem dissipadas. Mas não havia outra saída.

Ao ser questionada por meio das cartas, Roma foi instruída a dizer que estavam à procura de um objeto dela, que ela guardara no quarto dos irmãos, e eles precisaram levar tudo.

O QRCODE da casta vermelha impresso no antebraço de Roma foi substituído pelo código verde. Agora ela é da três, duas castas acima da vermelha, uma abaixo do seu sonho.

No baile, todos estão radiantes. A começar por Roma, que será honrada, e Antoine fez questão de torná-la a moça mais linda que um baile já viu. Ela usa um vestido vermelho de gola alta que deixa as costas à mostra e finos acessórios de rubi genuíno. Seu cabelo está liso e solto.

— Hoje não é um dia comum, meus companheiros. Passamos por muitos apertos durante esses dias, e conseguimos nos libertar de todos com a ajuda do nosso Ser Superior. E agora eu, como rei de Aséna, gostaria de parabenizar a senhorita Roma Gomez, irmã do nosso querido Orlando Arai, grande cientista que, mesmo depois de póstumo, continua a contribuir para o bem da nossa nação.

Todos começam a murmurar, voltando os olhares para a dama de companhia — algumas moças com inveja, outras com respeito. Não é fácil ser o centro de um escândalo com ninguém menos do que o príncipe e, na semana seguinte, conseguir desvendar um código misterioso. Muitas pessoas agora a veem como uma ameaça.

Roma levanta a taça e faz uma reverência. Ela jamais pode se deixar levar por uma glória que não é sua, e sim do seu falecido irmão.

— Se me permite dizer, majestade, essa honra nunca será minha. M contento com meu emprego como dama de companhia da maravilhosíssima Sofia.

Ela faz outra reverência, encerrando a sua fala.

Roma está voltando do banheiro quando Cristal a aborda:

— Roma! — Ela corre e a abraça. — Fico tão feliz por você, tão contente. Você se libertou da prisão e de quebra com honras. Meus parabéns.

Cristal lhe lança um sorriso tímido, dissimulado.

— Muito obrigada.

Roma faz uma mesura, passando uma mão no cabelo, constrangida.

— A propósito — Cristal faz uma pausa —, você fica linda de vermelho. Assim como tem que ser.

Roma fica com o coração congelado. Qual seria a intenção de Cristal ao dizer isso? Ela sempre fala coisas ambíguas, deixando o entendimento em aberto, e pela primeira vez Roma repara em como isso a incomoda.

Por isso, Roma ignora o comentário e sorri timidamente, apesar de não saber o que isso significa.

— A propósito, Roma — Cristal caminha até Roma, oferecendo um sorriso fechado —, em qual fase do luto você está? Parece que enfim está aceitando a morte do seu irmão e seguindo em frente com a vida. Afinal, não é como se você não vivesse sem ele. — Ela para e encara Roma. — Ainda mais agora que irá receber a honra por ele.

Essas palavras vêm como uma enxurrada. Não é uma tentativa inocente de se preocupar com o seu sofrimento e as palavras não foram escolhidas ao acaso. Cristal quer atingi-la, e Roma por fim reconhece isso de uma vez por todas.

— Eu pensei que só poderia estar enganada e me culpei muito por ter pensando errado sobre você. A verdade é que você me odiou desde o início.

Cristal não move um músculo do rosto por dois segundos antes de sorrir de canto e piscar os olhos, voltando o olhar ao de Roma.

— É verdade. — Ela sorri, levando uma mão ao rosto. — Você quer o que jamais poderá ter. E essa sua intenção medíocre, por si só, me enoja. Você pensa que pode chegar e conquistar o que já é meu por direito, o que já é meu desde o meu nascimento? Até do seu próprio irmão você quis roubar. Uma vez da casta vermelha, para sempre da casta vermelha. Não gostou? Não posso fazer nada. Tente nascer na violeta da próxima vez.

— É a Nicolas que você está se referindo?

— Ei! — Cristal grita.

É a primeira vez que Roma vê qualquer traço que fuja à postura de inocente e amável que Cristal sempre mantém.

— É a primeira vez que eu estou vendo a verdadeira Cristal... Foi você, não foi? Quem me denunciou.

— Sim. — Ela sorri. — Eu nunca quis tanto que alguém tivesse burlado aquela lei quanto você — confessa e sai em disparada.

A verdadeira vilã da história.

Os vilões nem sempre são tão fáceis de detectar. Afinal, quem poderia imaginar que a doçura seria um prelúdio para puxar um tapete? Cristal é o tipo que torcemos para que nunca seja má, porque nasceu e se criou em um ambiente favorável. Só que a maldade, quando vista de perto, tem a intenção de ser má? Ela apenas tem uma intenção boa, de uma forma distorcida, e a persegue da maneira errada.

Não é errado querer Nicolas, é errado achar que ele tem o dever de ser seu.

Ao dar dois passos e levantar o rosto, Roma dá de cara com o duque de Janco. Seu rosto logo ruboresce, e ela começa a recuar. Ele vai até ela em um silêncio amedrontador. Ele começa a bater palmas.

— Bravo! — Ele sorri. — Meus parabéns. Parece que todos os caminhos levam a... Roma. A senhorita pode até ganhar as honrarias, mas sempre será tão aproveitadora quanto foi seu irmão. E no que depender de mim, você estará acabada, assim como ele.

— O que o senhor quer dizer com isso? Eu não sei por que o senhor tem me perseguido.

— Eu a tenho perseguido? A senhorita não tem noção. Se infiltra na família real, é presa e na mesma semana usa o irmão morto para desvendar um código que nenhum gênio de toda Aséna conseguiu. — Ele caminha mais para frente. — Eu irei descobrir.

— Me deixe viver! Você tirou a vida do meu irmão, não tente tirar a minha e me deixe em paz.

— Você está avisada, apenas — ele fala, sumindo.

Roma começa a andar a passos largos, com as lágrimas escorrendo pelas bochechas. *Eu estou sendo perseguida por algo que eu nem sei o que é.* Ela entra no elevador e sobe direto para o seu quarto na ala feminina, com as mãos trêmulas. Nicolas percebe que ela está correndo em meio à multidão indisciplinada e dançante.

O medo.

Até quando eu me deixarei vencer por ele? Até quando me sentirei uma derrotada sem ao menos me dar a chance de tentar? Por que temo tanto se não importa o quanto nos desviemos e corramos, as coisas ruins podem chegar? E agora que senti medo com os olhos fuzilantes daquele homem, o que será que Orlando não deve ter sentido?

Eu não sei o que diriam os mais sábios. Me parece que existe um antídoto tão vasto e poderoso em uma breve partícula, em uma dissílaba, um simples verbo que parece tão fácil de conjugar: o amor. O amor é o único capaz de mandar embora todo o medo. Não foi uma paixão momentânea que poderia ser levada pelo vento, falsamente forte e fadada a por si só fracassar. Foi apenas amando, aquele amor desinteressado e imutável, que não é um sentimento, mas que complementa o amor feroz e fugaz, fazendo coexistir o eterno e o passageiro.

Eu só tenho medo porque não estou firme no amor.

Agora ela entende que, para exercitar a coragem, antes é necessário praticar o amor. Porque se a coragem é a bala, súbita e feroz, então o gatilho é o amor.

Até que ponto vale a pena se arriscar pelo amor? É a minha vez de responder a essa pergunta, assim como Orlando se perguntou um dia. A diferença é que eu sinto como se não tivesse nada mais de verdadeiro valor a perder. Porque eu não tenho Nicolas.

E se...? E se eu tentar?E se você soubesse o fim que as coisas teriam bem no momento em que elas começam? Faria algo dirente do que foi feito? Orlando fez o que eu faria caso soubesse do fim das coisas: faria de tudo uma cena eterna. Eterna no espaço de tempo que tenho. Dobraria gaveta por gaveta. Destravaria meu caos, deixaria a bagunça ser arrumada, e não mais a colocaria debaixo do tapete. Organizaria os meus departamentos da mente. Essas drogas de departamentos! Não me preocuparia com a posição, títulos ou personagens. Eles não valeriam nada, nada.

Orlando amava Isabel, não há dúvidas. Amava apesar da sociedade, apesar do pai dela. Acima de tudo, apesar de seus medos. Ele escolheu nadar contra a corrente, porque a resposta é viver. E eu não posso deixar de respeitar Isabel por isso, mesmo com um pai como esse.

Temo que agora eu esteja me sentindo exatamente assim.

Estou destemida? Só me parece que, no ponto e vírgula entre o medo e o amor, estou revestida de um pequeno intervalo, uma passarela de coragem. E espero não ver Nicolas na minha frente agora. Ele não pode me ver tão desnuda assim. Não se eu puder evitar. Eu não quero expô-lo a toda a minha vulnerabilidade.

Ela ouve baterem à porta do seu quarto. Será que o velho duque apareceria de novo para a atormentar? Ela abre a porta e dá de cara com Nicolas, fazendo com que ela abra ainda mais os olhos para confirmar. Ele está em silêncio, observando-a.

Não.

Eu nunca o vi apenas como um amigo, Nicolas. Não quando tudo o que vejo é um homem que faz o meu coração delirar.

Ela o abraça de repente. Entrelaça os braços nas costas dele, e ali para por alguns minutos. Decide esquecer tudo aquilo em que pensa e o fato de ser dama, e ele, o príncipe, ou de existirem infinitos abismos entre eles. Silenciou a voz dessas incertezas.

— E se uníssemos os dois amores? — dispara Roma, sem piscar os olhos, com as mãos ainda nas costas dele.

— Quê? — Nicolas está confuso, estranhamente extasiado.

— Se uníssemos o amor apaixonado com o amor desinteressado?

— O que você quer dizer, Roma? — Nicolas está com a voz embargada.

Ele sabe muito bem o que ela quer dizer. E o coração dele pula cada vez mais forte.

Ela o abraça com mais força, apertando suas costas. Mesmo com o terno e o sobretudo, ele sente os dedos gelados dela em um ápice de nervosismo e desabafo.

— Eu gosto de você.

Nicolas fica paralisado. *O que isso significa? Ela está se declarando?*

— Roma... — Ele diminui o tom de voz.

Mais um pouco, e ele se esquecerá de que prometeu a si mesmo que não pode se apaixonar pela dama e se entregar ao impulso.

— Eu gosto de você, Nicolas. E eu sinto tanto medo, e eu... Tenho tanto para lhe dizer...

Nicolas está imóvel. Levanta a mão para corresponder ao abraço dela e hesita. Ele está na maior encruzilhada: aceitar o amor dela ou poupá-la de mais sofrimento ao seu lado? As suas mãos não respondem por si, não agora. Elas devem seguir os comandos do seu cérebro, é isso que devem fazer. Não há outro jeito. Elas precisam o obedecer. E obedecem.

— Não — ele sussurra com a voz abafada — se apaixone por mim.

Roma sente um banho de água fria percorrer todo o seu corpo. Ele está a *rejeitando*. Ela sente um misto de incertezas e dúvidas. A maneira como ele a trata, a forma como a olha, o empenho em protegê-la e tirá-la da cadeira... Será que ela entendeu errado? Ele só estava sendo um príncipe ou estava sendo Nicolas? E mesmo que ele não desse sinal, isso a impediria de declarar seu amor por ele, o amor que já lhe está traçado?

Roma se inclina e se desfaz do abraço, levantando o rosto e o fitando, envergonhada, com as bochechas rosadas. Ver isso faz com que o coração de Nicolas bata ainda mais acelerado.

Ela comprime os lábios e depois pousa o olhar no de Nicolas, esboçando um sorriso tímido.

— Por quê?

Roma não se arrepende de ter se declarado.

— Apenas não faça isso. — Ele a fita, abatido. — Roma, eu não devo amar ninguém — ele fala, suplicante, como se estivesse se desculpando.

— Eu entendo. — Ela assente. — Entendo que você não goste de mim e queira me rejeitar. Temos todas as convenções sociais, eu jamais me declarei com o intuito de que você me aceitasse. Por que eu não posso nem sequer me apaixonar por você?

Antes que ele tenha a chance de responder, Roma fecha a porta, sentindo-se uma idiota — ainda que uma idiota corajosa. Também sente uma pontinha de orgulho de si mesma. Ela sabe que a pergunta é retórica.

Nicolas coloca as mãos na parede, paralisado com o que acabou de acontecer. A verdade é que ambos foram corajosos. Roma por declarar os seus sentimentos, Nicolas por rejeitar os sentimentos dela quando tudo o que mais quer é aceitá-los, permitir-se.

Em seguida, ela volta a abrir a porta.

— A partir de amanhã eu me empenharei em esquecê-lo. E um dia, eu prometo, vou o esquecer, majestade — dispara, concisa, com as lágrimas escorrendo. — Então, você pode pelo menos me dar um último abraç... — Ele a abraça. Com força; não como uma forma de confortá-la, mas de consolar a si mesmo. — ... ço?

Ele não pode, não depois de saber de tudo. Não depois de destruí-la. Rejeitá-la agora a pouparia de uma decepção maior. Além disso, de fato ele é um covarde diante de todas as convenções sociais, hierarquias e deveres. Além disso, sente que nunca conseguirá proteger ninguém. Fracassou em proteger Cristal, fracassou em proteger Roma, e se sente incapaz de comandar e proteger uma nação.

Se um homem não consegue escolher entre a nação e seus sentimentos, ele fracassou. Ele não tem escolha. *Ou tenho?*

Comigo ela nunca estará segura. Os seus medos apenas aumentariam, a ponto de fazê-la sucumbir. E ela merece mais do que isso. Eu não posso amá-la de jeito nenhum.

Qual dever beneficia o maior número de pessoas? Ele não pode ser egoísta como sempre foi. Precisa pensar em Aséna e apenas nela. O seu destino é um dia ser um rei aclamado e dedicado. E quanto a isso não pode negociar. E isso não é o de mais peso para sua decisão. Ele pouco se importa em ser julgado por se envolver amorosamente com uma mulher da casta vermelha. O que importa é que Roma é irmã de Orlando, e não pode trazer mais angústia a ela. Não pode, mesmo que doa. Um dia, parará de doer e ela amará o homem comum com o qual sempre sonhou. Um dia ela o esquecerá. Ao menos é assim que ele pensa.

Ele a fita e vê as lágrimas escorrerem de seus olhos. Toca as bochechas macias dela com os dedos, secando-as. E por fim olha-a nos olhos e pisca. Sente vontade de beijá-la e esquecer o que acabou de dizer. Avança um milímetro a mais e no mesmo instante repreende a si mesmo, afastando a mão do rosto dela e retornando ao seu estado impenetrável.

Assim que Nicolas sai da porta de seu quarto, Roma desaba em lágrimas. A dor não é apenas por ser rejeitada, mas por ter de se obrigar a esquecê-lo. Ela demorou tanto tempo para aceitar o que sente, para decidir se arriscar, e agora precisará se obrigar a retirar todo sentimento e a decisão de amá-lo.

Quem falou que não é uma forma de risco?

A real tragédia seria se eu permanecesse nesse escuro. Admitir que gosto dele é como chegar até a superfície cheia de luzes. Sem imagens refletidas na minha mente, sem me enganar com a minha própria imaginação, sem me autossabotar com meus departamentos.

Para amar precisa ser recíproco? *Não. Só que para insistir preciso de um incentivo, e ele já me arrancou essa possibilidade. O que me resta é esquecê-lo.*

Ela não amará sozinha. Não insistirá.

Eu não aprendo mesmo, não é? Roma sorri em meio às lágrimas. *De onde eu tirei que o príncipe aceitaria os* meus *sentimentos? Está na hora de arrastar esse sentimento para o departamento de velharias, antes que ele cresça. E deixar lá, dentro do museu, como uma memória bonita de um momento de faísca de coragem que já tive na vida.*

Eu vou com todas as minhas forças esquecê-lo.

28

Cinco anos antes

Assim que Cristal chegou ao escritório do pai, ele estava bêbado e transtornado.

— Para que diabos você foi nascer, me diga? — disparou ele, jogando um objeto em sua direção, e ela desviou.

Sua garganta estava empolada e ela ainda possuía as marcas roxas da última vez que ele lhe batera. Parecia mais um prelúdio do que estava por vir.

Roxa como esta maldita casta, ela disse a si mesma

— Maldita a hora em que você nasceu! A minha vida piorou mais e mais!

Ele continuou se aproximando dela para estapeá-la.

— Pai, por favor! Não faça isso, eu lhe imploro.

Ela engoliu em seco, com medo e assustada.

— Não me chame de pai! Você matou a sua mãe. Você a fez sucumbir! Por sua causa ela me abandonou! Por sua causa ela morreu... morreu para mim.

As palavras dele ecoavam em sua cabeça, "Você matou sua mãe, você matou sua mãe". E não existia nada que a fizesse se lembrar da última vez que vira a sua mãe ou que a fizesse se sentir menos culpada. Ela acreditava em seu pai.

— Por favor...

Ela endireitou os ombros, cansada. E a sua súplica fomentou a raiva do pai, que tirou o cinto e, como um monstro impiedoso, bateu nela.

Ela não sabia por que se sentia culpada. Não entendia a causa de serem disparadas tantas palavras que a faziam se sentir suja e repulsiva, e o seu coração cheio de amor e inocência parecia cada vez mais furtado de si. Os alarmes das diferentes vozes bêbadas estavam cada vez mais altos, ficando difícil de escutar qualquer voz que fosse sóbria. Como se aquelas palavras jogassem um balde de água fria em sua visão bondosa do mundo e de si mesma.

Seu pobre coração carente de amor e vazio de sentido de existir começava a dar os primeiros passos na direção da violência moral e da vergonha. A sua alma imaculada estava sendo manchada. Seus sentimentos bons estavam sendo invadidos e desfigurados na sua frente sem a sua permissão, e, pouco a pouco, quase nada mais sobraria, e os sentimentos que sobrassem seriam transformados em mágoa, orgulho e ressentimento a ponto de ela nem mais se reconhecer. Seus valores frágeis estavam sendo retirados à força.

Ela começou a se fazer perguntas como "Por que é que não sou amada pelo meu pai?", passou para as afirmações — "Preciso ser amada pelo meu pai" —, chegando por fim em "Preciso ser amada pelo meu pai?". E a resposta quase sempre era negativa.

Ela trocou o "Ele não me quer" e generalizou para "Ninguém me quer". A rejeição do seu pai foi o suficiente para destruir qualquer referência que ela teria do que significa ser amada. A partir daquela noite tenebrosa, como todas as outras, a dor da inocência foi trocada pela dor da revolta e da indiferença. Quanto mais ele batia, mais ela começava a fingir que já não doía. Fingiu tanto para ele que começou a fingir para si mesma, pensando assim que a dor sucumbiria. Naquela mesma noite trocaria a posição de vítima para uma posição de dissimulação.

E quando a dor é a coisa mais real que a gente sente?

Antes os gritos eram tudo que se podia ouvir. Contudo, a partir daquela noite, ele batia, batia e batia, e nenhum som saía dos seus lábios, nem uma lágrima escorria mais de seus olhos.

Além desse homem que ela costumava chamar de pai arruinar a sua vida, ele também estragou qualquer possibilidade que ela tinha de redenção. Ao menos ela assim se sentia.

— Você não vai chorar?

Ele a olhou com os olhos ardendo de raiva.

— Não! — ela disparou, com as pupilas dilatadas, segurando o choro e o desespero.

Isso era o suficiente para que ele começasse mais uma sessão de tortura psicológica e física. Ao terminar, ele proferiu:

— Eu dou tudo para você: um lar, luxo e proteção. Mas você não consegue ser grata.

Na escola não era muito diferente do desprezo que sentia em casa. As garotas faziam bullying com ela por ser filha do inimigo de seus pais.

— É isso que você merece por ser filha de um verme! — uma delas disparou, esbofeteando-a.

— Por que vocês me odeiam? — ela gritou alto, rangendo os dentes. — Eu não tenho nada a ver com isso nem vocês.

— Cale a boca! — a outra bramiu, esfregando o rosto delicado de Cristal na parede. — Eu só não quebro a sua cara para não ficar visível. Sua idiota!

Ela deu um tapa no rosto dela, deixando-o avermelhado como uma pimenta.

— Eu não fiz nada para vocês! Eu também o odeio. — Ela soluçou.

— Ah, é? Se você odeia tanto a sua vida, por que não se mata? — uma delas deu a ideia.

— Você sabe que a nossa intenção não é matá-la, é levá-la a fazer isso — a outra continuou com a tortura psicológica.

Ela estava cansada demais. Cansada demais dessa tortura e do fato de nunca ter experimentado qualquer alegria na vida, apenas quando a sua mãe estava por perto. E ela a abandonara. Essa era a história que o seu pai contava.

— Vamos, meninas, vamos. Por hoje já humilhamos o cristalzinho sonsinho da nação. — Começou a sorrir com malícia. Na boca delas *existia* veneno. — Sua chassi![1]

1. Apelido para alguém considerado sem importância, cujo sumiço não faria falta para a sociedade.

Elas saíram e a trancaram do lado de dentro do banheiro.

— Socorro! Me tirem daqui! Me tirem daqui — ela dizia, desesperada, enquanto suas pernas cediam de encontro ao chão. — Eu também odeio o meu pai! — gritou mais uma vez. As lágrimas corriam quentes na pele aveludada do seu rosto branquíssimo. — Eu também o odeio...

E quando a dor é a coisa mais real que a gente sente? Será que é isso mesmo? Ou só não estou apavorada? O que uma vítima quer não é vencer uma briga..., lamentou-se, olhando para a maçaneta e depois para o chão. *O que uma vítima quer não é ganhar uma briga. Elas só estão cansadas de não conseguir explicar que não querem ter que brigar. Elas só não querem ser vítimas.*

Apenas dê um jeito de tirar essa vontade de procurar o alívio que nunca encontrarei e pare de tentar me enganar fazendo pensar e sentir o contrário, disse para sua alma, batendo em seu próprio peito, a fim de confrontar a dor.

Sentia-se um cristal quebrado — machucada, pisoteada por coisas que não estavam sob o seu controle. Será que ter esse nome, que parece ser de uma pessoa indestrutível, não a condenou a acreditar em si mesma e nas pessoas? Ela se sentia sempre o contrário do que sempre acreditou. E seus sentimentos agora sobressaíam às suas convicções.

Não vou mais me deixar cair no engano.

Ela sentia que tinha duas opções: ou se colocava na posição de vítima que realmente era ou inverteria aquele quadro para a dissimulação. No entanto, ela era tão ingênua que começou a fazê-lo inconscientemente, até se tornar natural.

Eu não vou mais correr atrás das migalhas de ninguém.

Ali, ela não sabia, mas a sua dor ganharia voz e regeria as suas atitudes e intenções. E ela tomou a decisão de não deixar mais a sua timidez tomar as rédeas; queria apagar a ideia de ser alguém que não sabe fazer um bom trabalho ou se desenvolver em todas as áreas, pois ninguém via.

Eu só quero mostrar a todo mundo que, como todo mundo, eu também quero ser amada. Ser amada como todos são.

Não. Corrigindo: um dia serei a pessoa mais amada de Aséna. Ei de ser.

Meses depois de ter perdido a primeira esposa e mãe de Cristal, o seu pai se casou outra vez e logo a sua mulher engravidou do primeiro filho. O pai dela, satisfeito com o primeiro filho homem, fez um grande festejo na província de Balla, da qual ele era o duque. E dois anos depois, veio seu segundo irmão.

Os dois cresceram aprendendo a desrespeitá-la e a desmoralizá-la. Com o passar do tempo, ela já tinha pegado a manha, justamente por ser a filha mais velha. Ela era a filha legítima do primeiro casamento de seu pai e, portanto, a herdeira legítima do ducado. Ao se acostumar a não ser amada, passou a se rebelar contra a situação. E sua rebelião começou quando decidiu morar sozinha nos Estados Unidos por um ano. Um ano viraram quatro e, no instante em que seus irmãos começaram a pensar que ela nunca mais regressaria, ela voltou.

Cristal entra em seu apartamento ainda se sentindo observada. Ela começa a olhar cada cômodo do apartamento, até que ouve passos atrás de si.

— Cristal, meu amor?

— Visconde Catabil, como conseguiu entrar aqui?

— Isso não importa, meu amor. O importante é que estamos sozinhos e juntos agora.

— Visconde, eu presumo que já lhe afirmei com todas as letras que não ficaremos juntos.

— E eu já lhe prometi que não quero nada com aquela daminha.

— E eu já lhe disse que não o quero.

Ele começa a sorrir.

— Ah, mas agora você vai ter que me querer!

— Calma, visconde.

Roma está sentada na poltrona esperando Sofia terminar de se trocar. Acaba de abrir uma carta escrita por sua mãe.

Oi, filha.

Que saudades gigantescas de você. Está comendo direito? Na foto que me enviou percebi que ganhou um pouco mais de corpo.

Filha, eu quero que saiba que estou muito orgulhosa da pessoa que você está se tornando. Como mãe, sei quando o filho passa por dificuldades, embora eles nunca nos digam. Você fez a escolha certa.

Eu quero lhe dizer que as suas irmãs e seu irmão estão indo bem, exceto pelas brigas de sempre. Eu e seu pai estamos mais ou menos. Cheios de dores na coluna, a minha artrite está atacada esses dias, e a glicemia do seu pai está nas alturas. Também, ele come toda hora e nunca larga de comer pão e uma boa galinhada.

Me conte todas as novidades. Estou vendo que você envia mais cartas para Ana Clara do que para todo mundo. São muitos segredos, por acaso? Não vá fazer besteira.

Com amor,
mamãe.
Eleanor Arai Gomez.

Ela sempre diz que está mais ou menos. Roma sorri. *Amo você, mãe, nem queira saber o que se passa aqui.*

Ela pega a caneta e o papel e escreve para a mãe.

Querida mamãe,

Esperei que o sofrimento fosse uma dor romântica e passageira, à qual nós sobrevivemos fortes e intactos, nos tornamos mais inteligentes e menos ansiosos com o mundo. Mas que mentira.

Eu esperava que tivesse respostas. E na verdade só o que encontrei foram entulhos e mais um bocado de dor. Estou tão confusa quanto há um ano. Tudo o que faço é preencher departamentos na minha mente de vazios e confusões.

Me desculpe se pareceu que a negligenciei, eu só queria afastar os machucados que, juntas, podíamos abrir ainda mais. Mas sabe de uma coisa, mamãe? Ainda existe o amor. Ele peregrina por aí, pronto para que ele mesmo faça as feridas, para depois curá-las.

Atenciosamente,
Roma Arai Gomez

Há lágrimas em seus olhos. Pela primeira vez desde que seu irmão morreu, ela começa a sentir a vida. E como é bom voltar a viver. Assim que termina de ler a própria carta, ela escuta uma das empregadas comentando:

— Ele apareceu aqui e ficou perguntando por Cristal. Aí eu disse que ela já tinha se mudado para o apartamento privado dela.

— Você não deu o endereço, não, né?

— Eu dei. Eles não são amigos?

— Sua doida! — Ela cochicha mais baixo. — Você não sabe o que aconteceu durante a viagem? Ele foi escorraçado de lá pelo príncipe porque tentou forçar Roma.

— Ai, meu Deus...

Então elas percebem que Roma escutou tudo. Ela sai em disparada para a ala masculina. Ao chegar lá, uma das empregadas adverte:

— Você não pode entrar aqui. Já foram explicadas as ordens depois de tudo o que aconteceu, senhorita Gomez.

— Eu estou imunizada, estou limpa! Não viu o resultado dos exames? Eu nunca tive nada com Nicolas. Não vai ser agora, à luz do dia, que vou ter.

Roma continua andando.

— Senhorita! Senhorita!

Abre a porta do escritório. Ele não está. Ela corre até o quarto dele. E, ao abrir a porta, depara-se com Nicolas sem camisa.

Ela arregala os olhos e coloca as mãos sobre o rosto. Nicolas, envergonhado:

— Feche a porta. — Ela fecha de uma vez. Dois minutos depois, Nicolas aparece, como se nada tivesse acontecido: — O que foi?

— A gente precisa encontrar Cristal agora!

— O que foi? Aconteceu alguma coisa?

— Ela está correndo perigo! Gérson apareceu aqui e pegou o endereço dela com uma das empregadas. Ou seja, ele quer ficar a sós com Cristal.

— Boa coisa ele não está planejando. Vamos.

Eles não têm tempo a perder. Um psicopata ameaçador está à solta.

Eu não quero mais ter medo, Roma conclui, abrindo o corpo para a adrenalina entrar. *Porque ainda tenho uma vida inteira.*

Afinal, quando se acha que tudo já está definido, sem nem existir possibilidades, um encontro pode mudar tudo. E podemos, assim, passar a vivenciar os nossos melhores anos. O que acreditamos ser o fim é apenas o início.

Se você gostou deste livro, vai gostar de:

Rory cresceu sendo tudo o que uma futura rainha precisa ser: esperta, simpática, imponente e, acima da tudo, poderosa. Apesar das inseguranças, ela parece pronta para assumir o seu lugar no trono quando o momento chegar, no entanto a aproximação da cerimônia de Oficialização traz à tona as verdadeiras intenções daqueles que a cercam. É então que um poder que todos acharam ter sido eliminado séculos atrás volta no momento em que o mundo ao seu redor começa a desmoronar. Agora, Rory precisará superar as dúvidas e traumas do passado se quiser manter seu povo a salvo.

Logo depois de sofrer um acidente, Júlia Rodrigues acorda em uma casa desconhecida. Sem compreender se a realidade que está vivendo é parte de um sonho ou uma loucura criada por sua mente barulhenta, a jovem vaga sem rumo pelas Três Terras, lugar cheio de magia e mistérios que está rodeado de criaturas místicas e seres folclóricos, até conhecer Dom, por quem passa a nutrir sentimentos confusos. O que mais intriga a moça, no entanto, é o fato de que todos parecem conhecê-la. Embora tente fugir de encrencas, Júlia adentra em uma missão perigosa junto com seu novo amigo, que promete levá-la de volta a João Pessoa, sua cidade natal. Entre feitiços e raptos, compreende que o mundo não é um conto de fadas, mesmo que a sua nova realidade tente provar o contrário, e descobre que a única maneira de voltar para casa é encontrando um homem até então desaparecido, o duque de Tão Longe.

Esta obra foi composta na fonte ITC Legacy Serif,
tamanho 11 pt, e impresso em papel pólen soft 70g/m².
São Paulo, abril de 2023